鹃湖评论

（2023卷）

文联文艺评论家协会　承编

海宁市文学艺术界联合会　编

朱红刚　主编

浙江工商大学出版社 · 杭州

图书在版编目（CIP）数据

鹃湖评论 . 2023 卷 / 海宁市文学艺术界联合会编
. —杭州：浙江工商大学出版社，2024.7
ISBN 978-7-5178-5905-5

Ⅰ．①鹃⋯ Ⅱ．①海⋯ Ⅲ．①文艺评论－中国－当代
－文集 Ⅳ．①I206.7-53

中国国家版本馆 CIP 数据核字（2024）第 021527 号

鹃湖评论（2023卷）
JUANHU PINGLUN（2023JUAN）
海宁市文学艺术界联合会 编

责任编辑　沈明珠
责任校对　韩新严
封面设计　宇　声
责任印制　包建辉
出版发行　浙江工商大学出版社
　　　　　（杭州市教工路 198 号　邮政编码 310012）
　　　　　（E-mail:zjgsupress@163.com）
　　　　　（网址:http://www.zjgsupress.com）
　　　　　电话:0571-88904980,88831806（传真）
排　　版　杭州宇声文化艺术有限公司
印　　刷　杭州良诸印刷有限公司
开　　本　710mm×1000mm　1/16
印　　张　14
字　　数　249 千
版 印 次　2024 年 7 月第 1 版　2024 年 7 月第 1 次印刷
书　　号　ISBN 978-7-5178-5905-5
定　　价　68.00 元

目　录

新著专评
——《时间中的铁如意》专辑

名家特稿

阅读批评

艺苑品鉴

编后续记

视域新义

新著专评

——《时间中的铁如意》专辑

潮水漫过来

——《时间中的铁如意》印象

李 力

  吴文君的散文集《时间中的铁如意》放在我办公桌小书架上大概已经一年多了，一直在断断续续地翻阅，读后感也像有点不太灵光的沙漏时有时无。然而恰恰是这样的阅读，反倒让某些东西被反复咀嚼，我渐渐地也嚼出了点别样的滋味。

  海宁是潮乡，这潮水最闻名于世的就是壮观到天下无的澎湃性情。正所谓一方水土养一方人，故而很多海宁人的性格里其实都是带着点潮头扑上岸的猛和傲的，说话行事、字里行间都或多或少会显露出来。但在个人看来，《时间中的铁如意》里的这些文章，却并不是汹涌而来的浪头，而是一片悄无声息的暗潮，只会慢慢地漫过来。你以为那只是没过脚脖子的潮水，实际上不一会儿就能淹过你头顶。比如作品集里《水面的一片落叶》一文，乍看前面不过是对印顺导师生平的叙述，但当笔触流到"记忆与纪念"章节时，作者却是认真地叩了叩"心"——佛学大师观己，会以流水、落叶的因缘求净心；商业奇才利他，"人生的一切都是自己内心的投射"；而作者自己寻思自己，"想来想去想到没有办法可想"，最后"反正自己天性被动……不如（也只有）等待机缘等待奇迹"，倒也算是一种另类的洒脱。我还挺喜欢这种类比的，就是比较可惜这片"落叶"只是在水面转了转，并没有沉到水底去发酵出更多的东西。文末又回到了俗套："当下无语，心里却生出一个强烈的愿望：愿我，也愿走进史山寺，走进纪念馆、图书馆的人，都能熏染到一点导师所说的真智慧与真慈悲才好。"这，就像某个编辑曾经抨击的写作陋习——"生怕读者不明白你要说什么"，最终演变成了"潮水来了"，腔调很好，正期望着能醍醐灌顶，可它偏偏突然间就退去了，徒留一点遗憾——真可惜。

相较而言,《老城记》的潮腥味儿就重了很多,尤其是"小镇的脸"篇章,品来咸中带苦,令人舌尖发麻。从二十年没见过面的邻居老季莫名其妙地托母亲带话叫作者去他店里那次开始,原本无波无澜的水就在悄悄地波动起来,水位也一点一点地偷涨着:作者不知道发生了什么事情,也不知道要去干什么,更没有联想到对方是在什么情况下(老同事的葬礼上)遇到的母亲,然后叫的人。反正作者去了,路途并不远,只隔了一座小小的建设桥,虽然"桥的位置也特别,桥这边,拐个弯,就是市区最热闹的商业街,那边,却是经年不动的老街"。不知道别的读者在看到这些文字时是什么心情,我在那一刻就仿佛和作者一样站在了建设桥上,面对着东方耀眼的阳光,右手握满车水马龙的繁华,左手伸向前,那静寂喑哑的空气在指尖却是沉甸甸的,好像看到旧塌塌的水阁房里走出来个七老八十的阿太,尽管倚仗着拐棍小碎步还能迈得飞快,但满头的枯白却怎么也遮不住了。应该说一种悲凉感油然而生,而这样子的恍惚在写到"西西"这个人时更是升到了顶,仿佛暗潮在猝不及防时就把人困死在了沙滩上。"曾经和她有关的传闻,随着她的去世,也全都消失了。她去世的第二年,我和她最好的女友小聚了一次,一边聊着她,一边分着喝掉半斤黄酒。又过了一年,她去世的第三年,我打电话给她最好的女友,想再聊聊她,想再分掉半斤黄酒,不料被拒绝了……以后,我再也找不到可以聊起她的人。"文字很平实,就是这样平平淡淡地说说而已,可"第二年"和"第三年"也真的仅仅就隔了一年而已,"最好的女友"和"再分掉半斤黄酒"就变成了"算了",我还把自己禁锢在时间里感动自己,她们已经甩掉潮水溅到身上的水珠子,走了。

作者很愤懑,所以嚷嚷"人不是植物,人乃是需要告慰,需要劝解,需要自我解脱的种类"。跑到了老季的店里却没见到人,心里吐槽人家十点多就去吃饭,叫自己来,自己也来了,却是白跑一趟。虽然"没多说什么,留了话,说改天再来",但只怕那一刻内心真实的想法大概是"再也不会来了"。然后人的思维特殊性就显现出来了,一件事情虽然没成功,但就像碰到了和那件事情有关的锁扣,而且锁扣一下子就弹开了一样,"和过去有关的回忆,一时却全涌了上来"。随即便漫想开来——小镇的脸被现代生活或者说流逝的光阴一点点压缩成"日落前的残照",但当我们站在这残照里,还是能清楚地感知到那些过去的岁月其实并没有真正过去,是仍然"真切而实在"地存活着的。作者借别人的口说了一段话:"你要在乎养育你的土地,它不在你以为的别处,就在你脚下,你要从这里面生出爱、责任和担当,那才是你的使命。"这是一种创作观,又何尝不是一种人生观呢?

作者反思自己的性格，反思自我的处世之道，反思一路的走走停停，然后"接到老季的电话"，对方声音和以前一样洪亮，笑着说："没有什么事啊。就是叫你过来看看！"那笑声大概就是日落残照里最明亮的颜色了。

《老城记》记到后面还写了梅先生和梅先生家后院的四只大缸，还有活在史书里的一个个名人……作者忍不住夹了几句感慨："人的一生，本来就是在一次次变动中度过的。除了看着变动发生，我们什么都做不了。然后接受。然后淡然。"这几句的排列方式是一句成一段，就好像海宁潮，一线潮形成前就是那样一段一段的，多希望它们会凝成"地卷银山万马奔"之势。但事实上这人世间大多数的东西最后"不过是花市灯如昼，不过是人很多，咖啡很香"，然后城真的老去了，然后我们也真的记录了，再然后，其实也没什么然后了，左右不过是潮水把你给静静地吞没了。

个人最喜欢的是《海塘，海》这篇。真正在海宁海塘边长大的人，童年都会拥有那一片实际上只是江却被叫作海的"海"。作者从小时候写起，把自己当时"突然被放生出来的感觉"在文章开始就放得很大，而父亲"被他自己的思绪拖住了似的，抽着烟，越走越慢"，仅仅扯出来一点点线头。孩子们嘴上说着"海塘边没有路，只要能下脚，怎么走都行"，实际还是规规矩矩地沿着蒿草去到泥滩，"走上一条三面临水的堤坝"，去看那座"安澜塔"，因为"只要去海塘，必定要去石塔那儿。就像去西湖总要看保俶塔，看三潭印月"一样，带着浓浓的宿命感。

孩提时看那塔，"兴趣只在于它的所在，这是我们能走到的最远的地方了。我们已经站到了地图上的某个尽头。这种感觉让我们无奈（不是吗？已经无路可走了），也让我们兴奋"。在那些无奈和兴奋里，只是个孩子的作者经历了很多，比如听说海塘上枪毙了几个人，"血溅得怎么高"，可谁也说不清楚是在哪一段上，"反正，那儿就是枪毙人的地方。荒凉，僻静，潮水过去，一切了无痕迹"。又风传有老师在海塘那里投海自杀，也"还有几桩谈恋爱被抓的小道消息"。作者就在那些无所谓的听听就过的潮起潮落里，长大了，参加工作了。

而在成年人的世界啊，纵然海塘还是那样的海塘，没有什么变化，可是"仓库的窗很小，在里面待久了，会觉得气闷，却也没有地方说"，于是乎，"一种莫名的心境使然，我又去了"海塘。去干吗？不干吗！哈，成年人了呀，看到任何东西，还能像小时候那样"不管不顾"地到处乱跑吗？还能在看到永远在那个尽头等着我们的安澜石塔时，轻松快活地说"没人关心它叫什么"吗？很多年后，成年的作者会认真地去查书，会在书中所附的照片上努力地辨认它的名字，哪怕那已经是一片风化的石面。"当我竭力望向远处的时候，脑子里想到的始终是尚不可及的未来之年。"干吗呢？潮水虽然越来越小，捕过的曾经能让人发家致富的鳗鱼苗甚至别的鱼种"也在减少、衰竭，几乎已经从江水中断代灭绝了"，可生活却还在一成不变而又千变万化地推进着。去海塘的路没有了那些漫无边际的蒿草，"车可以一直开到堤坝上"，没鱼捕的捕鱼人也还是能进入摄影镜头，"成了照片中的主角"，"然而，谁都没想到塔的周边居然围起铁栅，挂上大锁。几个人转来转去……各种招数想过，还是进去不得"。

还能干吗呢？作者很明白，所以没再着急进去，觉得"隔着栅栏看看也好。塔和人的生命期数是不一样的，人过十年百年，塔才过去一年十年。塔看我们，已抵挡不住老之将至；而我们看塔，却一如既往。就算不走过去，我也看得到以往对现实永远不能满意的自己，总想知道前面还有什么的自己；看得到父亲在塔下悠然眺望的身影，一路走来，沾在他皮鞋上的泥"。这一长段的剖析看着就像是一种释然，然又何尝不是自我的妥协与欺骗呢？读到这里时，我突然间想到了美国作家约翰·史崔勒基写的《世界尽头的咖啡馆》，那个咖啡馆的菜单上有三个问题：你为什么来这里？你害怕死亡吗？你满足吗？咖啡馆的女招待凯西说："这不是随便提出来的问题，对它一瞥而过是一回事。认认真真看，然后扪心自问又是另一回事——你的世界会发生变化……"

呵，有什么好问的呢？

人类一旦思考，上帝就会发笑。那门既然被锁住了，进不去就是进不去，就算找对了"能开门"的人，"可远水解不了近渴"，还是安安分分地站在外面看看吧。要知道人们99%的痛苦、迷茫、沮丧以及纠结，都是源于这种"扪心自问"——我们总会在不同的时期去"扪心自问"，试图思考人生，试图弄明白今后到底会有怎样的不解之惑，试图改变什么，然后被自己的"思绪拖住了似的……越走越慢"。其实每个人都有"看海"的机会，都有在脑海里问那些问题的时刻，只不过有的人可能在小时候就想清楚了，有的人却要长大一些才开始想，更多的人大概终其一生都没有想明白偏偏还为它们痛苦着，觉得隔着门看总归是不得劲的。多可笑又可悲的"扪心自问"啊，等想明白了，才发现人生最大的笑话就是以为自己都明白了。

世界会发生变化。

什么变化？

什么都变化了，什么又都没变化。

所以作者回到车上"再一想，还是遗憾，究竟不能读一读从前不知道要去读的'民国四年四月穀旦''永庆安澜'"。毕竟人生的海如果没有了波澜，那就成一片死海了吧。可作者明明知道"那是我童年及少年时代的世界尽头"，也是读者读到的各自的那片海的尽头，"荒凉，僻静，潮水一过，一切了无痕迹"。

读完，整部散文集都是这样的笔调，一个人絮絮地说着，从头到尾情感都不曾有一丝激越，也没有用多少优美的辞藻，平、淡。我们都知道散文的主要特点就是形散而神不散，翻阅这部《时间中的铁如意》时，我还是能明显感受到这点的，每篇作品都结构自由、不拘一格，但中心又能集中在作者经历过的人、事、物上，有着贯穿全文的线索。严格来说，散文写人、写事、写景、写物都只是表面现象，真正的核心是写情感体验，读者在阅读散文时最重要的也是把握作者企图表达出来的情感体验。当然，"一千个读者就有一千个哈姆雷特"，艺术接受的主体独特性决定了阅读的结果是仁者见仁，智者见智，但这并不妨碍我们在阅读过程中进行由此及彼、举一反三的想象、联想和补充。作者在想什么，我又在想什么，把两者的"想"融会起来，揉捏在一起，填补文章的结构空白，形成极具自我特征的作品意境，那是作品的成功，也是读者的成功。

吴文君是一位很出色的小说家，她的作品经常发表在一些重量级的期刊上，有着自己独特的风格。《时间中的铁如意》是她的第一部散文作品集，着眼点就是她在家乡海宁看到过的、经历过的、思考过的点点滴滴。其实就风格而言，还挺有她的小说写作味道的，个人甚至觉得还带着点意识流的写法。以前看她的小说，主人公精致复杂，那种细腻的味道说不明白也弄不太明白，所以看过就看过了。现在读她的散文，可能因为触目所及皆为所熟悉的事物，就会忍不住跟着去想，想那些被时光浪潮冲刷了一遍又一遍的东西。潮退了，带走雪白的浮沫，留在沙滩上的就是真的再也带不走的了。代入文中的"我"，借"我"的视角，又超越"我"的视野，用生活本身再生出自我，获得不是我的又是我的生活真实体验，这是《时间中的铁如意》给我的最大感受。

在被忙忙碌碌的日常所淹没的今天，个人觉得每个孤寂的灵魂都更加需要阅读来拯救自我。从过去到现在，从现在去未来，我们可能会遇到世界尽头的咖啡馆，会停下来叩问清楚后再出发，也可能会无所谓地翻过写着三个问题的那一页，随着光阴之流一点一点流向另一个维度，活成别人纸上的一个字符，或者再也没有人会聊起的"西西"，都可以——正念此刻是一枝花，无惧潮水漫过所有的刹那。

《时间中的铁如意》：时间的河　回家的路

朱薇薇

　　前段时间，和办公室的同事聊起海宁的作家，才知道海宁的一级作家，除了王学海，还有一位叫吴文君的。因为工作关系，我与王学海老师经常接触，倒是熟的，吴文君老师就缺少了解了。巧的是，没过几天王学海老师就送了我一本吴文君老师的散文集《时间中的铁如意》。缘分就这么来了。

　　拿到这本《时间中的铁如意》时，第一眼就被它小巧的开本、素雅的封面可爱到了，现在难得看到这么小的书。翻开即是目录，扉页上印有《活山》的作者娜恩·谢泼德的"我们通过仔细观察近在眼前的事物来获得新知"，然后就直奔正文，没有前言，亦没有后记。这么简单直白，有点意思。难道所有的答案都藏在文字里？

　　初读这本书，我备感亲切，因为写的都是海宁的人文。加上作者的文字恬静优雅、细腻温润，读来颇觉赏心悦目。读书的过程，就像是随着资深导游一起漫游海宁，边走边聊，作者淡淡描述、静静深入，让读者很是舒服自在。作者常将自身经历与文史典故相结合，那些生冷孤僻的文史知识，经她这么娓娓道来，顿时变得有了温度，有了灵性，让人容易亲近起来。

　　首先，《时间中的铁如意》是一本关于故乡的书。

　　翻开书，真实的亲切感扑面而来。硖石"两山夹一水"的地标东西两山，干河街、硖西街、横头街、南关厢组成的老城，代表作者童年及少年时代的世界尽头的海塘与海，长安的东汉画像石墓、仰山书院、觉皇寺，海宁最高的高阳山，盐官的小桃源湖塘，袁花的城隍山，以及如雷贯耳的徐志摩、蒋百里、史东山、张宗祥等名人，哪一个海宁人不熟悉？

　　但熟悉不代表认识。吴文君是土生土长的海宁人，这里的山水风物自然是她最熟悉的。作者自述，在人人都在迁移的现在，她是"以写作为生却依然居住在出生地的很少有的这么一个人"。也正是因为一直在海宁，她才能发自真心地去感受、去热爱这里的一切。她一遍又一遍地去走她曾经走过的地方，去发现，去探寻，从"近在眼前"的熟识中找到"新知"，有时候是具体的发现，有时候是心境的改变，从"看山是山，看水是水"到"看山不是山，看水不是水"中，找到一个新的情感触发点，在熟悉中获得更丰富的情感认同和文化价值。

作者熟悉的不仅是这里的山水风物，还有融会其中的人文故事。海宁的名人多如繁星，对于一般人而言，可能记住的就是一个名字，知道一处老宅。而在吴文君的笔下，海宁的名人是可亲可近、可感可触的。凡是她走过的地方，背后的人文故事都被她挖掘出来了，提及的名人多达十几位。

出现次数最多的非徐志摩莫属。《山色》中有西山的徐志摩墓、东山的徐志摩墓旧址，《老城记》中有干河街的徐家老宅、徐志摩旧居，还有一篇《从此我想隐居起来》，把徐志摩与故乡的故事讲得真真切切。她因工作关系与张宗祥书画院结缘，带着我们深入张宗祥纪念馆，大到传承几百年的铁如意，小到布满墨迹刻痕的旧书桌、刻有棋盘的茶几，再到这个旧宅子在雨天、阴天和晴天的各种美丽，都一一展示在我们面前。她顺着陆子康老师办公室的一幅印顺法像，梳理了印顺导师与海宁的因缘，一路追寻导师的足迹，把导师"人间佛教，净心第一，自利利他"的核心思想讲得明明白白。这些故事，从她笔下流出来，就显得真实可亲、不做作了。这就是吴文君的厉害之处。

《时间中的铁如意》还是一本关于时间的书。不管是对于一座城还是一个人而言，时间才是真正的主人。书中收录的十三篇散文，时间的轴线都拉得很长，多以年计，贯穿了作者的童年和现在。《高阳一梦》的时间轴线最短，写的是登山当日的曲折，因为一个梦，至少也跨日了。拉长的时间轴线，叠加的时间累积，论述就有了历史感。再加上作者细腻、敏感，善于观察，擅长从女性视角不断地回望过去的生活片段，在不断比较之中，生出新的感悟。

同样的东西山，作者能从路的变化、天气的变化，甚至自身心境的微妙变化中，看到景的改变。不算老的老城区，承载着作者记忆中的人和事，从繁华到冷落，新修的建筑没有时间的痕迹，即使热闹也少了往日的烟火气和人情味，变成了"死街"。尽管作者有"除了看着变动发生，我们什么都做不了。然后接受。然后淡然"的无奈，但有朋友来，她还是乐意问他们"要不要去干河街看看"。小时候随父亲去海塘看海，现如今除了波光粼粼的水面没改变外，其余一切已似是而非，只留下不能读一读安澜塔铭文的遗憾……这些留存在她记忆深处的人和事，在时间的河流中相互交错，又鲜活地与现实相连接，都是时间赋予作者的认知。只有读完整本书，才会真正明白她在扉页里引用娜恩·谢泼德的"我们通过仔细观察近在眼前的事物来获得新知"这句话的意义。

时间的河，奔流不息，越过山，跨过海，弯弯曲曲，最终又回到了原点。《时间中的铁如意》更是一本作者创作回归的书。

作家创作的元素，主要来自个人阅历和文化经历。吴文君从 2003 年开始写作，以小说为主，散文不多，以故乡为内容的文章更是少见。对于故乡，作者坦言因为家庭成员来自全国各地，自己没有浓烈的故乡归属感，也没把自己当作一个纯粹的海宁人。她一直努力向外寻找，希冀去往遥远的地方，寻找心灵的远方和创作的灵感。

作者在《老城记》中借庄老师的口暗示："你要在乎养育你的土地，它不在你以为的别处，就在你脚下，你要从这里面生出爱、责任和担当，那才是你的使命。"这需要一个过程。就像向往自由的徐志摩离家之后，才会想回到"至少有蟹和红叶"的硖石隐居起来；就像印顺导师离家六十多年，在九十岁时仍为自己安排了一趟回家之旅一样——都需要时间。直到 2020 年，她才开始将目光放回自己熟悉的故乡，望向海宁的山水人文，集中创作了诸如《老城记》《海塘，海》《时间中的铁如意》《高阳一梦》《水面的一片落叶》等以故乡为主题的文章，2022 年结集出版了以《时间中的铁如意》为名的第一本散文集。

作者回归故乡的心路历程在这本小书里是有迹可循的。在《山色（二）》中，纠结于"到底是去伦敦、巴黎重要，还是每天在家里看看山、读读书重要"，"心里早就有一座山"的作者用与山为邻、面山而居的行动给出了答案。《高阳一梦》中，作者苦苦寻找登高阳山的路径，结果兜兜转转，正好回到原点，仿佛时钟走了一圈。《花园，石马，回家的路》中，毁弃在山腰的没有头的石马，有了头，回到了崇教寺；梦中总是无穷无尽走不到老屋的路，也变得逼真而清晰，且开满了花。这些问题，最终都有了答案，找到了归"家"的路。

对于已写作二十年的吴文君来说，这本《时间中的铁如意》也是她找到的回家的路。

时间缝隙里的海宁故事

——评《时间中的铁如意》

葛迎春

第一次看到吴文君的《时间中的铁如意》是在一场读书会上，她恬淡如菊地坐在那里，给我们分享写作的快乐。我翻开这本书，觉得她笔下的山水是如此熟悉，看完之后心生感动。

西山、东山，她爬了一遍又一遍，走一遍看一遍；南关厢、横头街、干河街，来来回回也走了无数遍；志摩的婚房，她细细触摸每个角落，在他的婚房里看他走过的短暂一生……这些地方，我也去过无数次，都是我经常散步休闲的地方。我还曾无数次在节假日带着孩子在西山东山之间晃来荡去，消磨时光。所以第一次读到这本书，非常欣喜，心里无比感激吴文君，她用细腻的文笔将这一方水，这一方山，这里的人和事，行云流水般舒缓地写下来。在这本书里，你看到了一个在时间缝隙里流淌的海宁，你也听到了时间缝隙里一个个海宁人的故事，你也体会得到这些海宁人身上与众不同的风骨与涵养。

海宁名人确实很多，清代黄簪世序《海宁县志》云："宁邑为省会左辅，居三吴上游，大海奔涛，七郡之保障系焉，有百里长堤亘焉。山川蟠郁，户口繁滋，人文辈出。"这一方水土浸润着海宁人的精气神，"在历史的长河里，这些名人中的许多人都曾经站在时代的风口浪尖上奋力拼搏，或以其深邃的思想睿智推动了中国乃至世界的进步，或以其叱咤风云的政治生涯或学艺生涯影响了历史的进程，或以其自然科学领域的巨大成就造福于人类"。但是吴老师着重诉说的不是他们的成就，而是他们散落在海宁的生活片段、生活痕迹，他们与海宁这块土地相融合的气息，读来更是让人觉得亲切。

吴文君经常一个人，沉浸式细品、触摸、深入海宁的景。所以在她的笔下，西山特别安静，没有嘈杂的人群，总是安安静静的。惠力寺前的经幢，就矗立在那里，不言不语。你看一遍，看到祥云升腾而去；再看一遍，看到衣袂飘飘的仙女，来迎亡灵。仓基河很安静，缓缓流过，几个人掉进去，倏忽打破了平静，等喧闹过去，河又静默了。紫微桥也是安静的，七百多年横卧在河上，栉风沐雨。桥的一头连着尘世的喧嚣，另一头连着西山的寂静。西山上的广福院、八仙台，景中自有一番仙意，打坐，修炼，在这一方山水中，也可以羽化为仙。东山的绿，东山的智标塔，只有残雪的石头和树，朱熹后人住的湖塘，海塘，长安的仰山书院，大运河，高阳山……吴老师用心去与海宁的山水对话。或是自然的山水，或是残留的断壁、凌乱的遗迹，她都在细细地品味，找到一砖一瓦、一树一石掩映下，这块土地上历史里的故事。

她笔下的海宁景色，低吟着深厚的历史故事。她将诗人徐志摩悲欢离合的人生故事娓娓道来，没有刻板印象，只是真诚地表达自己的感受。走到哪里，想到哪里。干河街有徐志摩的婚房，见证了他与陆小曼的甜蜜生活。东山有徐志摩的坟墓石棺，诉说着他和陆小曼的悲伤。山脚下有徐志摩与乞丐们的戏谈，表达着他对自由的渴望。西山有徐志摩的衣冠冢。老街上徐志摩生活了二十二年、房龄四百八十年的老宅已被拆掉，诗人的足迹和气息都在这座城市里慢慢消散，但是他的故事却经久不衰，喜爱他的人也不会顾忌世俗非议的眼光。徐志摩原本就是一个很讨人喜欢的人啊，纵使是被他抛弃的张幼仪对他也毫无恨意，依然觉得自己才是爱他最深的人，帮他赡养双亲，抚养儿子，整理他的书信、文稿……海宁历史上的名人和这些景致一起向我们走来，真实而生动，穿越时空，融为一体。南关厢里有吴世昌、吴其昌兄弟和有胆略重气节、绞肠再战、抗击清兵的周宗彝；仓基街有做人行事凭"丹心"的张宗祥；东山脚下有能文能武的蒋百里，有"不诬人，也不自诬，以死抗争"、行事刚直、热爱电影的史东山；新仓镇有佛教思想家、解行并重的大修行僧印顺导师……这片土地上有这么一群精灵，人杰地灵就是这个意思吧。

读到吴老师写的张宗祥、印顺导师的故事，我觉得很感动，心里不由得生出许多敬意来。书中写到张宗祥去世前一年留下一段嘱托后人的话："凡人要治学做事，必当先有傻劲。有傻劲，然后可以不计利害，不顾得失，干一点事业，成就一点学问。"读到这里，有灵魂被击中的感觉。是啊，人生做事不能只顾名利、算计得失，不然就会少了许多乐趣。做自己喜欢做的事情，是得有"傻劲"！吴老师说："如果老是这个样子，写不出好的东西来，岂不是愧对这个地方？"从这些文字里，我感受到她的真诚，终于明白了"铁如意"的深刻内涵。

"铁如意"源起周宗彝，辗转到张宗祥手里，他如获至宝，备加珍惜。铁如意是张宗祥秉性中的一部分，也是海宁这些有风骨的名人的秉性——不计利害，不顾得失，干一点事业，成就一点学问，有一股"傻劲"。徐志摩也是这样啊，不计利害，不顾得失，追求他心里认定的"爱，美与自由"，被世人嘲讽又如何，身死又如何？蒋百里也是这样，"为国尽忠，虽死无关紧要，然于陆军及民国前途有益"，也是可以身死报国的。王国维也是这样啊……"不计利害，不顾得失，干一点事业，成就一点学问"就是海宁名人"铁如意"的秉性。

印顺导师的故事，折射出吴老师内心的佛法感悟。她缓缓地讲述他从"在家时分"到出家变成印顺导师的一生，"离家""忘家""将身心安顿在三宝中""来了见了就聚会，去了就离散，所记得的，只是当前"。印顺导师归纳自己的一生是"如水面的一片落叶，向前流去，流去。忽而停滞，又忽而团团转……自己的一切，都在无限复杂的因缘中推移……"她顺着印顺导师的指引去领悟佛法，"顺着因缘而自然发展。一切是不能尽如人意的，一切让因缘去决定吧"，更深切感悟到"人间佛教，净心第一，自利利他"，领悟到"智慧"与"慈悲"。人到中年，在现实里经历了悲喜，经历了生离死别，就能理解这种心境。"人生不如意十之八九"，在整本书里，有淡淡的忧伤弥漫，也有淡淡的欣喜浸润。故事里的人，或是作者自己，无论谁的人生，都没有圆满的。但是我们总能从先贤们的身上找到力量，找到智慧。比如张宗祥说的"傻劲"，印顺导师说的"因缘""利他"……

在这本书里，吴老师写寺庙最多，写海宁现有的寺庙，或是曾经存在过如今已是断壁残垣的寺庙。寺庙在这本书里闪耀着宁静悠远的光辉，以及高僧们的智慧与超然。西山东山有很多寺庙，吴老师对山上的古迹旧物，顺着缘分，一一探寻。在庙宇与自然景物里，触到一个"澄明而又遥远的世界"，在"自古不变的金色里见到天体的长远和人生的短暂"。这本书里的人和事，吴老师都是带着探究的心去描述的。吴老师写自己儿时的伙伴、旧时的邻居、小时候的祖屋、植物的生死、花园、石马、回家的路……都带有很强的慈悲心。

对于美丽的自然景致，吴老师总是用"观赏""观瞻"这样的词，然后放飞思绪，联想，写出自己的真情实感，细细地去体味岁月流逝中的人和事。对于古迹中的人，总是用"景仰""崇敬"这样的词。看的是山水、石头、黄昏或是日出，写的是时间缝隙里的历史，有自己的心情，有别人的故事，也有人生的顿悟。或是因人到中年，我特别能共情这种心境，现实里感到孤独，回首看看，却发现人世间自有许多有趣又坚毅的灵魂。也许，他们并没有和你处于同一个时空，但是这片土地上，这些山水里，他们也曾经来过。你或许是能理解他们的悲喜的，他们或许也是能理解你的悲喜的，这是一种深刻而广博的慈悲。书中写道，1933年的清明，陆小曼曾到东山为徐志摩扫墓，回去画了一幅满是清寒之气的山水图，或见陆小曼内心的悲凉与悔意。

这本书的名字是《时间中的铁如意》，正如书中所说"时间才是一条老街的主人"。在时间流逝里，你才能发现永恒。是的，每个人的人生都很短暂，但很多先贤在海宁的土地上留下了自己的足迹，写下了自己的故事，飘忽而来，飘忽而去。就是这些时光的碎片拼凑了一个坚毅厚重、丰富多彩且有血有肉的海宁。《时间中的铁如意》指引我们回到海宁的过去，唤起过往的某些记忆，也指引我们走向未来。人生短暂，天地永恒。这本书里有作者自己的生活，有海宁的名胜古迹，有海宁的深厚历史，有海宁的名人故事，这么多的内容融合在一起，自然、真诚、亲切……

我倾听你来自寂静的声息

——评吴文君散文集《时间中的铁如意》

朱利芳

这是一本可以慢慢咀嚼的散文集。

读散文，我好久没有这样的经历——看一篇，歇一下，过段时间再看一篇。如品尝九制橄榄，不断辨别出不同滋味；又仿佛穿行于长长峡谷，两岸好风景，唯恐船行速度太快。

作者是沉稳的，情绪也是饱满的，但呈现却是散淡的，有真功力。文字清淡，不曾有明显的、特别设置的情节，始终似波澜不惊的流水般向前，绵绵不绝，却让人跟着文字叙述，渐渐沉浸。

一

散文的慢条斯理是需要功夫的。

如果没有扎实的基本功，根本无法做到这一点。吴文君的成功显然得益于她多年的小说创作经历。因在叙述能力上有过充分的训练，她的写实能力高人一筹，再加上讲故事的本领，使得她的散文呈现出一种"庭院式"的建筑结构，既曲径通幽又藏得住气。

散文虽然篇幅有限，她却拿出建造"拙政园""狮子林"的功夫，慢慢地打磨周围，细细构思，不疾不徐，先将房舍与周边环境融合，再将内部的结构按照自己的喜好一点点地筑起，平地起楼，移步换景，直至这庭院呈现个人的美学风格。

她不用工笔，而凭写意。

就这样，你跟着她的步伐前行，似乎漫无方向。这一个散字，有随意之潇洒。她的每一处"庭院"虽然有地图上的方位，却更像国画里那些隐在溪山密林中的老宅，你一路探寻，云山迢遥，曲折奇崛，旅途风光无限，但总觉得目的地还在远方，那里自有光亮。

马振方先生谈小说的叙述，要"状可见、声可闻、意可察、情可感"。我认为，这同样适用于优秀的散文。

吴文君的作品集《时间中的铁如意》带来的阅读体验，淡而有味，细小中见格局。在她笔下，海宁綮风飞，郁云起，芳蕤馥馥，青条森森，她的"庭院"似处于古都，孤独在其中交响。淡淡的笔触所至之处，恰如她文中所言——"不是风，不是云，不难捕捉，真切而实在。"

你到达某处，并不止于某处，而是这一路，都是风景，诸多复杂情感随处流淌。她笔下的名人，徐志摩、王国维、史东山、张宗祥、宋云彬都是一座座云遮雾绕的大山，山中有景，山中有人，山中有岁月。山行之路，曲径回环，每一条小路都值得探寻，不只为寻上山之路。我想，她并非单纯地想为读者介绍这些海宁乃至全国闻名的"大咖"，而是她走在这条路上，一遍遍地在这座城市里寻找相似的灵魂，寻找心灵对话的空间，在无垠的时间里探寻某种意义的存在。所以，这些名人绝非符号！她面对的，是曾经灼热地爱过、恨过、生活过的人！于是，消逝在时间长河里的那些记忆，重新鲜活明亮起来。

是的，故事虽然已然淡去，却始终绵延不绝，有人，有物，有情。这感情的颜色并非热烈而光鲜的，她一面在接近，一面又保持着克制的距离，仿佛沉默降临，有沉着的力量。

我喜欢看她写植物，逸笔草草，曲尽其妙。她笔下的植物，也是海宁本土的树和花——木槿、泡桐、麻、樱桃、紫藤等，平淡得很，在这块土地上死死生生，细不幽散，曲美常均。和我们的生活靠得那么近，却依然保持着某种特性，潜入我们的日常，纷纭挥霍，形难为状。所以，写植物，见精神。

看她写泡桐，极散漫的，朝着自己童年涂了几笔，却让人看到隐入老屋中的老妇、异乡刚出院的病人，年代氛围感扑面而来。她淡淡地写着辉映过童稚眼睛的泡桐花，竟不经意间令我望见了自己青春的孤独，如花扑扑地随风掉落。植物的个性和神采，是她以文字传递情感的对象。又如她写麻，笔一转，写了布店里的柜台，又写到小说里某个人物，甚至只是因为名字中有个麻字，唉，真是莫名其妙，却又有说不出来的味道。比如她在写明代的紫藤时，最后来了那么一句："我久久地望着它，想到和爱和温情和天长地久有关的往事。它活了这么久，连它自

已也成了时间。"（《植物的生生死死》）

世界与自我，是什么关系？她始终在追问。我看到了时间在她的文字里呈现出两种形象：一种是白驹过隙；一种是天荒地老。心灵保持着极度敏感的人，把自我放小，世界就大了。

二

吴文君散文的基本色调偏冷。

这份冷色调与整体散淡的风格倒是绝配。文章若与作者自身的个性高度契合，呈现出来的作品就有种"自洽"的舒服感，读者不感觉别扭。读着她清淡的文字，我时时感觉，这种"冷"面的背后有温暖的东西支撑着。

因为寂寞，或者说孤独的一个转身，我们都经历过。

也因为那些人生里出现过的或者埋伏着的，灰色时刻。

比如说，她写西西，那个多年不联系的女友。童年时的同学经历，成年后的疏远冷落，在西西死后发酵出来的莫名思念，对照着人世间不知所以的忙碌，这样的牵挂对人生似乎并没有实质性的意义。但是，西西这个人的倏忽一现，如这篇散文里跳跃起一朵微弱的浪花。这朵浪花如此真实地出现在尘世海洋里，海是冷灰色的，浪如雪般白，显得这冷调子更冷，也有力地将一篇文章推向不可说的更幽深的维度。

现在我可以确认，这个冷，绝非冷漠——是孤独站在这个时空，河流往前，看磐石不转，心里难言之无限感慨。有静水流深之后呈现出来的幽远之色，亦是精神内化之后的一种凝重，还携带着苍茫时间贡献的冷寂。所谓情到深处人孤独。她独自走在老街上、古宅中，见翠微山色、人间烟火，却每每落笔写下清冷文字，想着："他们负责的对象，不是人间或人为的什么，而是一切事物的永恒。"（《从此我想隐居起来》）静气，怎会不油然而生！

顾随先生说过："人凡在专一之时，都有一颗寂寞心。"

而这寂寞未尝不是有用的。因为静下来，人可以做事，可以思想，所谓"寂寞心情好著书"。

读吴文君的散文，最爱她的闲笔。

这些闲笔仿佛是树自然生长的枝丫，斜着出来，却别有风韵。这些叙述所营造的氛围，所传递的情绪，所搭配的结构，与她所要表达的内容相映成趣，姿态优美，韵味独特。特别是每篇散文里都会突然冒出的那些小人物，淡淡几笔，竟有说不出的好味道。如《老城记》里干河街开店的俞莺、相院里的老季、开咖啡店的无奇，《山色》里寺庙管事的阿姨，等等，她笔下的这些人，看得我莫名心疼。

是否因着他们在这里悲欣交集地生死，与这座城市休戚相关，哭在一起，笑在一起，所以，这城虽老，却能够生生不息。

看到她的笔下，生活在海宁的小人物和从这座城走出去的那些闻名世界的人一样，真诚地活在当下，徒手面对着命运，读者自然会屏息。

文章有悲悯，如同人有一颗会疼的心。

三

读吴文君的散文，不用性急，她缓缓地写，我慢慢地读，才有味道。当然还可以再三地品，感受暮色在天空伸展的层次，感受某个时刻风把海水搅得黑白相混。

她是有底气的。当然得益于她对文字的掌控力，但似乎更源自她对这片土地真挚的理解，有诚意的写作，独特的思考，以及性情的表达。

以《时间中的铁如意》为题，她真诚地书写自己的城市，传递人生的独特气息，而并非田园牧歌式的抒情。因有真实的印象、真实的经验，所以书中哪怕一个小片段，也带着洞察入微的现实感，里面包含着一些我们可能不太愿意正视的东西。现代文学有一个趋势和潮流，就是为特定的社会和人生写照。除了生活的日常，她触及了积水的街巷、灯影寥落的后院、寂静山林里的胜迹遗址、荒凉的郊区、流淌的小河等，她用独特的坐标群构成了对这座城市的描绘。有爱有嗔有惆怅，欢喜与落寞常在，温情与敬意俱存。

她真诚地面对着过去和现在，把这座城市的文化记忆与当下交织在一起，用心来理解历史的厚重与人性的复杂。

唯有懂得，方成自觉，才有力量。

《老城记》里她记下庄老师的一句话，似乎可以作为佐证："你要在乎养育你的土地，它不在你以为的别处，就在你脚下，你要从这里面生出爱、责任和担当，那才是你的使命。"

是的，用性情来书写，饱含着爱、责任和担当。

"梅先生的诊所和史东山故居"中，有硖石横头街，那是硖石烟火气的源头；也有史东山这位闻名全国的电影大师。但作者却让推拿师梅先生当了主角，民间有高手，这位脖子上挂着玉的梅先生，练过气功，声音响亮，后院有四只荷花缸。因为梅先生，那一条老街生动地活着，而此后的沉寂也由此显得分外强烈。老街改造，并没有令作者特别期待，许是惯见了光阴斑驳的侵蚀吧。"人的一生，本来就是在一次次变动中度过的"，"时间才是一条老街真正的主人"，读着这样的句子，我心里百味杂陈。

即便是写着篇幅不长的散文，吴文君依然习惯用文学表现人生，无论这个人是在过去还是现在。

她在尝试用写作来完成一个主题，那就是对小城市与大世界、故乡和他乡的思考。在一个流动性越来越强的世纪，这个主题跟我们的日常生活息息相关。小城生活是怎样的，相信你我并不陌生，因为我们大部分人都来自乡镇和小城市：这是一个熟人的世界，一个由相互关心或窥视、知根知底或飞短流长、到来或离去组成的世界。所以，我们读着会备感亲切，作者的情绪与性情也更为清晰地被感知。她在书中呈现出来的，是对生活本质的思考，是对故乡和他乡复杂的认知，是对自身和他者命运的某种体悟，是游思一样的存在。一如她的叙事声音，不强烈，细微散漫，温和而又坚定。

我突然想起美国诗人罗伯特·潘·沃伦那首《世事沧桑话鸣鸟》（赵毅衡译）：

那只是一只鸟在晚上鸣叫，认不出是什么鸟，
当我从泉边取水回来，走过满是石头的牧场，
我站得那么静，头上的天空和水桶里的天空一样静。

多少年过去，多少地方多少脸都淡漠了，有的人已谢世，
而我站在远方，夜那么静，我终于肯定
我最怀念的，不是那些终将消逝的东西，而是鸟鸣时那种宁静。

吴文君的散文里的联想，连接着深沉的思想。记得顾随先生如是说："思想与情绪不同，所谓灵感、兴会皆是与情绪有关。而情绪是来不可遏，去不可止。思想则不然，思想生根、生枝、长叶。跑，上哪儿跑呢，觉得它跑了，它还潜伏着呢。"

吴文君即以"铁如意"为意象，凝视人生和时间的关系。从中我们读到虽"隙驷不留，尺波电谢"，却"秋菊春兰，英华靡绝"；读到"几日不来春便老，开尽桃花"；读到"岁寒，然后知松柏之后凋也"……她的思虑，按捺起伏，纵横古今，渐向深远而去。她选择书写的那些人和事，被放在海宁时区打着转，尺素绵邈，思海恢宏，而她愿意凭着一腔真性情，泅渡这汪洋大海。

能够真诚地面对自己和世界，是真勇气。

而令人感叹的是吴文君，能够不凭借着性情在文字里横冲直撞，反而拼命向内，用力收敛，不妄求，不妄为。于是乎，文章在抒情与哲理间从容游走，"譬犹舞者赴节以投袂，歌者应弦而遣声"。思想在胸中振荡，文字在笔下流淌。

因有慈悲能长久

——读吴文君的《时间中的铁如意》

殷明华

吴文君写张宗祥的铁如意，取名为《时间中的铁如意》，而不是用《张宗祥的铁如意》之类的题目，就很高明，因为后者写的只是张宗祥，而前者却是作家眼里的张宗祥，它融入了作家的主观感受，因而独一无二。从根本上说，它展现的是作家本人对时间的沉思和感悟，而作为写作对象的张宗祥先生，反倒成了一个被借用的壳。

这枚铁如意，原为抗清名士周宗彝的随身物品，他曾带着它打击清兵。铁如意上面沾着敌人的血，也沾着这位义士的血；后来成为张宗祥的收藏，成天陪伴其身边；再后来，斯人亦去，它则独自静静地横卧在仓基街四十一号——一幢民国的青砖建筑里。仓基街是冷清的，进出于四十一号的脚步更少。这枚铁如意，就长久地卧于馆内的玻璃橱窗里，缄默着，所有的往事都被冻结了，它只不过是一枚铁如意，仅此而已。

或许也只有作为铁如意馆的"半个主人"，在玻璃橱窗前踟蹰时，它隐藏着的故事，才会徐徐打开。

铁如意沉没在时间中，从往古到现在，还有无垠的未来。

作家与铁如意结缘，完全是偶然。

作家第一次去仓基街四十一号，只看到了几幢民国时期的旧房，还有一株罗汉松。

过了五年，四十一号成了作家的半个单位。因为是半个单位，所以偶尔来此，也没有特别的感受，更多的只是一种百无聊赖中光阴虚度之感。时间静静地在茶杯腾起的茶烟和指缝间游走了。大抵如此。

但世间某些事，往往是在无意中渐渐生发转机的。作家用松尾芭蕉的话引出另一种开端：

一时有一时之爱好，一日有一日之情趣，平素迂腐顽固、不与为伍之人，一旦相逢于乡间小道，或于茅舍颓败之家遇见风雅之人，则宛若瓦里拾玉、泥中夺金。

或许是张宗祥太博大了，在摆脱无聊中，作家走近了张宗祥。一般而言，所谓名人，首先展示给人的总是"功"和"名"——某某有什么成就，最高担任了什么什么官职，这就是我们对名人的认知，看名人纪念馆，无非就是看这两样东西。吴文君原先也是看到了这些花花绿绿的东西，但作为一个作家，她与众不同的是，心里时常怀有一种不安：

如果老是这个样子，写不出好的东西来，岂不是愧对这个地方？从这一念渐渐又生发出另一念：我是不是要写一写先生？我总要写一写才不算白白在这儿走过这么多年吧？可是他这么博大，每想起来，就觉得无从下笔。想到最后，不过是趁着没人去出生房、铁如意馆走一走。

张宗祥那么博大，不写出点东西来，所有在铁如意馆度过的时间都算白白流走了。所以才有了此后更近距离的观察：她拔开插销，走进浓荫覆盖的天井，带着闯入禁地一样的紧张和欢喜，去看那些旧物什。

阴天，半雨不雨，这里最为寂静，恬然。没有太阳，灰尘全都不见了，更显得房间里窗明几净。后天井的光透过长窗映进厢房，微白，像新结的蚕茧一样柔和。
…………
每件事有适合每件事的时辰。去铁如意馆，我喜欢下午。最好天特别蓝的那种晴天，三点前后，太阳已经有点西斜了，看完楼下的文字图片，踩着木楼梯往上，忽然满屋子都是红光，光影参差，斜映在墙上、地板上、书画上，整座楼都活了过来……

不知道她在那个地方待了多久，那种意味着实令人沉醉，光阴在照片上、桌上、地上移动着脚步——满满的时间流逝感，让人沉溺其中却又不自知。

人生的真正意味往往就在其中，能打败时间的，只有忘记时间。

叶公问孔子于子路，子路不对。子曰："女奚不曰：其为人也，发愤忘食，乐以忘忧，不知老之将至云尔。"

这时，作家才发觉，张宗祥的博大，不在于他的功和名，所有的功名，都不及他眼光中的"慈祥"。

"慈眼视众生"，如此，才是一个十分像人的人。

作家终于说出了自己的顿悟。而那种顿悟，需要的不是赶时间，而是要泡在时间里面。

时间中的铁如意，静卧在玻璃橱中，时光让它失却了原有的光华，它变得沉静而柔和了。人生，总是短暂的，在时间中能留下什么呢？

这就是属于吴文君自己的《时间中的铁如意》。

天雨流芳

——读吴文君的《时间中的铁如意》

孙淼淼

六月中，整个中国都是风里雨里，好似穿上了一件雨做的衣裳，湿答答的。雨水落下的时候，毫无道理，时而倾盆，时而缠绵，时而铿锵，时而婉约。淅淅沥沥，大雨小雨，江南江北，都缓缓沉入了一个潮湿无尽的长夏里。

于是也就有了这篇围绕雨展开的评论，许是雨天读它的缘故，我的眼前总是浮现吴文君在雨中畅游东山西山，在雨中独自立于徐志摩衣冠冢前，在雨中漫步硖石老街的情景，甚至想象着她在细雨滴答的窗下写下这些优美的文字……

不禁想到纳西语中那句极美的话："天雨流芳。"它被行云流水一般书写在丽江木府旁的一座牌坊上，在纳西语中的意思为"读书去吧"。初见此语，我便满心惊艳，如齿间生香，如凉风入户。最近尤爱"天雨流芳"，行着、坐着都想哪天、哪里能套上、用上它。天雨落，似流芳，润泽万物，亦润泽人心，恰如读到吴文君的《时间中的铁如意》，天上落雨，是人间流芳。读罢此书，则似心上流芳。世间好书是落在心上的雨，绵绵无尽，长久地润泽着我们的灵魂。故而，天雨流芳，姑且作为本篇之标题，一来是真的喜欢这几个字及其背后的意蕴；二来，雨天读它，读《时间中的铁如意》也是真的适合；最重要的是，读书去吧，读它没错！

有时在想，写下这四个字的读书人，对读书之趣味领悟到如此境界，实在令人惊叹不已。的确，像吴文君一样，在讲述"海宁故事"，展现海宁的历史、人文与风物的时候，一定也是受益于山川大地的滋养，就像天雨之于谷物的成熟，心灵沐浴着智慧的浩荡清香，感到无比幸福和安详，才能够成此佳作。

天雨流芳，滋生万物，方有天地之悠远。

书雨流香，润泽心智，方有岁月之沧桑。

长风吹不尽，时间在雨水中青绿。我似乎也在雨水中，在吴文君的书中，走向另一个空灵的世界。我想，那便是心之所在。翻阅吴文君老师的《时间中的铁如意》，甚至刚拿起就有种冲动去再走一遍她书中的世界，去重登东山西山，重走碶石老街，重观尖山海塘……脑中一遍又一遍地重现那些熟悉的风物，想象着自己是吴文君老师的影子，时刻伴随左右，见她所见，到她所到，思她所思。而后在这个生活多年的地方，去发现和重新认识身边的一景一物、一草一木，不管是人的生命、建筑的生命，还是草木的生命，去体味她所要表达的每一个体所承载的情感，去拨开时间的屏障，让先人留下的遗迹和那些正在隐去的风景逐渐显露。

抒胸中真情，唱山水灵音。扉页上就是一段娜恩·谢泼德的语录："我们通过仔细观察近在眼前的事物来获得新知。"本书收录的每一篇文章都体现着扉页上的这段话。记得朱自清先生曾说过："就散文论散文，这三四年的发展，确是绚烂极了……或描写，或讽刺，或委曲，或缜密，或劲健，或绮丽，或洗炼，或流动，或含蓄，在表现上是如此。"（《论现代中国的小品散文》）读吴文君老师的《时间中的铁如意》，深感她的散文作品的真情流淌和绚烂极美的审美格调。字里行间叙写真情、诗意，篇篇章章都在讴歌山水人文的灵意，以及那时那地自己的切身感悟。

都说在文学体裁当中，散文是以说真话、讲真事、抒真情为首要特质的，唯其有真情才能打动读者，唯其非虚构才能让读者信服。吴文君老师的散文正是以真情与读者交流对话，《海塘，海》开头去尖山海塘的情景中有一段描写"父亲"的："父亲更喜欢落在后面，被他自己的思绪拖住了似的，抽着烟，越走越慢。"父亲的形象和父女情感在不动声色的叙述中流露，让读者感受到了那种具有体温般的温暖情怀。父亲利用休假从安徽赶来，在交通还不甚发达的年代骑着自行车咯咯啦啦地带着孩子去尖山海塘野一野。这平淡的叙说中流露出的字字真情，让读者想象到父亲作为孩子心中高大的存在，对子女的爱是绵延的。在真情的叙说中，作者以朴实无华的文字将父亲的形象立体地展现在读者面前。父女间的真情无须用华丽的辞藻和溢美的语言来表达，只要有了真情的浸染便能字字生辉，句句打动人心。这就是真情的力量，更是散文区别于其他文体的突出特质。在吴文君的散文中，亲情、友情、师生情，情情俱真；家情、国情、山水情，情情在理。

吴文君的散文作品，抒发真情实感是其创作突出的审美特色之一，借景抒情或托物言志也是作者常用的创作方式与技巧。她在对海宁的山、水、人文的抒写中，或借景抒发胸中之深意，或托物宣泄腹中之豪情，真是恰到好处，极具品位，独具价值。在她的笔下："山上的古迹旧物，也像人与人的交往，不到缘分和时间不会遇到。以前让我觉得庸常的那些东西，其实都有它自己的光芒。"她笔下徐志摩的形象更加立体、充满血肉，不单单是从诗句到诗句，不再是徐志摩对于"爱、美和自由"的单纯信仰，也不再是世人茶余饭后的那些徐志摩与三个女人纠结不清的传闻，等等，而是独独"倾慕他做人真实"。在她的笔下，子康老师的外祖父（印顺导师）那段关于流水与落叶的话，都能让她与尚未完工的图书馆，仿佛生出一段因缘。甚至在寻常生活中说起植物的生生死死，都能与个人的生命体验相连，大量成篇，感悟独到。都说，善于跟世界和谐相处，就会发现这个世界也非常乐意倾听你的表达。你知道如何向它表达你的诉求，找到跟它和谐相处的方式，才会有更多的真情流露。如此看来，吴文君老师也一定是懂得表达、懂得与自然和谐相处、对生活充满热情的人。

在吴文君的散文集里，无论是对山、水的描述，还是对人文风物的铺陈，都是娓娓道来，让我们不仅能够感受美，还能明白因何而美。作者又无时无刻不把自我情怀与创作结合起来，不仅形成了自己独特的散文创作风格，而且一定程度上提高了文章作为散文的美学价值。然而，金无足赤，人无完人。再完美的事物也有不足的地方。同样，对于吴文君的散文集《时间中的铁如意》来说，亦是存在不足之处。某些方面、某些篇章，确实有明显欠缺的地方。十多篇读下来，隐约有种模板化的感觉，读了前面几篇，甚至都可以想到下一篇会怎么写了。读了开头大约是走到某一处，接下来是深挖关于这块土地的人文历史风物，再然后就是开始散文的抒胸臆，有时候代入感太强。之所以这样，我想，究其原因，主要是作者对于散文"情感"的刻意追求。有人曾说："文章要作，又不宜太作。"吴文君散文对"情感"的重视就导致了"太作"。所以，鄙人之见，这可能是唯一称得上不足的地方。

读罢掩卷，回头看看，在这个全民焦虑的时代，在这个许多人不知为何而焦虑的时代，我们也许会遇到许多辛苦奔忙的人，追求效率的人，打拼成功的人，拥有财富和地位的人……却很难遇到一个真正快乐、懂得表达并享受生活乐趣的人。读《时间中的铁如意》，我觉得作者是一位得到了真正快乐的人。

拥抱时光　拥抱生活

——读吴文君的《时间中的铁如意》

范叶萍

　　有好书相伴，我会关闭一切，独坐一隅，把时间留给阅读，留给静静的思绪游走，留给与作者的共鸣。在这个春夏之交，再次席卷而来的疫情把我封锁在家，迫切需要一本好书来陪我度过这个"焦虑"时刻。《时间中的铁如意》便是在这个时间、这个节点走进了我的视线，安抚了我焦躁的心，让我慢慢安静下来，屏蔽外界的纷扰，沉入书中，一遍又一遍地细细品读，跟着作者在家乡的一山一水、一草一木之间游历……

　　在这之前，我并不认识吴文君老师，哪怕到现在，我也未曾见过她。然而，看完全书，合上书本，我觉得我是认识吴文君老师的。我眼前总能浮现一个温婉秀丽的江南女子，一如这本书的封面，纤细、娇小，着一袭淡绿色连衣长裙，在家乡小巧玲珑的《山色》里沉醉；去所剩不多的《老城记》里追忆；独坐在江畔，听我们海宁人心中的《海塘，海》轻歌浅唱；在神秘的《小桃源》里寻找历史的踪迹；与《水面的一片落叶》悄悄对话，领略那禅意人生；为《植物的生生死死》牵挂与释然；在《花园，石马，回家的路》上哼唱回家……

　　《时间中的铁如意》是吴文君的一本散文合集，共有十三篇文章。全书主要描写了文君老师在海宁生活和工作的点点滴滴。书中有大半的散文在描写海宁的山山水水、花花草草，也描写了海宁的遗迹史料和名人文化，还描写了一些风土人情和心灵低语，每一字每一句都流淌着吴老师对家乡无边的热爱。家乡的每一寸土地，家乡的每一棵小草，家乡的每一个故事，家乡的每一段历史，家乡的每一缕风、每一朵云都透过吴老师细腻的笔触与我们拥抱。

多情看山水　深情说家乡

著名散文家赵培光先生说："写作是一个自作多情的进境，手法和技艺并不重要，重要的是生活、灵魂和语言。我的写作，没什么特别，唯诚恳与诚恳地表达。"赵培光先生说的"自作多情"，就是感性吧？没有感性的多情又何来智性的表达？进境，一个魅力无穷的词，一种魅力无穷的感觉。"自作多情"的进境，那应该是一层比一层更精妙，一层比一层更美好，因多情而进境，也因进境而多情。吴老师的散文就如赵培光先生所说，用她简单的文字、近乎白描的文笔诚恳地表达着。这诚恳的表达带着读者进入作者所进入的每一个地方、每一个场景，感受作者的心，体会作者的情。因着作者的"自作多情"，让读者也不由得"自作多情"起来。

"芭蕉先生好登西山，也好登东山。冬有冬的味道，树叶落尽，山的形状全露了出来；梅花樱花开时又是一种味道；夏天绿叶簇簇；秋天有秋色；如果大雪覆盖，那就是天赐了。"品读吴文君老师的散文，细细品味她走过的每一个地方，大到整座山，小到她抚摸过的一片叶子、捡拾过的一朵落花……都留着多情的痕迹、进境的美妙。"塔影、松林、黄叶，一千年前、两千年前的黄昏，也就是这样吧？坐在峰顶最高最大的岩石上，有一种和天地浑然一体的错觉，仿佛时间停止，自己消失。"这是多么打动人心的多情，这是多么忘我的境界！这淡淡的文字，这淡淡的描述，如清澈的泉水流进读者的心中，搅动了读者的一腔思绪，让读者也生出一颗多情的心来：改天我也去走走西山，探探东山，可也有那深情的小路邀我进山？

作者的外婆家有一处老宅院，宅院有厢房，有花坛，有凉亭，还有假山和芭蕉，更有她许许多多童年的记忆："那时外婆家厢房窗下虽砌有两座花坛，却总是荒芜居多。偶尔碧绿起来，也多是野生的。不知哪来的种子，偶落入泥，忽就挺立出几株芝麻，几丛辣椒、凤仙，长起来奇快，不久就直抵窗棂，点缀旧得发黑的门窗。""木槿花不香。一早上，紫红的形似喇叭的花缀在枝叶丛中，伸出淡黄卷翘的芯蕊，大概也还算美，和初升的太阳一同提醒我这又是一天。""春天，泡桐开始开花，花朵像一个个倒挂的小钟，淡淡的紫色，淡到发白的紫，站在地面仰望上去，在天空无限的蓝色里会觉得它犹如雪片一般白得单纯。"每一个生命的美好，每一个细腻的过往，每一个轻悠的瞬间，每一寸消逝的时光，都在苍老的事物中泛出青翠，点缀着记忆的天空。每一次回望，沿着记忆的河流，如一首一首动听的歌谣，汩汩而出，是生活，是深情，是数吟不倦的诗。就如那天真快乐地串项链的情形："只有无所事事的小孩子对它有些兴趣，摘去枯萎的花瓣，留下有五个裂口的花萼，用针线串起来，串成一长串，戴到脖颈里当项链。"这是记忆里的一串带着童真的项链，更是生活里的一只五彩调色盘，是浸润到骨子里的清新与深情。

读之闭目遐思，静静地听，听那些曾经掠过头顶的鸟鸣，那叽啾叽啾来自山里的声音；轻轻地闻，闻那或浓或淡的花香、青草香，飘散在空气中，久久未曾散去。那些经年的记忆，那份隐藏的深情忽然洞开，涌动在心头，活泛于心间，我随作者的笔触一起进入了那深情的境界。

用心查史料　细心寻踪迹

在《时间中的铁如意》里，除了家乡美丽的风景，更有许许多多历史遗迹和名人足迹。有我们熟知的西山的紫微亭，东山的智标塔，干河街上徐志摩与陆小曼的"爱巢"，东山脚下梅树环绕的蒋百里故居，横头街的史东山故居；也有我们身为海宁人却并不知晓的海宁市长安镇的东汉画像石墓、仰山书院，湖塘的朱熹后人所居的小桃源……文君老师一处一处查寻资料，一地一地踏足探访，将她所知道的真实历史和游历时的内心感受细细描述，娓娓道来，让读者更深层次地认识海宁，了解海宁，向往海宁，热爱海宁。

"西山是俗称，它有一个正式的名字叫紫微山。唐长庆三年（823），白居易在杭州做刺史期间登过这座山，以前山中还有一块'居易碑记'。白居易做过中书省的官，中书省又叫紫微省，山以人传，桥也随了山名，就叫紫微桥了。中国农民银行民国三十年（1941）发行的五百元纸币上用的就是紫微桥的照片。"文君老师用真实的史料知识和数据在开篇《山色（一）》里写出了海宁人熟知的西山也叫紫微山的由来，以及紫微桥的由来和这里曾经的荣耀。山以人传，桥随山名。看到这段文字，我忽然联想到我所在的工作单位叫海宁市紫微小学，总有很多人会误写成"海宁市紫薇小学"。我从来只是一遍一遍告诉他们，我们的校名不是因紫薇树而得名，而是因紫微山而得名，却从来没有去探究过紫微山因何而得名。文君老师的这段文字解开了与西山比邻而居的紫微小学名字的由来之惑，紫微山是因白居易曾到访过并按他曾经的官职而命名的，学校也就随山而取名。读文君老师的文章，跟着她的文字和她一起去感悟，去体验，去游历，同时更增添了许多对家乡名人事迹、历史遗迹和史料知识的了解。

　　浏览目录，见到《小桃源》之名，我脑海里跳出的是陶渊明之《桃花源记》。进入正文，才知道这是文君老师在《海宁世家》中知道朱熹后人居海宁后的一次踏足追寻。来到湖塘，文君老师与同伴穿过茧站大门，找到三间斑驳的瓦房，她猜想这是朱氏宗祠的残留部分，再找不到其他历史留下的痕迹。著有《浙江海宁朱氏宗谱序》的贡师泰曾留居过的朱熹七世孙朱圭的东野草堂，还有朱浣和弟弟朱濂合葬的陆道坟，都已毫无踪迹。"望着平整而空旷的农田，我一点儿没感觉到意外。不会有一个封土堆，一块刻上官名的墓碑，不会有人拿着香烛、纸钱过来祭拜。没有比一块农田更好的隐居之地了。他已经化为风，化为水，化为泥土和稻米，除了到他的诗文里，再也没有地方可以找到他了。"最后，并不认路的文君老师在"绕了一阵"后，终于在村委墙壁上的图片和文字中搜寻到一些朱熹后人所居之处"小桃源"的踪迹，也在十数里梨田中领略了桃源的风姿。"梨田的尽头，一条小路往左逶迤而去，则是屋舍，美池，桑竹。""意外吗？有一点。但实在也不用意外，桃源成了梨田，而梨田仍是桃源。"作者用她踏实的足迹、细腻的情感、简洁而有诗意的语言，向我们展示了她的历史、文化之旅。

禅意品人生　诗意对生活

　　初读吴文君的散文，总觉得她的文字像烟，有一种缥缈的、淡淡的悠远气息；又觉得她的文字像泉，流着清甜又清香的味道，还有一种不染尘埃的干净；再读文君老师的散文，感觉自己是在阅文，更是在参悟。随着一篇篇文章走入眼中，进入心底，一股清新生动的气息充盈于胸腹之间、心田之中，这是大自然的气息，也是生命体感悟的气息。这气息让天地得以清明，生命得以灵动，心情得以宁静。

　　这清明的气息来自文君老师笔下那浅浅的、轻轻的人生禅意。书中不只写了安静恬淡的山水、花草，也写到了很多山上山下、山里山外的寺庙和宝塔，如西山的惠力寺、广福院和八仙台，东山的智标塔、崇福寺和妙智阁，盐官的安澜塔，长安的觉皇寺，戈山的史山寺。她的工作地点位于南寺街，临靠西山惠力寺。或许每日的晨昏，她还能或远或近地听到西山惠力寺那涤荡人心的钟声……或许，每一次进山，每一次绕过香火旺盛的惠力寺而进入偏僻的广福院时那片寂静带来的安宁，让吴文君的文字总是透着纯净与清明。"走着走着，满山的绿和寂静就把心里的无聊和郁气消解了。"文君老师是喜欢和享受这独处、自由的时刻与地方的，"我大概是从这片自古不变的金色里见到天体的长远和人生的短暂"。在这里，作者找到灵魂深处感知的某种东西，融于心间，落于笔下，启迪读者。"河水平平缓缓地从西山前面流过，把南岸的闹市、北岸依山的佛寺，分成不同的两个区域。寺庙前的河，总像是有着一种寓意。不管是南岸，北岸；还是此岸，彼岸。"她的每一篇作品，都带着生活的淡然，响着现实的回声，露着岁月的痕迹，透着心灵的宁静——那是一种直抵人心的气息，是由纯净的笔墨和简约的语言构成的作者对人生和生活的参悟，是天然和本真之所在。

吴文君在《时间中的铁如意》中介绍道，她工作的地方在南寺街，是张宗祥纪念馆，也是张宗祥书画院，和徐志摩旧居只隔了一条街。在这样"自有浓郁的民国味道"的院子里工作，听着西山惠力寺的钟声，不开心不想说话时，可以出院子去紫微山（西山）走走，就连值班也别有情趣："可以像半个主人那样在院里走走"，去铁如意馆最好是在"天特别蓝的那种晴天，三点前后，太阳已经有点西斜了，看完楼下的文字图片，踩着木楼梯往上，忽然满屋子都是红光，光影参差，斜映在墙上、地板上、书画上，整座楼像是恢复了旧日的生机"。在这样的地方工作，一日一日，一年一年，与文君老师的禅意人生是何等相融相谐。于是，她的文字里亦悄无声息地流动着通透。

作者工作在西山脚下，生活可以遥望东山。"纠结矛盾了一周，签合同，交首付，办妥贷款手续，口袋空空"，毅然把家安在了东山的南麓。"山如愿出现在窗外，不太远，也不太近，刚好是可以相看的距离——'相看两不厌，唯有敬亭山'的相看。我竟不知道我的心里早就有一座山，也不知道这座本应虚无的山，会这般真实地现身窗外。""面山而居"，每日清晨，每日黄昏，推窗可见山："晴，雨，多云，刮风，大雪，早晚，黄昏，天四时有变，山也跟着一起变化。"这样诗意的生活，文君老师如何还能走得远，从西南角搬到东北角，说是"绝非甘愿"，却又是如此欢欣。出去旅行，哪怕走得再远，也抵不过家乡那两座小巧玲珑的山，那已走进心里、深入骨髓的山。

虽因时疫而封，我却跟着书里的文字做了一次旅行，一次"近处的旅行"，一次对家乡的深度旅行，也是一次文化之旅、心灵之旅。旅行途中的所见所闻，带来的所思所感，让我变得豁达与坚强，也学会了禅意面对人生，诗意面对生活，学会了用微笑去拥抱时光，拥抱生活。

为人文海宁留下文学记录

——读吴文君的《时间中的铁如意》

张利荣

"我们通过仔细观察近在眼前的事物来获得新知。"（娜恩·谢波德）美学家布洛克曾说："艺术品不等于从一扇透明窗子看到的外部世界的景象，而是一种独特的人类观看世界的方式。"

——题记

近几年，海宁籍女作家吴文君创作颇丰，她的作品散见于《收获》《上海文学》《作家》等刊物，并出版小说集《红马》《去圣伯多禄的路上》等。吴文君以她那一篇篇风格细腻、空灵的小说引起了大家的关注。同样，她的散文创作以其丰厚的文化意蕴也获得了读者的认同。2022年，她又出版了散文集《时间中的铁如意》，这本散文集共收录她近两年撰写的十三篇作品，这些作品绝大多数是对海宁市内城镇历史文化、人事景物的书写。西山、东山、干河街、碳西街、横头街、南关厢、海塘、长安、高阳山、湖塘、袁花……作为生于斯、长于斯、工作于斯的本土作家，吴文君近距离地捕捉人与土地、历史与现实的故事，在城镇、乡村风物中勾勒文化传承的脉络。她坚实地把作品写在嘉兴海宁的大地上，为人文海宁留下文学记录。

从杭州一路往东，经海宁到嘉兴，除了钱塘江沿岸其余都是平原……

在浩瀚的钱塘江的大背景下，作者的故乡——美丽的海宁的风貌就一一呈现了。

《山色（一）》，讲述西山。

作者的工作单位就在海宁西山南附近，"河对面就是上山的小路，好像在问我：你不过来吗？就这么几步路，过来走走吧？终于忍不住，又往西山去了"。

亲切，多么亲切。西山就是作者的好友，邀请作者去走走。与西山相亲近，西山满山的绿和寂静就把作者心里的无聊和郁气都消解了。作者是西山的以往与现在的见证者。在审美感悟力之外，作者凭借思想穿透力和文化领悟力，以及智性的高度参与，一如既往地发挥联想与想象的优势，以"寺与经幢"的章节，追溯了东晋的惠力寺和唐代经幢，怀古幽思中感慨人生的短暂……这无形中使得她的散文具有一种强烈的文化意识和人文精神。

"风啊，水啊，一顶桥"，风是四季的风，水是仓基河的水，桥是紫微桥。

西山下南侧是蜿蜒的仓基河。仓基河上卧着的紫微桥是古物，距今已有七百多年，有着漫长且坎坷的经历。唐代长庆三年（823），白居易在杭州做刺史期间登过西山。白居易做过中书省的官，中书省又叫紫微省，山以人传，桥也随了山名，就叫紫微桥了。作者娓娓道来，如数家珍。吴文君的目光轻轻掠过人世间的纷扰与蛮乱，一往情深地行走于海宁的历史文化长廊之中，将地方文化的传统精神在散文中挥洒得淋漓尽致。

作者正是通过仔细观察近在眼前的事物而获得了新知。写山间小寺广福院，作者从唐代元和年间的建寺人宋坦，写到北宋天福年间重建古寺的善誓，再写到近几年的重修，回眸历史的态度可谓郑重。作者在尊重历史的基础上，凭借丰富的想象力和真挚情感，以溢满情感的笔端热情赞美了母亲"择庙而进不好"的朴素的平等意识，以及大殿管事的阿姨不要工钱、自己带饭、敬奉佛事的奉献精神。作者在当代喧嚣浮躁尘世中寻求心灵的宁静，希望在物欲横流的意识中忘掉一些"我"，忘掉一些私欲……因而在吴文君的笔下，我们没有看到那种雷霆万钧、气吞山河的雄壮景观，有的只是静穆悠远、秀色可餐的江南风景。作者在一种或平淡或超脱的境界中寻求人生与大自然的和谐、完美。

"求仙之路"中呈现了西山富有历史元素的"烟霞洞""八仙台""白鹤亭"。比如，散文集中描写的"烟霞洞"：雨后天晴，太阳斜照进来，水光闪动，烟气升腾……烟霞洞往上，走十来分钟便到了八仙台。八仙台是唐人马自然羽化处。从八仙台再往上，就是白鹤亭。传说马自然羽化后，有白鹤飞来，在烟霞洞口徘徊了好多天才离开，有人为记述此事建了这个亭子。现在的亭子是1985年重建的，白鹤亭经岁月变迁仍古风犹存，得益于海宁对文物的传承和保护。

作者看似平淡的文字正是传统知识分子心中审美理想的最高境界与标尺，他们希望在这安静的自然中体味人生的价值和永恒。特别是当今社会迅猛发展，物质欲望的无限膨胀在到处摧毁、吞没着浪漫主义文人心中那鸟语花香、溪水淙淙的自然景象，人们的心灵世界正日渐疲惫和焦虑。如何守住人类最后的精神家园，的确是摆在敏感的知识分子面前的一个沉重话题。

《山色（二）》，讲述东山。

作者以往印象中的东山是厂房围堵，烟囱林立，坟茔幢幢，令人恐怖的；而现在，让人望而生畏的烟囱拆除了，各种厂房也搬迁了，墓地迁移，恐怖之地变为城市花园，绿树红花，生机盎然。回眸历史，作者插入了传说，西山东山本为一山，秦始皇经过时认为此地有王气，命十万囚徒凿开，才有了现在的格局，"硤石"之名也因此而来。东山顶上智标塔的生生灭灭，也在作者笔下一一展开。

《山色（二）》这篇散文里还渗透了许多东山元素，崇福寺、碧云寺、东广福院、顾况读书台、三不朽祠、试剑石、菊庄……平淡、家常、亲切、自然，体现了作者对故乡一草一木的深厚情愫。从这里就可以概括出吴文君散文的精神指向和美学特征——态度亲切，文字雅洁，意境平淡和谐。

《老城记》中，作者用细腻的笔触描绘了古色古香的干河街、硤西街、横头街、南关厢，写风景、谈文化、述掌故，娓娓而谈，态度亲切。毋庸置疑，在传统农业社会向现代工业社会转型的过程中，作者笔下的硤石经历着千年未有的变化。无论面貌如何变换，其所激发的作者和广大读者对故乡、故土、故人的厚朴情感历久弥新。于家乡的山水、古建筑里厘清根脉之所系、读懂家国的深厚内涵，是吴文君散文之于读者颇具启示意义的地方。

《这里的长安》《高阳一梦》《小桃源》等山水游记表现了一种温和的人文理想，作者最感兴趣也最具有中和之美的是自然风光，因为自然凝聚了她对生命的情感和信念。她用一种非常平缓的语调来文学地描述生命中的那份恬淡和舒卷自如。长安小镇、高阳小山、湖塘的小桃源，这些"小"，是那样自然从容，温暖温馨，没有了生活中的大喜大悲，读起来让人生出恍如隔世之感。吴文君就这样很有兴致地追求这种自然从容、温暖温馨的精神境界，她对现代社会高度发展的工业文明并没有太大的兴趣，而是认真思索如何使传统文化精神与自然相协调……

在《近处的旅行》中，由嘉兴到乌镇及桐庐，作者听到了别人听不到的"寂静之声"，去木心纪念馆，体味了木心说的"人从悲伤中落落大方走出来，就是艺术家"的深层哲理。在桐庐，在富春江边，感受到"这是最应该看得见青山绿水的地方呀"。"从地理上来说，我就是从那浑浊的下游过来的。像条溯回的鱼，找回到清澈的故乡来了。"自然是现代人普遍所需求的心灵慰藉，是居住在高度现代化的城市人的心灵企求。我们需要暂时离开紧张的生活节奏，需要安静，需要清闲。而作者也恰恰在告诉我们：唯有在富有人文气息的大自然中，人们才能找到属于自己的东西。

《水面的一片落叶》叙述的是印顺导师的故事，印顺导师既有佛门中人的慈悲，又有一种超越了一切的泰然自若。印顺导师开示她女儿"要少愁，不要想过去，不要想将来，管好现在，性子不要急，要开心，要少烦恼"。诚然，现代社会纷繁复杂，各种烦愁不期而至，对于任何猝然而至的烦恼甚至灾难，用泰然自若的精神来对待，可以举重若轻，可以坦然处之。

总而言之，散文集《时间中的铁如意》犹如一杯清茶，它以平淡而贴近自然的文字书写嘉兴海宁的人文景物，以丰富而细腻的细节展现城市化进程中悄然发生的潮乡变化。散文以平实生动、富有地方色彩又有生活气息的语言，通过对海宁标志性的景物、人物的描写，为潮乡大地行进中的人文海宁留下了一时一地的文学记录。很有意思的是，吴文君为这本散文集起名《时间中的铁如意》，时间的斗转星移与铁如意的亘古不变形成了深刻的对比。作者作为生于斯、长于斯、工作于斯的本土作家，怀着深厚复杂的情感，见证着新时代背景下海宁丰富而深刻的嬗变。

《时间中的铁如意》：行走的钟盘余音回响

卜晓莲

海宁女作家吴文君在 2022 年出版了散文集《时间中的铁如意》，全书十余万字，以作者生活的境域——海宁为圆周，以境域内的人物和风物为母题，刻画记录了潮乡大地上景、物、人、事的变迁。作者将个人的生命体验贯穿其中，试图拨开时间的遮蔽，显露祖先的遗迹和正在隐去的风景，生动诠释了作者对海宁这片土地的无限深情。

文如其人。如果说吴文君是个娟秀温润的江南女子，那么《时间中的铁如意》亦是。它装帧清丽雅致，捧其阅之，有种亲临潮乡山水的代入感，能看出作者细腻写作的心力与实力。阅罢，更有一种"扑面而来的厚重、凝练和深邃的自然与文化相融合"的气息在心头荡漾。这样的阅读引人入胜，让人欲罢不能。

吴文君出生在海宁，现工作生活在海宁。海宁历史悠久，文脉绵长，为作者提供了宽阔的创作题材。《时间中的铁如意》是吴文君的第一本散文集，对她来说，这本书既是近些年来散文撰写的积累，也是二十年文学创作的一次转折。书中收录了《山色（一）》《老城记》《海塘，海》《这里的长安》《高阳一梦》《小桃源》《时间中的铁如意》《花园，石马，回家的路》等十多篇文章。

《时间中的铁如意》独具地域性，从海宁现存的山水古迹中选择性地通过对东西两山、碳石老街、尖山海塘、长安三女堆、大运河等景物的书写，来讲述作者心目中的"海宁故事"。文章最耀眼、最令人拍案叫绝的是其浓郁的地域文化描写与展示。地域文化是有意识的，又是全景式的，既是每一篇文章的魂，更是作品价值之所在。作者既写了具有地方特色的海宁，同时也跃出地域的界限。不管是人的生命、建筑的生命，还是草木的生命，作者都尽力表达出了每一个体所承载的情感及其所具有的价值。

翻过书的扉页，娜恩·谢泼德的一段话映入眼帘："我们通过仔细观察近在眼前的事物来获得新知。"作家只有真正回归自然、亲近自然、热爱自然，感受对比强烈的生活，才能让灵魂找到栖息之地。吴文君的文字蕴含着温情和力量，除了细腻敏锐的感官和率性真诚的自白以外，还有一种意境之美、哲思之美。文中多处对细节的捕捉和描摹，如微风穿林般浅吟低唱，不经意间撩拨着读者的心弦。

散文，是一种自由、灵活地抒写见闻感受的文体，表现真人真事、真情实感。散文作家要描绘自己熟悉的生活，才能与散文贵真的原则相契合。吴文君秉承散文创作特点，在忠于史实的基础上，以个人的生活经历和感情深度、思想深度作为触点，追索重要历史人物的脚步和思想历程，去发现和重新认识身边的一景一物、一草一木。她用细腻、悲悯、体贴、宽容的情怀，打捞出海宁历史的况味。通读全书，你会看到作者对海宁风物那水灵灵的记忆呈现。

在写法上，吴文君除擅长描绘与抒情外，还善于娴熟地转换视角，笔力朴健老到。如《从此我想隐居起来》，通过眼前的景物，作者思想一下子雀跃到了渴望自由、渴望爱的徐志摩，引出和朋友到徐志摩墓拜谒的一段经历。再如《小桃源》中，从茧站进去找到桃源的祠堂，转而想到了路仲的"张子相宅"，思路宽阔，笔锋灵活。文章多处引经据典，熔性情、学识、修养于一炉，体现了散文的多元审美与自然美的多重叠合。微观化的日常生活情趣、隐秘的个体生命体验，经由吴文君的叙述呈现出了沉实丰盈的生命质感和人生意趣。作为同龄人，我很佩服吴文君对身边事物的感观认知和深厚的文学素养。

吴文君爱好广泛：养花，散步，做菜，喝咖啡，听音乐，逛博物馆，进美术馆，泡图书馆，在街头徜徉……看似随意，但所到之处风景尽收眼底，继而转化成文字流诸笔端。她更希望通过写作，做到在自己的文学生涯中，从不嘲弄生活，从不歪曲生活，也从不矫饰生活。

喜欢吴文君写的具有意境的东西。她写东山、西山所呈现出来的意境，是我们很难触摸到的，有些是我们平时不留意也抓不到的，她却抓住了。写铁如意馆，进去的氛围、光线，人跟环境的关系，这是一般人会忽略的，她恰恰在此用力，表现的是一种自由洒脱的人生襟怀、恬淡自然的心境和随遇而安的生命意识。

歌德认为："一个作家的风格是他的内心生活的准确的标志。"自然、饱满的内心体验和情感，是构成作品整体风格的基调。吴文君的文字里流淌的是她对原生态生活的朴素渴望，以及读书和生活带给她的人生积淀。她把自己放在真实的环境里，催化灵魂深处的真实，再将这份真实源源不断地用文字呈现。真实加上扎实的文字功底，语言的张力和情感的细腻以及细节的动人，使文章更耐人寻味。

《时间中的铁如意》所表现的诚然是一种"感性体验"，但又包容着理性思辨。吴文君说："海宁其实还是有很多地方值得我们去探索的。""我总相信，我们所追求的东西，其实也就隐藏在那一层黑暗中，在闪着可能很微弱但也很宝贵的光。我只能去发现它，这个就是我创作的意义。""生活的丰富性让我觉得写作永远不可能穷尽。"时光走走停停，熟悉的风景转瞬即逝，但是在作家笔端又会不经意呈现。

名家特稿

在全球化时代里续写人民文艺家的传统

——纪念沙可夫先生诞辰 120 周年

林 玮^①

尊敬的房星、房旻女士，尊敬的杨部长、朱主席，各位领导、专家：

大家上午好。很荣幸能够参加此次由海宁市文联主办的"纪念沙可夫诞辰120周年活动暨沙可夫的革命文艺创作与译文的当代意义"学术座谈会。我谨代表中国文艺评论（浙江大学）基地、浙江大学传媒与国际文化学院，向活动的召开表示热烈的祝贺，向与会的各位专家、学者表示由衷的敬意，特别向与会的沙可夫先生家属表示崇敬之情。因为你们，沙可夫的名字将永恒。

浙江大学与海宁市有着深厚的历史渊源，金庸先生就曾担任过我所在的浙江大学传媒与国际文化学院院长。而中国文艺评论（浙江大学）基地是中国文艺评论家协会在全国设立的八家基地之一。我们以马克思主义美学为评论特色，具有一定的社会和业界影响力。沙可夫先生正是中国马克思主义美学的重要代表，是新中国文艺发展史和文艺教育史上的里程碑。无论是从教育工作者，还是文艺工作者的身份来说，我都为自己能够亲身参与此次纪念活动而备感荣耀。论教育，沙可夫先生是苏维埃大学首任副校长，我们作为百年后中国文艺教育的继承人，对其充满怀念与感恩；论文艺，他开辟出为人民的大众文学、大众艺术，在一定程度上奠定了我们今天坚定不移在走的中国式文艺现代化道路之基。他是优秀的中国马克思主义文艺家，是中国马克思主义文艺教育的一面旗帜。他编过报纸，做过校长，领导过全国文联，当过中央苏维埃教育人民委员部副部长，翻译过话

---

① 林玮，浙江大学休闲学与艺术哲学研究院常务副院长，教授，博士生导师。

剧、长诗、童话、文艺评论巨著，写过歌曲、杂文、剧本，他是一部人民文艺的百科全书。

沙可夫先生是我党一位出色的文艺、教育工作领导者，我们今天在这里纪念他，当然不是要学习沙可夫先生如何富有科学、艺术地领导文艺，尽管这也十分重要，但以文艺评论家的身份来回望、追慕这位先贤，我个人有如下几点学习心得，向大家报告。

一是高度注重文艺家身份。今天与会的同志不少都是文艺评论家，属于广义上的"文艺家"。茅盾先生有一篇文章，标题就叫《祝全国文艺家的大团结》。今天，文艺家这个词不太流行。但在左翼文艺思潮中，"文艺家"是一种惯用法。毛泽东《在延安文艺座谈会上的讲话》中就多次提到"文艺家"。文艺家，简单说就是多面手，特别要在多样化的创作与理论之间搭建桥梁。沙可夫先生的一生，除了繁重的行政工作之外，更持之以恒地进行文艺创作，编歌、编舞、弹钢琴、拉小提琴、指挥合唱队、写诗、写戏、导演、翻译，样样拿得起放得下。他创作的大型话剧《我——红军》更在当时就被称为"苏维埃文化与工农大众艺术的开端"。这一切与他深厚的马克思主义文艺理论功底是分不开的。2018年，我应《中国艺术》杂志的邀请，写过一篇很短的卷首语，标题就叫《重建"文艺家传统"》。在我看来，于一个分科过于精细化而智能互联网又包揽一切的时代，重新高度重视文艺评论家、文艺创作者的"文艺家"身份，对探索中国式文艺现代化道路来说，是十分必要的。

二是高度注重人民性立场。党的文艺工作始终是与人民紧密联系在一起的。沙可夫先生是一位多次留洋，游学法国与苏联的全球化人才，但是，他的目光始终朝向脚下的土地，始终没有忘记自己是海宁人。作为一名中文系毕业的学生，我在学习期间认真读过，迄今仍有印象的沙可夫先生的文章只有一篇，收录在苏区文艺资料或史料汇编一类的文献中，就是他在第一次全国文代会上的讲话，标题叫《华北农村戏剧运动和民间艺术改造工作》。因为我后来比较关注文艺作品中的城市问题，所以对这篇讲话中的一个基本观点，印象极其深刻。沙可夫先生说："今天我们的工作重心转移到了城市，我们应特别警惕着：不要忘了农村。"他后面援引了一些当时的政策来对这一观点做分析，核心论调就是要重视"群众亲自动手的集体创作"。今天我们这批基层的文艺评论家来纪念沙可夫先生，在丁桥镇成人文化技术学校梁家墩分校这样一个扎根基层的学校来讨论沙可夫先生的时代意义，恰是对"不要忘了农村""群众亲自动手"的训诫之重温。文艺、文化工作不应该是高堂讲章，而应该有接地气的一面。

三是高度注重全球化时代。今天，我们前所未有地处于一个全球化时代里。无论是俄乌战争，还是巴以冲突，都牵动着我们的心。虽然我们强调"不要忘了农村"，但我们更要强调不要忘了全球。中国式现代化道路，其目标仍然是现代化，而不是古代化，或其他什么化。沙可夫先生高度突出文艺的思想政治教育意义，强调艺术要"在思想上揭示人的高尚品质来影响群众"，但是，他也同样反对一味讲求土气或是一味"左"倾的片面姿态。王学海主席写过沙可夫先生的戏剧研究文章，其中提到过沙可夫先生在延安语境中，为"演大戏"说好话的铮铮铁骨。那些世界经典名著，也就是所谓"大戏"，在沙可夫的眼中并没有什么坏处，相反地，只有好处。因为，无论是乡土，还是中国，都需要在与其他文明的交流互鉴中，实现自我的成长。世界是多元的，文艺是多彩的，而评论工作绝非要为它们设立所谓的规范、法则，束缚文艺世界的自由生长，而是要让这种多元多彩能够持续丰富，彼此对话。最近，王学海主席为《北京日报》撰写专文纪念沙可夫先生诞生 120 周年，其中指出正是沙可夫"才使中国的文艺理论，更具有了国际视野和高质量的水准"。我深以为然，并认为促进文明交流互鉴，提升研究的国际视野也是我们这一代，乃至每一代中国学人都要坚守的传统。

沙可夫先生是在青岛去世的，那里比海宁更靠近大海。我今年夏天去了一趟青岛，在沙可夫先生度过生命最后那段时光的"八大关"盘桓过几天。那里的海，十分宁静，总是让我想起"海宁"。沙可夫先生在青岛写过一首名为《石子和贝壳》的诗，王学海主席在《北京日报》的专文中，还特意分析过其中的象征意义。在我看来，我们都是石子与贝壳，它们构成了大海的底座。可是，如果没有大海，石子与贝壳也就没有了生命，更遑论闪耀的可能。人与人是如此，国与国也是如此。沙可夫先生用他的一生，向我们展现了一位以为人民为生命意义的文艺家应该如何战斗。散文家孙犁写过一篇回忆沙可夫先生的文字，其中说："他也有一匹马吧，但在我的印象里，他很少乘骑，多半是驮东西。更没有见过，当大家都艰于举步的时刻，他打马飞驰而过的场面。"这就是沙可夫，这就是人民文艺家的领导者，石子与贝壳中的一员。我期盼自己也能成为其中一员。

谢谢各位！

《一个铜像的完成》后记

李 隼①

夏天，到海宁的时候，已经进入暑期，热浪明显在扫着我们每一个人的腿，有一种赴蹈的感觉。幸好，司机和车早即预订，空调一开，车里的学生和朋友又开始热闹地聊起天来。

到盐官大约半个小时的车程，路况相当好，要看风景就得抓紧，否则真是一掠而过。桑树是为蚕生，那阔叶阳光下的绿，简直就是海。

到了海宁我们几乎什么都忘记了，海宁的人才济济，海宁的皮草，海宁的钱塘江和大潮，都仿佛睡着了般陈列在另一个世界里。这些，等到我们开始复习脚本、选择内外景区和寻找群众的时候，才渐渐地开始复苏起来，那才是一部并非我们的拙笔所能够勾画出的电影和动漫。

一、东门饭店和王国维的邻居

要拍王国维，剧组没有制片人，酒店是司机安排的，饭店只能我们自己找。向一个大约与我年纪相仿的村民打听，说，东门饭店，他在那里是吃过饭的，很放心，我们就过去了。于是，便决定，前后两个档期，都在那里吃。每天早晨的馒头粥小菜、中午的家常菜和晚上的一次改善，临走的时候，还吃了一顿他们自己家包的馄饨，老夫人也很早起来跟着一起包，这使得我们跟饭店老板娘结下了一段至今回忆起来依旧难忘的缘。

后来跟她加微信的时候，知道她姓顾。儿子已经工作，先生大约是经营别的

---

① 李隼，大连艺术学院戏剧影视与传媒学院客座教授。

生意，或许还有桑园。我们在寻找王国维幼年塾师潘紫贵和陈寿田的时候，遇到了一些中断的消息。潘先生启蒙，陈先生开了西学东渐。但很遗憾，不能像鲁迅先生那样，不仅知道寿镜吾，而且还知道寿洙邻，为学者感谢恩师之意人皆有之，这也是一件对得起观众的事。原址已经无存，老板娘把我们带到新楼，作为追寻潘、陈两先生的引路者，她毫不犹豫地跟着我们跑了不少路，拍了一组我们遴选的镜头，还共同去王国维故居献了花。她特意收拾了自己，很利索很上镜，有着江浙女性特有的风姿和语序，学生们十分满意，说简直比我们还专业。

在王国维故居拍摄的间歇里，我抽空看望了王国维家邻近的一户人家，是一位八十多岁的老奶奶。我进院的时候，她已经吃完晚饭，正在井台旁边的水槽子里洗碗。她似乎没有发现我们在拍摄，以为是一般的外乡客。她洗完碗，给我倒了她自用的一茶缸开水，拉过没有了靠背的竹椅，叫我坐。小狗狗，跟我没有陌生感，看看我的鞋面，便卧在石头旁，看我跟主人聊天，或者打瞌睡。我的话她都懂，她好像知道我不习方言，说话很少。我喝水，她自己就用铁桶从井里提水，往水槽子里倒。桶绳被水桶拉得笔直，她的背却被时光压迫得似一张弓。井口是刚刚认真用红砖和白水泥砌好的，裸露着，还没有罩面。老人家有六子，但她最喜欢独居。家里的门开着，白的蚊帐，白的电视机，白的墙，地面一丝不苟。我说老人家，我给你拍张照片，她微笑走过来。我拍完，她就自己准备水擦身。我起身看她的园子，都是蔬菜，但黄瓜架子已经落下，凋零着，只是墙上还挂着冬瓜。她的大儿媳过来摘取一个冬瓜，很礼貌地笑笑跟我们告别。

二、云龙村嫘祖和戏台

要在当地寻找一个古旧的老戏台，王国维的故居盐官已没有了，有的在别的乡里——周王庙镇云龙村。路变得窄小了，行道树变得宽大了。几乎望不见车窗外的大江，车窗外的农舍和炊烟，以及车窗外海边江岸飞来飞去的鸥鸟，甚至云朵和涛声。偶尔经过一辆微型拖拉机也是寂寞的，既不鸣笛，也不"突突"，安详宁静地入乡深处。

要找戏台，是我的学生的创意。我们一定要在当地找出一个大戏台来，比北京颐和园那个鱼藻轩边上的大戏台还要大的戏台，并且在那里拍他的戏。司机真的不错，路过蚕乡的时候，就把车停下，说，先看嫘祖。我印象中的嫘祖似乎应该在中州，但想到了钱塘江对岸绍兴的禹陵，虽然嫘祖为黄帝妃，事实上相去也并非甚远，就下车了。嫘祖平和地看着我们的镜头，一个学生提议大家献花，我们这才想起来必须得叩拜我们这位真正的嫘祖奶奶了。

但我们知道当地的现实版嫘祖奶奶朱叙图，1972年的时候，她才十七岁。这年新闻简报第24号头条是毛主席会见班达拉奈克夫人，第二条就是她和她们大队，当时叫钱塘江公社，无数年轻貌美勤劳勇敢的未来嫘祖奶奶，在一条宽阔的乡路上，个个担着两大箩筐雪白蚕茧上集市，拍着"春蚕喜获丰收"图。这时我们想看看她们，人说都已经年近古稀，便只好作罢了。1978年她们还获得时任国务院总理华国锋的嘉奖。当时有三十八个国家、八十多个代表团向她们学习养蚕经验和技术。嫘祖像前是一方开阔的广场，路况比来时的乡级公路要辽阔得多，来往说话的老人个子都很高瘦，衣着干干净净地跟我们说话和微笑。这一切，都使我们忘记了南方跟北方印象的完全不同。

我想起了王国维诗《蚕》的开头，大家就一面鉴赏，一面跟着沉吟起来：

余家浙水滨，栽桑径百里。年年三四月，春蚕盈筐篚。
蠕蠕食复息，蠢蠢眠又起。口腹虽累人，操作终自己。

这里距离盐官只有几十分钟的车程，尚不足百里，这么浩瀚的桑蚕，王国维的脚步虽然有些趔趄，但亦可时至，或者虽不能时至，有朋不远百里而来告那天下第一蚕的盛况，他也是十分稔熟、热爱和珍惜的。诗是诗人二十七八岁时候写的，此时诗人不在上海，即在武昌，想必是想家了，想起来钱塘江边，终日将叶养蚕的莫氏，窈窕大姐，此时已经是三个儿子的母亲，终日劳力劳神，才遥有此寄的。不过，沉浸在《蚕》诗里的时候，诗人的冷静人生，反倒使我们一时无语，个个穿过游廊或者溪水，开始思索去了。我独自停留在一个巨大的水车面前，但因此时已经不是用水季，水车仿佛就是一头减过了肥的水牛，水牛回看着我这异乡的来客。我向远处望，一个女生撑起了一把淡蓝的晴雨伞，飘着赤足的红裙，正"噔噔"登上石桥，回头喊："老师！"是一幅美丽的画。我拿手机拍照，一缕杨柳正扫上画面的一角，真是配合得让人叫绝。

穿过美丽的白墙套着的乌瓦，看见了古老的戏台。没有人来，他们一定都很忙，即便有约也不会久久地等着我们这些闲人的，杭州的丝绸博物馆或者嘉兴的丝巾，正等他们源源不断地供应。我国古老的建筑基本都是雷同的，但戏台点缀在此，跟海宁的廊桥，恰恰成为南北和谐呼应的对称，一改黑白而为朱红的色调，叫我们立刻回到舞台艺术上来了。

戏台台基有一人高，如果是小伙子，是可以一撮就翻身上去的。走了几步丈量，台面觉得有十来米宽阔，两侧是木台阶，走上去"呀呀"地响，是南方特有的那种。六根巨大的杉木梁柱支撑着桁檩和木板式的椽瓦，背景是关于蚕的祈福，但于我们是陌生的。不过想想，乡人一定是熟悉它们的，因为这些构图，即便是复制品，总是有许多来头和规矩的。两边张贴的对联，虽然身处后台，未经风雨，但也已经开始泛白。

他们架机器和处理台词，我走进了偏殿。偏殿是连脊的瓦房，一名热心的老乡正把木板凳从偏殿里搬出，准备给"观众"坐。久违了。偏殿里整齐地摆放着蚕具，也是我们头一回看到的新奇物件。偏殿外还停着一辆摩托，这里的摩托明显多于盐官，大概是出行方便的缘故，在街面上随处可见。横着偏殿的是一排跟偏殿一样的瓦房，与戏台呈现曲尺形。这里是文化室，记得好像还有道具锣鼓，为演出的库房。可以想见，戏台是还用着的。

我们有一组王国维和莫氏看戏的镜头，要表现王国维终年在外的相思之苦。学生便根据本子表演《红豆词》。这是四首为一组的情诗，也是写给莫氏的。

（其一）南国秋深可奈何，手持红豆几摩挲。累累本是无情物，谁把闲愁付与他。

（其二）门外青骢郭外舟，人生无奈是离愁。不辞苦向东风祝，到处人间作石尤。

（其三）别浦盈盈水又波，凭栏渺渺思如何？纵教踏破江南种，只恐春来苗更多。

（其四）匀圆万颗争相似，暗数千回不厌痴。留取他年银烛下，拈来细与话相思。

我们这些人，没有见过红豆，只是牵强附会，不能够懂得"匀圆万颗争相似"，司机就过来帮助我们纠错，这使得我们再次地感受到了海宁和盐官及周王庙的文化普及程度惊人了。《红豆词》是王国维在罗振玉上海东文学社学习期间写的，戊戌变法，时局变革，学业尴尬，让他想到了莫氏。诗人不完全是以此作为彷徨和苦闷的排解，爱内大于忧外。

即兴发挥，三个女生跳起了红豆舞。乡人一面倒换嘴角上的香烟，一面啧啧称赞，是自然的流露和喜欢。"群众"也十分配合，不断地跟着导演的指示，在改变自己和大家。现在想起来，还有些惭愧，也没有请他们吃一顿饭，或者买一个西瓜，我们就收官了。

三、看潮和钱塘江

我们拍钱塘江的时候，是根据司机提供的潮汛时间，事前在景区内等着。周密描写的《观潮》和乾隆皇帝的御笔观潮白玉台，我们都无法超越，但我们可以超越他们给我们留下的时空。钱塘江，对面是鲁迅的绍兴，这面是王国维的海宁，无数人来过，巨子和平民。登白玉台，左手为毛主席《观潮》诗碑亭，右手为占鳌塔。碑亭为纪念毛主席 1957 年 9 月 11 日到盐官，而于 1994 年经中宣部批准建造的。毛主席写了那么好的诗《七绝·观潮》：

千里波涛滚滚来，雪花飞向钓鱼台。
人山纷赞阵容阔，铁马从容杀敌回。

王国维的诗有 192 首，词有 115 首，两者共 307 首。王国维作戏剧史喜欢渲染，作诗词喜欢白描，作考古喜欢工笔。王国维父亲王乃誉的日记记载了他们父子观潮的事。王国维写了《蝶恋花》：

辛苦钱塘江上水，日日西流，日日东趋海。
终古越山濒洞里，可能消得英雄气！
说与江潮应不至，潮落潮生，几换人间世。
千载荒台麋鹿死，灵胥抱愤终何是。

词是王国维 28 岁，从武昌回海宁时写的。但伟大浙江之潮，也难以感动他太多，这词算是他最具英雄之气的一首了。他对吴越、对姑苏台、对伍子胥是怀念的。

学生叫我写诗，我不可推却，就现场脱口而抒发了几句，但我的是不可以算为诗的，因为前面有许多伟大的"崔颢"：

八月的一天，
我把三脚架支在盐官的海塘上。
海塘是春秋时修的，
盐官是汉朝设立的。

> 后来，乾隆帝也来了。
> 等待大潮的心情，
> 就像占鳌塔一样。

司机把我们带到加修了一条半截拦洪坝的大堤上，许多人早已经麇集在此。这里倘是大潮，那应该是十分突兀壮观而高超豪迈的。伞和相机及手机，在不停地调试。我是第二次来，大多数人是头一次。尽管已经知道不是八月中，但也是潮啊，这如同一个青年从朝气蓬勃变得老气横秋，而老气横秋中还能够看出当年的影子。我们是为了抢镜头，他们是为了赶航班，大家的目光却别无二致。

在大潮还没有来的时候，我们拍了一些空镜。正赶上前几日台风，把巨木的阔叶催得凋零，经过日照，满城尽带黄金甲。穿过无名疏林，地上黄叶，天上蓝空，头顶的花伞，伞真是好道具，一阵知心的风，扬起一镜的浪漫，黄叶和我们一起飘上大堤来。

潮水努力但疲惫着，已经是完全够意思了。起始潮，接踵的便是一线潮，再是回头潮，像模像样，像人生三部曲。知道了潮涌的力量，人们便下到大堤之下的钱塘江边。小孩子的呐喊，小青年的角逐，银发族的打趣，凑成了一首观潮交响乐。

一个学生说，所有到这里拍戏的，都拍钱塘江潮，是不是有点儿俗。我没有考虑过这个，但我知道，鲁迅先生当年也参与了一本杂志的发起，叫《浙江潮》。

我们走在大堤上，没有任何雾霭。看绍兴那面柯桥高楼林立，回首海宁盐官这面古建筑斑斓。这片土地上，算学、版本学、军事学、文学、诗学、小说学，甚至电影学，留下来数不清的大家才子和大众文豪。王国维，仅在其中。

四、桥，柳绵和客栈

江南美，我们写不出王国维的观察，因为我们不在此地住。王国维毕竟在盐官生活了二十一年，而无论是往江南塞北，还是往东瀛岛国，他总要回娱庐小住，甚至他走之前，还不忘叫家人回家。但像《我本江南人》（《昔游六首》其二）这样的格调，在他五十年生涯里也并不多见：

> 我本江南人，能说江南美。家家门系船，往往阁临水。
> 兴来即命棹，归去辄隐几。远浦见萦回，通川流淲弥。

春融弄驼荡，秋爽呈清沚。微风葭菼外，明月荇藻底。
波暖散凫鹥，渊深跃鲲鲤。枯槎鱼网挂，别浦菱歌起。
何处无此境，吴会三千里。

这是他三十六岁旅居日本时写的，这是他一生著述最丰的时期。香远益清的家乡，令诗人起了思念之意。

盐官的小桥是有的，流水是有的，人家是有的，但绝对不是东篱乐府那种境界，盐官的境界是宁谧。为了选择一个表达导演思考的外景，我们看好了一家客栈。这家客栈是临河的建筑，很整洁也很安全。说说老板娘就同意了，我们晚上用她客房的中厅补拍对话的镜头，白天拍外景。补拍时把门关起来，但乡亲们听说后还是借故进来看我们，而且个个梳洗打扮得天仙似的，自然是不能工作，我们就跟他们聊天，但他们还是不走，那就只好工作起来给他们看。他们都是邻居，等到老板娘起来逐客，他们才侧身看着我们依依离去。这个样子的，持续有两三个工作日。

这条河的两岸都是壁立的楼房，三两层的瓦房，有点像故宫。连接两岸楼房的是一孔的桥，这是做梦都想抓住的外景。我们把镜头放在河岸的中央，桥上的行人，桥头的杨柳和别的树，都成了一幅美妙的画面，是舞美师一辈子都绝对设计不出来的。而这里除了有间客栈，还有许多去处，春熙古城门、陈阁老宅、海神庙、花居雅舍、民俗风情馆、金庸书院……简直就是一座影城！导演自己设计了视角，走了一遍小桥的场，把自己隐蔽起来，然后发出指令，我们就"三、二、一"地开拍了。

船已经没有了，高速公路和高铁已经把它们取代得一干二净。这使得我们发生了些许的遗憾。船不可拍，拍了一孔的石桥，据说扩道要填埋一些河汊，要走小轿车的时代，一孔的桥再不拍，恐怕也找不到了。

从嘉兴回来，正赶上海宁火车站的夜景。

站顶，霓虹色稳稳当当而秀丽的"海宁站"三个大字的标识，从遥远的车中，即显现得令人心旷神怡，渴饥皆忘。提着架子，扛着机器，打着聚光灯，背包捋袖，就像赶火车人一样进入广场。华灯下，伛偻提携的行人，匆忙赶票房子的急客，拉客的小贩子，坐等来人的三轮车夫，连配音都是现成的。仰头碧空如镜，皓月千顷。此时，一切都成了我们绝妙的工作背景。

王国维，来过这个火车站，坐过这趟火车，你知道吗？

巴金日记：现实版的长篇小说《群》

刘喜录 ①

一

巴金有一部一直想写却一直纠结着没有写出来的长篇小说《群》。

巴金的文学创作是丰厚的。但即便在他丰厚的文学作品中，也找不到可以命名为《群》的长篇小说，这里面肯定有原因。

巴金的日记是简洁的、内敛的、直觉的、感性的、经验的，不仅记录生活经历，而且记录了自己参与社会实践的大致过程。在日记中，我们看到的不仅仅是作为作家和翻译家的巴金，还有作为社会活动家的巴金，是乐于加入"群"，并且在"群"中扮演了重要角色、发挥很大作用的巴金。

这样，把巴金的没有写出来的长篇小说与巴金的日记放在一起，是不是就形成了一种很强烈的"虚""实"对比关系？

虚：是一部没有实现的、没有任何文本意义的长篇小说，可以让读者演绎、联想、生发出关于主人公觉慧的命运走向的诸多可能性和遐想。

实：是巴金的日记，是巴金在写作生涯中唯一没有运用创造力和想象力，完全记事的、纪实的、"备忘录"式的文本。

通常我们习惯"透过现象看本质"，但巴金日记的"备忘录"特点却基本上

---

① 刘喜录，原齐齐哈尔师范学院中文系本科毕业，上海华东师范大学文艺学在职硕士毕业，黑龙江省作家协会会员，齐齐哈尔市第五届作家协会副主席。出版文学评论集《灵魂的自救与被救》。多次参加巴金国际学术研讨会，论文被《细读〈随想录〉》等书收录。

把意义、价值这类带有"本质"性的东西放在文本之外"悬置"起来或者"加括号"存而不论，它记录了巴金在生活和实践中的直觉、经历、感性和些许的经验。巴金日记不是一个充分的、完整的、逻辑自圆的文本，它给出的不是充足理由律。不是说巴金日记中的行为没有逻辑、理性和思考，只是说巴金日记在文本上不提供充足的逻辑、论证和思考，巴金日记甚至也不给出确定的缘由和意义。巴金日记只记录事情的发生、经过和结果，只记录感性的、经历的、直观的存在，即便有情绪的变化和演进，也是点到为止。日记展示的是个体的、独特的生命经历，却不是历史的、逻辑的、全面的、辩证的过程，不是我们通常意义上的"本质"和"真理"的显现。日记敞开向度是直观是感性，是许多许多的真事、真情和真话，但不是真理和本质。许多人努力在巴金的各种文本中还原巴金的本质和特性，我在巴金的日记中看到的却是巴金日记的文本还原和现象还原，是巴金的"是其所是"，而不是"如其所是"。

巴金的日记提供了巴金日记的研究方法——现象还原的方法。

巴金日记就是巴金的社会实践，就是巴金的直观和现象，因为巴金的社会实践要远远比巴金的文学创作更饱受争议和诘难。

沿着巴金的日记文本还原和现象还原，我们试图像德国哲学家胡塞尔那样"回到事物本身"。

巴金的日记是内敛的、节制的、流水账式的记录。与巴金激情奔放的文学创作相比较，巴金日记具有"悬置判断"和"加括号"的意味。

"现象学的还原就是说：所有超越之物（没有内在地给予我的东西）都必须给以无效的标志，即它们的存在、它们的有效性不能作为存在和有效性本身，至多只能作为有效性现象。"①

巴金日记中的行动表述起来是不周延的，因为巴金在日记中很少解释自己行动的意义、目的和思想背景，那是因为巴金在日记之外，有大量的文学作品和其他的表态文章。日记只不过是一种写给自己的"备忘录"。但是，这一"备忘录"的特点，与胡塞尔的"终止判断"和"加括号"的观点是非常切合的：

我们将属于自然观念本质的总命题判为无效，我们将它在存在方面所包含的任何东西都置于括号之中：就是说，我们要对整个自然世界中止判断，而这个

① 胡塞尔：《现象学的观念》，上海译文出版社 1986 年版，第 11 页。

自然世界始终是"为我此在"和"现存的"，它始终在此作为合理意识的"现实"保留着，即使我们愿意将它加上括号……因而所有与这个自然世界有关的科学，无论我如何赞叹它，无论我如何丝毫不考虑对它进行指责，我仍排除它们，我对它们的有效性绝对不做任何运用。我不运用属于它的任何一条公理，哪怕它们有着完全的明证性，我不接受任何一条公理，不以任何一条为基础……我只有在给它们加上括号之后才能接受它们。这意味着，我只是在变化了的排除判断的意识中才运用它。①

阅读巴金日记，阅读的是行动中的巴金，实践中的巴金。从其节俭、内敛的简单叙述中，感受巴金的直觉和感性，这样才可以理解在巴金日记中，在惜墨如金的时候，为什么有些时候加了"括号"，有些时候减了"括号"。一加一减，反映了巴金怎样的内心变化。无论知识界和社会上对巴金的社会实践、社会角色有怎样的臧否，无论巴金对自己的社会实践和社会角色有着怎样的解说，巴金日记所呈现出的恰恰"就是这个样子的"，而不是"应该是什么样子的"。

从这个角度进入研究状态，有点冒险，但很有意味。

二

巴金年轻的时候就想写一部长篇小说《群》，但是，几经纠结，直到晚年也没有写出来。为什么？我感觉：这里面似乎隐藏着巴金生命经历中的"言"与"行"的矛盾纠结和启蒙大众、改造社会，尤其是改造自己的无法整体把握的窘境。

梳理一下巴金关于《群》的写作，在五十多年的时间跨度中曾有过三次明确、完整的表述：

第一次是1932年5月20日，二十八岁的巴金在他的第一部长篇小说《家》的初版后记中写道："用了二十三四万字我写完了一个家庭底历史。假如我底健康允许我，我还要用更多的字来写一个社会底历史，因为我底主人翁是从家庭走进到社会里面去了。如果还继续写的话，第二部底题目便是《群》。虽然不一定在何处发表，总有机会和读者见面的。"②

第二次是1960年10月24日，五十六岁的巴金在成都给妻子萧珊的信中写道：

---

① 《胡塞尔选集》上卷，上海三联书店1997年版，第383—384页。
② 《巴金全集》第一卷，人民文学出版社1986年版，第435页。

"关于《群》，我也常在考虑，我只要身体不坏，一定要把它写出来。不过现在的想法跟我从前想的不同了，我的生活不够，需要的材料多，若照从前的计划写出来，一定会犯错误。因此写起来很吃力，又无把握……有时自己也很着急。很多朋友鼓励我写……我很感谢他们鼓励的好意。我想，能把一个中篇和一本短篇集写完，关于抗美援朝的写作也就算告一段落，以后就把主要精力放在《群》上面。"①

第三次是 1980 年 12 月 14 日，七十六岁的巴金在《创作回忆录》第十篇《关于〈激流〉》中说："另外还有第二部《群》，写社会，写主人公觉慧到上海以后的活动。我准备接下去就写《群》，可是一直拖到一九三五年八九月我才写了三四张稿纸，但以后又让什么事情打岔，没有能往下写……在新中国成立后，我还几次填表报告自己的创作计划，要写《群三部曲》。但是一则过不了知识分子的改造关，二则应付不了一个接一个的各式各样的任务，三则不能不胆战心惊地参加没完没了的运动，我哪里有较多的时间从事写作！到了所谓'文化大革命'期间，我倒真正庆幸自己不曾写成这部作品，否则张（春桥）姚（文元）的爪牙不会轻易地放过我。"②

在现实生活中，巴金的创作是勤勉的。

当然，我们承认，巴金本人不是觉慧，但是觉慧的经历中不可能不带有巴金的影子。巴金与构思中的长篇小说中的主人公觉慧有着类似的成长经历。按照巴金的设想，觉慧的故事在"激流三部曲"中远远没有结束。

1939 年春，巴金去南方寻亲访友，备感"群"的温暖和力量："在这里每个人都不会为他个人的事情烦心，每个人都没有一点顾虑。我们的目标是'群'，是'事业'；我们的口号是'坦白'……我本来应该留在他们中间工作，但是另一些事情把我拉开了。我可以说是有着两个'自己'。另一个自己却鼓舞我在文字上消磨生命。我服从了他，我写下一本一本的小说。但是我也有悔恨的时候，悔恨使我又写出一些回忆和一些责备自己的文章。"③

"群"是社会，"群"是行动，"群"是改变世界，"群"是推翻一个旧制度。现实生活中存在的、涌动的、激荡的"群"，让巴金牵肠挂肚，但是，巴金拿不起放不下。

《群》的主人公觉慧的命运可以说就是巴金的命运，巴金就是那个冲破封

①《巴金全集》第二十三卷，人民文学出版社 1993 年版，第 441—442 页。
②《巴金全集》第二十卷，人民文学出版社 1993 年版，第 678 页。
③《巴金全集》第十三卷，人民文学出版社 1990 年版，第 281—282 页。

建大家庭、勇敢走上社会的觉慧啊。

鲁迅先生曾对当时女性挣脱家庭束缚走向社会提出一个著名的命题："娜拉出走以后怎样？"那么，提出"觉慧走上社会以后怎样"的问题也就不过分了。

面对"娜拉出走以后怎样？"的问题，顾准的回答是："只能经验主义地解决。"①

面对"觉慧走上社会以后怎样"的问题，巴金也只能是"经验"地来解决，但绝不"主义"。

作为创造了觉慧的作家巴金，在读了自己创作的《家》后，也曾激动地写道："读完了《家》，我禁不住要爱觉慧。他不是一个英雄，他很幼稚。然而看见他，我就想起丹东的话：'大胆，大胆，永远大胆！'我应该拿这句话来勉励自己。"②

性格决定命运。设想和鼓励觉慧"大胆，大胆，永远大胆！"的巴金，自发、自觉地写出了大量的文学作品，却独独没有写出以"觉慧走上社会以后怎样"为主题的《群》。比如"激流三部曲"（《家》《春》《秋》）、"爱情三部曲"（《雾》《雨》《电》）、《憩园》、《寒夜》、《第四病室》等，所有的故事都是人物的、个体的、故事的、激情的，也不能不说是革命的和社会的。但是，我们仍心存疑惑，觉慧到哪儿去了呢？

在亲历无政府主义在中国社会实践中的萌发、兴盛、衰败后，无法在政治的、组织的、行动的实践中把握现实生活的巴金，只能艺术地把握生活和表现生活。

美国奥尔格·朗在他的《巴金和他的著作——两次革命之间的中国青年》中认为："他的长篇小说几乎'都以叛逆者和革命者为主人公'。"巴金的作品"写的都是自传和他的朋友、熟人的故事。作家个性在其全部作品中几乎处处可见"，却又能"灵活地、创造性地处理自己的种种印象，使得他的人物达到艺术的真实"。他"不仅是位描写社会的创造性的作家，而且是个力图干预生活、改变社会的革命者"。巴金"这位无政府主义作家对共产主义在中国的胜利做出过重要贡献"。③

巴金的所有文学作品都不可能是《群》，因为它们的主人公都不是觉慧。起码在巴金的眼里，觉慧不应该是这个样子的，但应该是什么样子的，巴金也说不清楚。说不清楚，是因为巴金没有实践和经历。觉慧的成长要靠社会实践。只有在社会实践中，觉慧的"如其所是"才可以转化为"是其所是"，才可以是小说

---

① 《顾准文集》，贵州人民出版社1994年版，第405页。

② 《巴金全集》第一卷，人民文学出版社1986年版，第436页。

③ 唐金海、张晓云主编：《巴金年谱》下卷，四川文艺出版社1989年版，第1024页。

中的觉慧，才可以是人物的、故事的、命运的、审美的觉慧。

到了 1960 年，巴金在私底下写给萧珊的信中，为何重提写作《群》的意向，而且还有了要写成"三部曲"的雄心壮志呢？

广泛地参与新中国的革命和建设，使巴金在艺术地把握生活之外，又有了政治地、行动地把握生活的经历和写作的诸多可能性。

巴金文学创作的源泉基本是来自自己的亲身经历和社会实践。那么，我们在搜寻巴金的所有文学创作中都没有找到长篇小说《群》的时候，在记录巴金亲身参加社会实践的日记里寻找，应该说基本无大错。

我们仔细体会巴金上面的几段话，不细说，其实是有许多难言的苦衷的。

三

封建大家庭应该算是一个"群"，一个束缚人、压迫人的小圈子。巴金从小目睹封建大家庭和令人窒息的中国社会的腐朽与罪恶，接受五四新思想，十五岁读《新青年》，十六岁写信给"五四运动时期的总司令"（毛泽东语）陈独秀，寻找人生奋斗的价值和社会发展的出路。"总司令"忙，没工夫搭理这个毛头孩子。跌跌撞撞、磕磕绊绊地寻找个人出路和国家出路的巴金，十七岁便寻到了安那其主义，发表《怎样建设真正自由平等的社会》等文章，走上启蒙群众、改造社会的路……

巴金是一个有自己的问题和用自己的方式解决问题的人。

1981 年 12 月 22 日，巴金在中国作协第三届理事会第二次会议上当选为作协主席，周扬在讲话中这样评价巴金："巴金同志在文学界的声望和贡献，是中外公认的。几十年来，他的作品就以其歌颂光明、揭露黑暗的力量，引导着许多人走向革命。"[①]

"歌颂光明、揭露黑暗"是巴金作品的力量；"引导着许多人走向革命"是巴金在历史的不同阶段发挥的作用。

巴金在写《家》的时候说："单说愤怒和留恋是不够的。我还要提说一样更重要的东西，那就是信念……旧家庭是渐渐地沉没在灭亡的命运里了。我看见它一天一天地往崩溃的路上走。这是必然的趋势，是经济关系和社会环境决定了的。这便是我的信念。它使我更有勇气来宣告一个不合理的制度的死刑。我要向一个

---

① 唐金海、张晓云主编：《巴金年谱》下卷，四川文艺出版社 1989 年版，第 1239 页。

垂死的制度叫出我的'我控诉'。"①

"所以我要写一部《家》来作为一代青年的呼吁，我要为过去那些无数的无名的牺牲者'喊冤'！我要从恶魔的爪牙下救出那些失掉了青春的青年。这个工作虽是我所不能胜任的，但是我不愿意逃避我的责任。"②

刚刚走上社会的巴金确实如觉慧一样大胆，放言无忌，臧否天下。

与周作人、朱光潜、郭沫若、徐懋庸等论争，甚至与友人沈从文争论，鲁迅先生对巴金的评价和辩解也是在论战中产生的："巴金是一个有热情的有进步思想的作家，在屈指可数的好作家之列的作家。他固然有'安那其主义者'之称，但他并没有反对我们的运动，还曾经列名于文艺工作者联名的战斗的宣言。""我真不懂徐懋庸等类为什么要说他们是'卑劣'？难道因为有《译文》存在碍眼？难道连西班牙的'安那其'的破坏革命，也要巴金负责？"③

在言与行、理论与实践之间，早期巴金的政治活动永远是"说"而不是"做"，永远是理论性的而不是行动的，他的作品形成了一个很大的读者"群"，却没有参加社会上的各种"群"的兴趣和领导"群"的能力。

巴金在回忆自己前期生活经历时说："我生在官僚地主的家庭，在那里生活了十九年，虽然跑出了那个家，而且不到十年那个家也弄到家破人亡，但是自己从一个小圈子又钻进了另一个小圈子，那就是小资产阶级的圈子。我想革命，嚷着革命，终于找不到革命的路，始终钻不出小资产阶级的圈子来。"④

巴金想写《群》，却又不想加入某个具体的"群"，这是不是巴金一直没有写出"群"的一个原因呢？

那个时候的巴金也不写日记。

1949 年 7 月，巴金参加全国文代会。1954 年巴金当选第一届全国人大代表，当时的全国人大代表也只有一千两百多人。新政权对巴金的无政府主义宣传是宽容的，对巴金的文学创作是认同的，在政治待遇上对巴金也是高看一眼、厚待一层的。巴金也"有一种回到老家的感觉"，"仿佛活在自己的兄弟们中间一样"。⑤

① 《巴金全集》第一卷，人民文学出版社 1986 年版，第 442 页。

② 《巴金全集》第一卷，人民文学出版社 1986 年版，第 442 页。

③ 鲁迅：《且介亭杂文末编》，人民文学出版社 1973 年版，第 63 页。

④ 《巴金全集》第十九卷，人民文学出版社 1993 年版，第 24 页。

⑤ 《中华全国文学艺术工作者第一次代表大会纪念文集》，中国文联出版社 2009 年版，第 392 页。

这时的巴金可以说找到了"组织",找到了"家",找到了属于自己的"群"。巴金说过:"我在旧中国半封建半殖民地的社会里写作了二十年,写了几百万字的作品……即使是我的最好的作品,也不过是像个并不高明的医生开的诊断书那样,看到了旧社会的一些毛病,却开不出治病的药方。"①巴金评价自己:"我是一个充满矛盾的人。"②

这时的巴金和以前的巴金大不一样了。巴金亲身参加社会主义革命和建设,生活群、社交群都有了翻天覆地的变化。

四

1903 年,严复翻译的英国思想家约翰·斯图亚特·密尔的名著《论自由》,定名为《群己权界论》。公域讲权力,私域言权利;公域讲民主,私域言自由。这就是"群己界线",在当时的社会上影响很大。金观涛先生曾专文辨析"群""社会"和"社会主义"的变化和内在联系:"在中国传统政治语汇中……'群'是一个常用词。它的主要意思是多数和个体集合成众。表面上看,用'群'来指涉'社会'是将个体集合成众的意义抽出来并加以发挥,用它来表达'社会'这个词中将个人组织成团体的意思。"③

1928 年,在《答诬我者书》中,巴金就表示:"我永远反对国民党,我不但在过去,在现今,不曾卖掉我的主义,与任何人、任何党派妥协,在将来我也决不会的。从八年前我做了一个无政府主义者的时候一直到我将来死的时候,没有一时一刻我不是一个无政府主义者。我不仅反对一切政党,反对李石曾、吴稚晖,连《革命》周报派的震天(即碧波)我也反对的。"④

1930 年,巴金出版理论专著《从资本主义到安那其主义》,从社会形态、经济结构、政治制度、思想文化等各个方面全面阐述自己对改造社会的设想。(1931年 2 月,该书被国民党政府以"宣传无政府主义"的罪名通令查扣。)巴金写道:"自

---

① 《巴金全集》第一卷,人民文学出版社 1986 年版,第 455 页。
② 《巴金全集》第一卷,人民文学出版社 1986 年版,第 1 页。
③ 许纪霖、宋宏编:《现代中国思想的核心观念》,上海人民出版社 2011 年版,第 517—518 页。
④ 《巴金全集》第十八卷,人民文学出版社 1993 年版,第 180 页。

由代替了政府，这就是安那其，平等使用代替了私有财产制，这就是共产主义。"①

当时的无政府主义在中国的社会实践中已经掀不起大浪了。

对无政府主义来说，巴金是一个热情的鼓吹者，但却是一个迟到者、同情者和追忆者。

写出许多无政府主义文章和专著的巴金，对启蒙群众、改造社会、反抗强权统治肯定已经有了自己的一整套的打算和想法，因为"我所憎恨的并不是个人，而是制度"②。

缺乏组织才能和实践能力是巴金的一个软肋，许多事情是说得却做不得的。

陈思和先生曾准确地剖析了巴金的这种言与行、魅力与无力之间的矛盾关系："这种魅力不是来自他生命的圆满，恰恰是来自人格的分裂：他想做的事业已无法做成，不想做的事业却一步步诱得他功成名就，他的痛苦、矛盾、焦虑……这种情绪用文学语言宣泄出来以后，唤醒了因为各种缘故陷入同样感情困境的中国知识青年枯寂的心灵，这才成了一种青年的偶像。巴金的痛苦就是巴金的魅力，巴金的失败就是巴金的成功。"③

但在社会发展的事实面前，巴金像中国绝大多数知识分子一样，选择跟随时代的大潮前进。

在启蒙大众、改造社会之后，还要"改造自己"，这是一个"脱胎换骨"的过程。

社会是个大"群"，想启蒙大众、改造社会，就要先改造自己，才能融入社会，融入"群"。

早年挣脱和冲破封建家庭束缚，这是个体生命的抗争，这在巴金，没有问题；文学创作是纯粹的个体劳动，自己做自己的群主，这也没问题；办出版社，做几个或者十几个人的群主，虽有争执，大不了退群（退文化生活出版社的"群"改建平民出版社的"群"），也没有问题；挂名各种文艺团体，签署各种声明，这样结构松散的群，也没有问题。然而，走向社会，启蒙大众，改造社会，就是一个大问题。

经历和经验，对巴金来说，显得尤其重要。

到了 1960 年的时候，巴金似乎有了写《群》的经历和经验了。

---

① 巴金：《从资本主义到安那其主义》，上海自由书店 1930 年版，第 195 页。

②《巴金全集》第一卷，人民文学出版社 1986 年版，第 441 页。

③ 陈思和：《人格的发展：巴金传》，上海人民出版社 1992 年版，第 118 页。

巴金日记中有一个内在的变化，主流意识形态取代个人空间和话语。巴金通过广泛地参与社会主义革命和建设，话语体系和表现方式已经和整个时代合拍，这可以从日记的"加括号"和"减括号"中发现端倪。

五

目前能够收集到的巴金日记共写了三十年（1952年3月—1982年4月）。巴金在写《灭亡》的时候，曾写过几页日记，后来作为小说主人公的日记写进小说中。1949年以后，巴金开始了新的社会生活，为了积累素材，也为了记下这些难忘的经历，巴金开始写"备忘录"式的日记。

日记在《巴金全集》中占了两卷（第二十五、二十六卷），分为《赴朝日记》（一、二）、《成都日记》、《上海日记》、《"文革"后日记》。2019年1月，四川文艺出版社又出版了遗漏的零散的日记汇编——《出访日记》。

关于日记，巴金的侄子李致曾考虑在《巴金全集》之外单独出版。巴金在1991年12月12日写给李致的信里这样表态："关于日记我考虑了两个晚上，决定除收进《全集》外不另外出版发行，因为这两卷书对读者无大用处（可能对少数研究我作品的人提供一点线索）……里面还有些违心之论，你也主张删去，难道还要翻印出来，使自己看了不痛快，别人也不高兴？你刚来信说你尊重我的人品，那么你就不该鼓励我出版日记，这日记只是我的备忘录。"[1]

作为自己"备忘录"式的日记，有哪些"违心之论"？有哪些"自己看了不痛快，别人也不高兴"的话？日记中的巴金，在集体与个体、"言"与"行"、真话与真理之间，又有怎样的矛盾纠葛？

赴朝日记，是"加括号"的日记。

《赴朝日记（一）》记录了1952年3月15日—10月15日（7个月），《赴朝日记（二）》记录了1953年8月10日—1954年1月10日（6个月）。

先说说赴朝归来后，巴金就先后创作出版了《生活在英雄们的中间》《保卫和平的人们》《英雄的故事》《明珠和玉姬》《李大海》《杨林同志》等小说、特写、通信集，其中小说《团圆》改编成电影《英雄儿女》，影响极大，这些可以统归为主流意识形态和价值观作品。巴金将这些排除在日记之外没有别的目的，只是

---

①《巴金全集》第二十三卷，人民文学出版社1993年版，第142页。

因为文本不同。不是不说，也不是不应该说，而是不在日记中说。

巴金的赴朝日记提供了更多的文学创作以外的细节，感性、直观，读后让人忍俊不禁。

在朝鲜的山里，"傍晚雨变成雪，后来雪又成雨，屋漏，到处滴水。后来老宋指挥铺上雨布（在屋顶），才可以上床睡觉"①。"车在万山中转来转去，颠得厉害，颇感不适。"②"卓部长和王部长陪我在黑暗中上山。通讯员在半山接我，我几乎跌下山去，幸而他把我扶住。"③"赵国忠下山来接我，半山遇着，几乎又跌跤，靠他帮助，回到洞里。"④"敌机一直在头上盘旋，不能打手电，在黑暗中上山到掩蔽处去。路很滑，但我不觉吃力，到十时光景才把被褥铺好，六个人睡在一个大炕上。"⑤"我和白朗……同坐小吉普。四时四十分出发，过了成川，大约走了三个钟头。因防空灭灯，几乎与对面来的大车相撞，吉普翻在小沟里，我们未受伤。"⑥"雨一直未停，十一点三刻洞口砂石突然塌下一大块，把洞口堵上了。那时我刚从外边回来，正坐在洞旁床上换打湿的袜子。营参谋长（贾树祥）听说洞塌了，来看了一下，马上带了班长和几个战士来，自己先动手，花了三刻多钟的工夫，把土弄干净了，又在洞口支了两根木柱。几个人浑身湿透了，脸上还是带着笑容。我真喜欢多看这些年轻的朴实的笑脸。"⑦"坐车回扶山别墅，喝茶闲谈，补了两只袜子。"⑧"饭后回别墅抄改文章。三点抄改完毕，题做《朝鲜战地的春夜》。秘书科送来克宁奶粉一听，下午又送来方糖一包（上午赵国忠给我冲了一碗），厚意使人感激，觉得受之有愧。"⑨"去八连路上因小雨打湿眼镜，看不清路，跳下交通沟时脚一滑跌了一跤，相当重。"⑩"第一次吃高粱米饭，

---

① 《巴金全集》第二十五卷，人民文学出版社1993年版，第4页。
② 《巴金全集》第二十五卷，人民文学出版社1993年版，第5页。
③ 《巴金全集》第二十五卷，人民文学出版社1993年版，第5页。
④ 《巴金全集》第二十五卷，人民文学出版社1993年版，第6页。
⑤ 《巴金全集》第二十五卷，人民文学出版社1993年版，第9页。
⑥ 《巴金全集》第二十五卷，人民文学出版社1993年版，第11页。
⑦ 《巴金全集》第二十五卷，人民文学出版社1993年版，第24页。
⑧ 《巴金全集》第二十五卷，人民文学出版社1993年版，第26页。
⑨ 《巴金全集》第二十五卷，人民文学出版社1993年版，第27页。
⑩ 《巴金全集》第二十五卷，人民文学出版社1993年版，第48页。

觉得并不比大米难吃。"①"看完了立高的创作《不可阻挡的铁流》,写得不好,主要原因是没有生活。"②"散会后即和李、赵部长、金代表、胡可、罗工柳诸位翻山越岭,回到住处已近十二点,浑身湿透了。换了湿衣即睡。"③"在阳光中上山,不怕困难,在洞口房内继续开会到一点,批评与自我批评会结束。休息一小时,到两点钟继续开会讨论彭总的谈话,三点三刻结束,同志们要我写一篇彭总会见记。"④"我的文章本来打算今晚动笔,因找不到写字的桌子,决定明天早晨到香枫寺去写。"⑤"看见九日的《人民日报》,会见彭总文已发表,却给删去了两三段。"⑥

巴金的这些亲身经历,鲜活、生动、直观,确实是写给自己的"备忘录"。

"九评"日记,渐次有了表态性话语。

1956年苏共二十大后,中苏两党在国际共产主义运动路线和策略等问题上出现了分歧。1963年6月,邓小平率领中共代表团赴莫斯科参加中苏两党会谈。会谈期间,苏共中央发表《给苏联各级党组织和全体共产党员的公开信》。从1963年9月—1964年7月,中共中央以《人民日报》和《红旗》编辑部的名义,相继发表九篇评论苏共中央公开信的文章,批判"赫鲁晓夫修正主义"。在此背景下看巴金的一系列政治表态性的日记很有意味。

9月5日,"零点收听《人民日报》和《红旗》编辑部《评苏共中央七月十四日的公开信》的第一篇文章,到两点四十多分结束。即睡"⑦。

9月13日,"本日报纸因刊载《二评苏共中央公开信》的全文,出报较晚,十一点半以后才送到"⑧。

9月26日,"八点起。九点到十一点又听了一次《三评苏共中央的公开信》。摆事实、讲道理,说服力强,战斗性也强,这篇文章同第二篇文章都是挖心的文

① 《巴金全集》第二十五卷,人民文学出版社1993年版,第72页。
② 《巴金全集》第二十五卷,人民文学出版社1993年版,第91页。
③ 《巴金全集》第二十五卷,人民文学出版社1993年版,第98页。
④ 《巴金全集》第二十五卷,人民文学出版社1993年版,第7页。
⑤ 《巴金全集》第二十五卷,人民文学出版社1993年版,第10页。
⑥ 《巴金全集》第二十五卷,人民文学出版社1993年版,第20页。
⑦ 《巴金全集》第二十五卷,人民文学出版社1993年版,第291页。
⑧ 《巴金全集》第二十五卷,人民文学出版社1993年版,第294页。

章，苏共中央一定回答不了"①。

10月21日，"听广播，第一次只听到《新殖民主义的辩护士》(《人民日报》和《红旗》两编辑部《四评苏共中央的声明》的文章）的后半。零点开始重听了一遍。好极了，真是掷地有声的好文章！"②

12月11日，"听广播，才知道《六评》明日发表，谈两种不同的和平共处的政策，非常清楚，十分透彻"③。

转年2月3日，"听广播第七篇批评苏共公开信的文章《苏共领导是当代最大的分裂主义者》。深入浅出、说服力强。全文共播两点三十分左右。听完很兴奋"④。

7月13日，"我在廊下听完'九评'才上楼。这篇文章不仅揭露赫鲁晓夫的假共产主义，还有系统地介绍了中国革命和建设实践所取得的关于无产阶级专政的宝贵经验，对世界革命人民有极大的帮助"⑤。

7月30日，"听广播中共中央复苏共中央的信，约一小时，理直气壮，逻辑性强，生动有力。最后劝苏共领导悬崖勒马，但苏共领导是不会明白的。我看，赫鲁晓夫一定要召开各国'兄弟党'会议，以便早日'进入坟墓'"⑥。

访越日记，反复修改的，是努力"减括号"的日记。

写文章从来都是一挥而就的巴金，访越归来，竟有七次"补抄访越日记"的特殊经历，耐人寻味。访越不过二十七天（6月10日飞越南，7月17日回北京），补抄日记竟达一个月之久（从8月1日到8月30日"补抄访越日记结束"）。当然，我没有机会看到巴金没有经过补抄过的访越日记原稿，收入《巴金全集》第二十五卷的是补抄过的日记。

1963年6月14日，巴金为越南"培养青年作家训练班"讲话。"阮春生介绍我们和学员见面。我谈了一些有关创作的事情，特别强调技巧为内容服务和作家应该坚持思想改造两点。讲话连翻译不到两小时。……三点阮春生和制兰园来谈，谈到五点一刻。谈得融洽、亲切。我和束为极力把话题引到政治上，也谈起

---

① 《巴金全集》第二十五卷，人民文学出版社1993年版，第298页。

② 《巴金全集》第二十五卷，人民文学出版社1993年版，第307页。

③ 《巴金全集》第二十五卷，人民文学出版社1993年版，第329页。

④ 《巴金全集》第二十五卷，人民文学出版社1993年版，第349页。

⑤ 《巴金全集》第二十五卷，人民文学出版社1993年版，第400页。

⑥ 《巴金全集》第二十五卷，人民文学出版社1993年版，第405页。

两条路线的斗争。他们两位也讲了好些话，似乎在响应我们。可是事后一想，却抓不到他们谈话的要点，关于某些问题，他们并未表示具体的意见。"①

6月19日，巴金在越南参观访问座谈，"我和束为应越南朋友们的要求，介绍了中国作协培养工农作家的一些经验，极力把话题引到政治上，也谈起两条路线的斗争"②。

6月27日，"举行座谈会和我们交谈文艺情况。我们后来照他们的意思，谈了些培养青年作家的经验，并讲了一些政治挂帅和反对修正主义的话……阮思浚书记这个晚上和我们交谈了不少的话，他明显地、坚决地表示了反对修正主义绝不妥协的主张"③。

7月2日，"八点廖胜和阮文明陪我们去河内华侨联合会同河内华侨文教工作者会见，并进行座谈。我应大家的要求介绍了全国文联三届委员会第三次会议的内容，还谈了我国文艺界反对现代修正主义的斗争任务，等等。……素友书记在那里接见我们。他对我们很亲切，谈话也随便，却不曾谈到政治……六点四十分武国威来，和我们共进晚餐，双方意见很接近。我们找到了一个左派了"④。

至于越方能够接受多少，巴金也拿不准。

7月13日，"四点阮庭诗和怀青来，说是临时有事迟到了半小时。我们的谈话开始了，谈得坦率，也相当诚恳。我们差不多触到了他们心里那个'苦衷'"⑤。

7月19日，"下午三点半前作协车来接我们和北屏（住和平里）去对外文委，汇报访越情况，由张致祥（他先走）和周而复接待。五点后汇报结束"⑥。

可以看出，出访都是有目的性的。巴金作为访越代表团的团长，就是要联系左派，广交朋友，宣传主张，扩大影响。所以说，即便不擅长政治和外交，也要勉力为之。

"文化大革命"初日记，是回到直觉和感性的日记，表露了巴金在暴风雨到来之前的躁动不安。

① 《巴金全集》第二十五卷，人民文学出版社1993年版，第253页。
② 《巴金全集》第二十五卷，人民文学出版社1993年版，第255页。
③ 《巴金全集》第二十五卷，人民文学出版社1993年版，第259—260页。
④ 《巴金全集》第二十五卷，人民文学出版社1993年版，第262页。
⑤ 《巴金全集》第二十五卷，人民文学出版社1993年版，第268页。
⑥ 《巴金全集》第二十五卷，人民文学出版社1993年版，第273页。

后来日记就被造反派没收了，巴金有十一年没再写日记。

"文化大革命"后日记，是真情逐渐显露的日记。

1977年5月23日，巴金又开始写日记。

5月23日是一个值得纪念的日子，是"毛主席的光辉著作《在延安文艺座谈会上的讲话》发表三十五周年纪念日……九时半再去绍兴路。会议由马飞海主持，讲了今天下午召开的文艺座谈会的一些事情和应注意事项，约半小时……到上海展览馆，见到多年来未见的熟人"[①]。

1977年12月21日，"晚饭后看电视节目，接连几个相声，我大笑不止"[②]。

我很震惊巴金的情绪反应是如此强烈，笑点如此之低，不仅"大笑"，而且"不止"。

这样的表述，在巴金日记中从来没有过。巴金在日常生活中是平静的、谦和的，也有很多微笑和大笑的照片。但是，在日记里记录自己大笑、微笑等的字样却很少。这也是记录和文学写作的差别。与巴金文学创作中的青春、理想、激情不同，巴金的日记显得内敛、谨慎，尤其是情态描摹，几乎没有。无论是记录自己参与的相关活动或大小事务，或者是为了日后创作和备考，时间、地点、人物及自己的态度，等等，无一不清清楚楚。在《巴金全集》第二十五卷《致树基（代跋）》中，巴金再次界定自己的日记："我写的日记只是写给自己的备忘录。"[③]应该说，巴金的日记主要是写给自己看的。巴金日记的"备忘录"特性应该是很明显的。

那么，"大笑不止"的记录有什么意义呢？

在我看来，这是一件很特别的事情。在1977年年末的时候，究竟有哪些相声是可以让巴金"大笑"而且"不止"的呢？在我的印象中，那些年里比较可乐的马季的相声《宇宙牌香烟》，要到1984年才出现。之前马季还说过《白骨精现形记》之类的相声，只要有心人循着时间到上海电视台耐心查找一下，肯定能够找到让巴金"大笑不止"的相声。

设身处地想想，巴金可以放肆地大笑不止，肯定有自身心神放松的原因在吧。

1977年4月22日，巴金楼上被封存十一年的房间和书柜打开了。一个作家，一个翻译家，自己的书房被查封，而且一封就是十一年，巴金的心情可想而知。

---

① 《巴金全集》第二十六卷，人民文学出版社1994年版，第121页。

② 《巴金全集》第二十六卷，人民文学出版社1994年版，第193页。

③ 《巴金全集》第二十六卷，人民文学出版社1994年版，第611页。

5 月 25 日，上海《文汇报副刊》发表了巴金的散文《一封信》，巴金向社会上关心他的人们宣告，巴金不仅还活着，而且还能写文章，发文章。

12 月 19 日，"寿进文坐车来接我去统战部，吴若岩找我谈话，要我参加市政协领导……最后还要我担任副主席"①。

看到这里，我不禁私下揣度，从 1973 年被宣布"人民内部矛盾处理，不戴反革命帽子"到担任上海市政协副主席，这应该是一个翻天覆地的变化，这是不是"大笑不止"的背景原因呢？

但是，为什么巴金没有"团结起来向前看，噩梦醒来是早晨"呢？这与巴金的"精神奴役的创伤"有关，与巴金的痛苦经历有关，与巴金本能地、潜意识地、艺术地把握现实生活有关。

1978 年 8 月 17 日，日记中记载："半夜做怪梦，与魔怪斗，跌下床来。幸未跌伤。"②巴金还是没有摆脱噩梦的困扰。

1978 年 12 月 1 日，巴金写下《随想录》的总序，1986 年 7 月 29 日写完五本《随想录》。

1992 年 9 月 25 日,巴金说："其实在这十五年中间我还在写我的另一种日记，那就是五卷本的《随想录》，它才是我的真实的'日记'。它不是'备忘录'，它是我的'忏悔录'，我掏出自己的心，让自己看，也让别人看。我好像把心放在清水池里不断地冲洗。我努力不讲假话，我要理解人，也希望得到别人理解。"③

巴金说："那么看看《随想录》吧。"④

这时的巴金心目中认为的最大的事莫过于写作《随想录》，因为那是巴金一生的"收支总账"。

这时的日记没有了社会中的重大事件和巴金的参与，有的是每天记下写作每一篇随想的过程。

这有点让人匪夷所思。

巴金当时写字已经很困难，每天只能写作几百字。

没有了必须交代的价值和意义，只有记录每天写作的进度和篇目。

这些，你认为有意义吗？

① 《巴金全集》第二十六卷，人民文学出版社 1994 年版，第 192 页。
② 《巴金全集》第二十六卷，人民文学出版社 1994 年版，第 271 页。
③ 《巴金全集》第二十六卷，人民文学出版社 1994 年版，第 613 页。
④ 巴金：《再思录》(增补本)，广西师范大学出版社 2004 年版，第 145 页。

这些，你认为没有意义吗？

《随想录》第六篇《怀念萧珊》，1979年1月7日开始动笔，22日写完修改好，日记中记载了九次。

《随想录》第三十四篇《怀念老舍》，1981年12月4日动笔，至15日写完修改好，日记中记载了十一次。

《随想录》第三十七篇《探索》，1980年2月3日动笔，到16日写完修改好，日记中记载了十三次。

《随想录》第四十三篇《怀念烈文》，1980年5月9日动笔，至24日写完修改好，日记中记载了十次……

1981年8月28日，巴金不得不叹息："一直没有时间和精力写日记。"①

1982年4月30日，写完当天的日记后，就不再写日记了。

在日记都没有精力和时间记的时候，巴金在做什么？

写《随想录》，体现了巴金记述直接个体经验时的执拗。

六

巴金的长篇小说《群》是未完成体。

巴金的日记也是未完成体。

巴金的文学创作和社会实践也不应该是"盖棺论定"式的。

巴金去世后，党和国家是这样评价的："享誉海内外的文学大师，杰出的社会活动家，著名的无党派爱国民主人士，中国共产党的亲密朋友，中国人民政治协商会议第六、七、八、九、十届全国委员会副主席，中国作家协会主席……"②

"享誉海内外的文学大师"就不多说了，毕竟有二十六卷的文学创作和十卷翻译摆在那儿。巴金还是中国作家协会第四、五、六届主席。在他的主持下，创建了中国现代文学馆。巴金捐款十五万元，捐手稿、捐书万余册。2003年11月25日，巴金百岁生日，国务院授予巴金"人民作家"称号。

"杰出的社会活动家"与"著名的无党派爱国民主人士"。巴金是第一、二、三、四、五届全国人大代表（第五届全国人大常委会委员），1983年巴金当选全国政协副主席，进入国家领导人行列，其后，又连续担任第七、八、九、十届全国政协副主席。

---

① 《巴金全集》第二十六卷，人民文学出版社1994年版，第463页。

② 《巴金先生纪念集》，香港文汇出版社2008年版，第3页。

巴金是全国唯一不拿工资的体制内的人,这些包括巴金的好朋友都不知道,都不相信,冰心就曾反复追问过。巴金每次带团出国,机票都是自己掏钱的。

回到巴金的日记和现象,就是要把这些论定的结论放进括号里"悬置"起来。德国哲学家胡塞尔在 1907 年给胡戈·冯·霍夫曼斯塔尔的一封信中,这样辨析了艺术直观与现象学直观的关系:"艺术家与哲学家不同的地方在于,前者的目的不是论证和在概念中把握这个世界现象的'意义',而是在于直觉地占有这个现象,以便从中为美学的创造性刻画收集丰富的形象和材料。"①

巴金对写作的看法与一般作家不同。他从不考虑自己在文坛的名声,更不考虑艺术的永恒,他只求宣泄心中的热情,只求在与读者的交流和沟通中平衡自己的内心。巴金说:"我不是一个文学家,也不想把小说当作名山盛业。我只是把小说当作我的生活的一部分,我在写作中所走的路与我在生活中所走的路是相同的。无论对自己或者别人,我的态度都是忠实的。因此也就产生了种种的矛盾,我自己又没有力量来消除这些矛盾。爱与憎的冲突,思想和行为的冲突,理智和感情的冲突,理想和现实的冲突……这些织成了一个网,掩盖了我的全部生活,全部作品。我的生活是痛苦的挣扎,我的作品也的。我时常说我的作品混合了我的血和泪,这不是一句谎话。我完全不是一个艺术家,因为我不能够在生活以外看见艺术,我不能冷静地像一个细心的工匠那样用珠宝来装饰我的作品。我只是一个在暗夜里呼号的人。"②

所以,巴金说:"最高的技巧就是无技巧。"

最无技巧的是什么呢?就是日记。

1986 年 1 月 10 日,巴金在全集自序中这样写道:"我写作一生,只想摈弃一切谎言,做到言行一致。可是一直到今天我还不曾达到这个目标,我还不是一个言行一致的人。可悲的是,我越是觉得应当对自己要求严格,越是明白做到这个有多大的困难。读者在这《全集》里可能发现我的文章前后矛盾,常常跟自己打架——往好的方面解释,我在不断地追求;朝坏的方面说,那就是我太软弱,缺乏毅力,说得到做不到。"③

解读巴金与解读所有的文学作品和研究文学现象,有两种内在的方式:一类是从历史的、逻辑的、全面的、辩证的角度进行概括、归纳、总结;另一类是从

---

① 《胡塞尔选集》下卷,上海三联书店 1997 年版,第 1204 页。
② 《巴金全集》第九卷,人民文学出版社 1989 年版,第 292—293 页。
③ 《巴金全集》第一卷,人民文学出版社 1986 年版,第 1—2 页。

人物的、直觉的、故事的、命运的角度去体悟、描述。巴金晚年坚持说"真话"而不强调说"真理"，是用艺术的方式把握现实，而不是用政治的、哲学的方式把握现实。回到巴金的本质固然重要，但是回到巴金的现象，坚持巴金的现象，"以便从中为美学的创造性刻画收集丰富的形象和材料"就显得更重要了。

参政与议政，启蒙群众与改造社会，政治全能主义与个体自由，自由思想与独立精神，言与行之间的矛盾纠葛直观地、感性地、纠结地、执拗地展现在巴金的日记中，也迫使巴金对于长篇小说《群》的构思和写作，拿不起，放不下……

巴金的生命经历"是一尊研究多灾多难、曲折延伸的20世纪中国文学的最大活化石，同时也是一部浸透了文化悔悟、呼唤民族魂的现代启示录"[1]。

既然是"活化石"和"启示录"，那么，怎么论断巴金就显得不重要了。要发掘，要品味，要考古，要让巴金的文本说话，要让巴金的经历和事实说话，这才是"回到事物本身"的路径。

① 夏中义：《艺术链》，上海文艺出版社2001年版，第277页。

乡愁诗学的延伸与辨析

——评金问渔诗集《风吹运河岸》

周维强 [①]

　　金问渔在写作上是一个多面手,他既能写诗、写散文,又能写小说、报告文学。其实,我是很羡慕这样能够打通多种文体之间联系的多面手的,除了要有足够的精力和体力做支撑,还要有才华和天赋加持。但细细梳理你会发现,金问渔的小说、散文、报告文学作品都是建立在对诗歌语言长期的提炼和写作基础上的,完成了文体的进一步延伸。换言之,金问渔的写作,诗歌创作永远是第一位的,在诗歌写作之余,那些在诗歌中无法安放或者无法容纳的情绪、思路,就会在小说、散文等文体里得到延伸和延展。细细读完此番他邮寄给我的诗集《风吹运河岸》,更让我坚定了这种想法和推论。

　　和他之前的诗集《往事照亮故乡》一脉相承的是诗人对乡土、对乡愁的留恋和回望,所不同的是,这一次,他把思绪定格在运河两岸,焦点更加集中,诗意也更加浓郁。金问渔的诗歌在海宁、在浙江,乃至在全国都有一定的辨识度,这得益于他写作时的自律和对自我的深度探寻。我自己也写诗,深知一个诗人在追求诗歌辨识度上所付出的辛劳与努力有多少。读完诗集《风吹运河岸》,给我的感触就是诗人内心始终存在着一份坚守。这份坚守也可以看作一个诗人长期写作

---

① 周维强,从事评论写作多年,在《青春》《中国艺术报》《当代教育》《浙江作家》《上海作家》《四川作家》《华西都市报》《新疆艺术》等报刊发表文学评论数百篇。荣获"钱潮杯"首届青年创意家·网络文艺评论奖,入围首届杭州青年文艺评论大赛奖,获第五届"诗探索·中国诗歌发现奖"提名。

的情感来源和母题供养，那就是对乡愁、乡情、乡土的一次次深情回望。用金问渔的话来说，他正在实践阿德勒的名言"幸福的人用童年治愈一生"。正是有了童年时期有趣、幸福、欢乐的经历，让他的情感始终处在活水滋养的境地，每每回忆童年都像品尝蜜糖一般的舒畅。正是对这份美好的眷恋，让他写诗时有了原始的冲动，那就是在诗歌中回乡，在回乡的路途中打捞记忆的碎片，然后整合成诗。

难能可贵的是，金问渔没有在诗歌写作上进行自我重复，而且在精简语言上下足了功夫，能用一句话表达的绝不用一句半。在情感浓缩和诗意提炼上，也处处有别具匠心地筛选。这让读者可以大饱眼福地阅读，且读后如饮美酒。读诗多年，我对故弄玄虚、不知所云、自说自话，甚至口水乱飞的诗歌，敬而远之。对生活气息浓郁，语言凝练含义深刻且带有几分哲理、有着人生智慧闪现的诗歌，是求诗心切，大有多多益善、越读心情越好的感觉。诗歌之美所诠释的不就是心灵的自由、精神的愉悦，对美的向往，对诗意的追寻嘛。当然，如果能在读诗之余，有所启发，有所感触，同时又激发了自己的思绪，产生创作的冲动，无疑是意外收获。读完《风吹运河岸》，我得到了这份意外收获，自己涂鸦，也写了几首小诗。

诗集《风吹运河岸》两百一十二页，分四辑编排，分别是旧影、沙漏、断章、日晷。诗人漫步在运河两岸，成长、求学、工作、思乡，情深意切。运河于我而言，自然是再熟悉不过了。我所生活的城市杭州，运河穿城而过。我不仅为京杭大运河写过诗、写过散文，还写过散文诗和小说；但我始终是以异乡人或者旅客的心境来审视运河的，和金问渔这种以乡土之根为心境来审视运河有着本质的不同。从金问渔的视角来解读运河，我读到了浓浓的乡情，读到了把运河当作母亲，诗人为赤子，仰望运河拥抱运河亲近运河的柔情。诗人的内心是敏感的，用灵动、柔情晶莹的诗心来靠近运河，本身就有着一份美学的融入。诗中传递着那份脉脉深情，传递着人性的善良、人情的美好。回望过去，透过没有被工业化、城市化吞没的水上生活水边生活，你会窥见一个时代留下的印痕，一草一木皆有善心，一人一物都有良善之念。

回到诗集文本里，开篇的《新嫁娘》映入眼帘，也映照心底，诗分四小节，有小令的情韵，有古诗的典雅："石门到长安 / 旱路不远，但 / 新娘得走水道 / 携着满船嫁妆 // 流水是外婆 / 也是伴娘 / 一路跟着照看，悄悄 / 消弭新娘挂着的泪花"，读到这里，我的眼前已然浮现了一个出嫁新娘美丽的容颜和惆怅的表情，告别少女时代，来到新的生活，那份不舍与疼痛，跃然纸上。再看后两节："两岸村庄，都像她 / 此生归宿之地 / 忽高忽低的屋脊 / 让憧憬清晰又模糊 // 木橹一撇一捺 / 翻起的浪花 / 是它编织着的婚纱拖尾。"尾句，用浪花形容"婚纱拖尾"是要一定的想象力做支撑的。全诗找准了一个动人的画面，那就是新嫁娘出嫁的瞬间。从人文风俗中找准书写的对象，从感伤中提炼美，形成个人的抒情诗风。类似的诗作，像《河神庙》《井边书》《月河梦》等，都有找准一个画面然后描摹的书写方式。金问渔在处理这些题材时，总是能够很精确地找到那个震撼人心的画面，这得益于他平时对审美视角的训练，同时，也得益于他对乡土画面和江南水乡的人文认知，从而让他的诗作有着独特的视角。

翻阅诗集《风吹运河岸》，似乎是在翻阅一本江南的风俗人情画，有对往事的回忆，有对现实的思考，还有对江南风景的描摹。时光如流沙一样从手中滑落，年逾五旬，诗人金问渔内心的悸动与惆怅忽而复归平静，这个时候，他似乎陷入了深深的思索中。他写诗，其实就是在留下一份回忆，留下一幅影像，因为这些回忆和影像，随着城市化、工业化的推进，将不复存在，而通过诗歌的形式，留住影像，更有灵动而真挚的气息。像《古运河纤道》："古运河的肩膀上 / 有道隆起的结痂 / 汗水浸润的伤口 / 结了又破，破了又结 / 曾经相依流水不弃不离 / 如今只遗短短几截 // 感谢上苍，让我们失去了它 // 脚板与石板的角力 / 绵延了无数皇朝 / 北方宫殿的遗址里 / 或许还休眠着偷渡的草籽 / 自涿郡，跨长江，达余杭 / 石板被磨薄、踩碎、更迭 / 它们依然得面对，前赴后继的脚丫 // 而今，岸上还飘忽着昔日的跫音 / 悠长的纤夫号子 / 仍在水面回荡 / 一块石板所记载的苦难 / 萋萋芳草岂能掩盖。"诗人发出感慨，更像是缅怀一段历史的遗迹。何止是古运河纤道，像《路过衙前旧街》《走过官河》《从独山到东湖》等诗作，皆有这种博古通今的思索。由此我想到我在海宁生活的岁月，那时候我在海宁皮革城上班，下了班或者周末就去盐官、徐志摩故居、王国维故居漫步、行走。海宁是一座有着深厚人文底蕴的城市，所见风景皆可成诗。当然，并不是那种随意的涂抹或者凌乱的抒情，这是对诗歌的亵渎，金问渔看似闲笔般的写意，其实是平素知识累积、生活累积和才华累积的结果。

在金问渔的诗歌中，你很少读到晦涩、灰暗的诗歌意象，这也源于前文所说的，他有一个幸福的童年，仿佛顶着一轮红日行走在回乡的路上，内心是纯净的，心底是澄澈的。这两年有一种诗歌观点说诗歌就应该书写苦难，我觉得这个观点值得商榷，从诗歌的真情、真实出发，应该是有什么样的生活，就写什么样的诗。一个人没有苦难生活的经历而去书写苦难，那就是矫揉造作，就是在书写伪诗歌、表达伪情感。在金问渔的诗歌中，我读到了善良、温情、温润、宁静、静谧……这些对美好人性的呼唤，构成了一幅素朴的江南人情风俗画。语言明快，意象鲜明，朴实真挚，整体的氛围有着真诚的抒情气息，难道说，这不是真正的诗吗？对美

好人性的真情阐释，恰恰也是诗歌的一部分。金问渔在诗歌中，一直在试图接近内心的纯真。他保持着安静的思考方式，保持着一个诗人的优雅与宁静，保持着那份对美好生活的追求，似乎也在验证着诗如其人的自信。更多的时候，金问渔写诗，就是在坚守着内心的本分与忠厚，像《对话 | 金问渔：人生契阔，幸有文学为翼》一文中金问渔所说的："我的童年，这是最重要的营养。我七岁以前大部分时间生活在盐官小镇，那是钱塘江入海口旁的一个千年古镇，小而精致。屋前是'街上'，屋后是'乡下'。乡村的记忆很深刻，豌豆、慈姑、茭白、雪里蕻……我很小就叫得出每一样农作物的名字，冬天挖荠菜，春天挖马兰头，夏天到河里摸螺蛳，秋天钻进芦苇荡，用芦苇秆做哨子，我五六岁时水性就很好了。你看我的诗，《往事照亮故乡》的里乡村意象——'怀孕的玉米''与风较劲的芦苇'，《在安国寺》里'寺庙外无边的桑林 / 如一大群参佛的老者 / 擎着香静默不语'，都是我儿时的印象。可以说，我童年时的许多生活与感受，在我成年以后，才表达了出来。诗歌是我最自如的一种表达方式……作为写作者，一定要有自己最基本的价值观，他或许很难通过三五部小说和十几首诗歌来建立自己的价值体系，但他的每次写作，都在用作品说话。此外，功利性不能太强……"

金问渔诗歌的一大特点是有着民谣的抒情方式，注重音律美，更注重形式上和节奏上的变化。细小的事物，细小的情节，折射底层人物的动态，写心情，写思绪，写运河两岸风土人情的变化。在处理素材的形式上，金问渔更喜欢用宁静之美来化解世俗的喧嚣，比如《刷桐油》一诗："春水泛滥的时候 / 船搁浅于岸上 // 建龙在桐花下刷桐油 / 把春光 / 一遍遍抹上船身 // 一朵硕大的桐花跌落 / 缓缓的，又一群降落 / 风在河面留下了脚印 / 亮晶晶的木船 / 又被施脂着粉 // 想着文娟说的 / 入股景区做船娘 / 建龙愈加使劲地刷 / 仿佛要把整个春天 / 塞进船的筋骨 // 他的鼻子已微醺 / 辨不清越来越浓的清香 / 来自桐油、桐花 / 抑或文娟。"这首诗，有这样几个画面的呈现：一是单纯刷桐油本身这一动作，有着诗意的象征；二是对生活的向往；三是对爱情的诠释。其实这首诗虽行数多，但每一行的字都很精简，同时传递的信息也很丰富。这样立体而有层次的画面感，在诗歌《中年雪》《在修表铺》《西塘短章》等系列组诗中都有着唯美的体现。吟唱着，哼唱着，诗歌的画面传递出来的，是诗意，是生活的气息，是诗人心灵荡漾的微光。

诗集《风吹运河岸》入选 2021 年嘉兴市文化精品工程重点扶持项目，且诗集中的很多诗歌发表于《诗刊》《星星诗刊》《上海文学》《诗歌月刊》《诗选刊》等期刊，可读性较强。金问渔在后记中说，大运河，曾经那样深刻左右过江南小镇的兴衰，从那里成长起来的人，灵魂里也必然镌刻着运河的印记。由此可见，他内心对运河的眷恋有着赤子深情的凝视。海德格尔说，诗人的天职是还乡。还乡，说来容易，做起来就难了。尤其是今天城市化、工业化加速推进，很多人的故乡在推土机面前，成了一片废墟。金问渔在诗集《风吹运河岸》中构筑故乡的城堡，是精神性的，也是物质性的，为今天的读者也为未来的读者提供了回望运河两岸风景的可能。读诗就是在读诗人的心灵，在读诗人内心的乡愁，也是在和诗人交流情感上的诗性。当然，和诗人金问渔一起还乡，也是一份惬意的享受，还乡，还心灵一个回望的夙愿。

擎天的标高源于太阳的心跳

——评著名诗人赵振元的长诗《红旗飘飘》

晓　弦

心有多大，天就有多高。

这是招展在天际的一面硕大而蓬勃的红旗；她多情而优美地和煦在岁月的信风里，几乎映红了整个天际。

她在风中铺展，尽情地铺展，书卷般灵动地铺展。刚劲的阳光在阅读她，阅读她不断延伸的长与宽，阅读她九千六百万平方公里的内涵和外延。

是一面怎样的红旗啊！这面旗，正是诗人赵振元精心编织出的高擎在《红旗飘飘》里的战旗。这也是一面叱咤风云、饱经沧桑的旗帜，上面写满中华民族热切的瞩望和殷切的期待，写满不懈的追求和美好的向往，甚至，还有炽热的呼吸和蓬勃的心跳。

欣喜地读完《红旗飘飘》，我要说，这面迎风招展的旗帜，她有擎天的标高和太阳的心跳。我仿佛看见，诗人赵振元用充满激情的手，极自然地亲近她，并庄严地演奏出一支雄壮的进行曲。

这是一部具有震撼力的红色史诗。她像一只漂亮的雄鸡，在版图上引吭啼亮东方的曙光，或者是一头雄狮，在东方慢慢苏醒并且嘹亮地吟唱。全诗演绎了中华民族披荆斩棘、惊天地泣鬼神的英雄壮举，谱写出极其豪迈的壮丽史诗。

自然，这面横亘在史诗里的奇特的旗帜，有擎天的旗杆，有瑰丽的旗语，有波澜壮阔的旗像，以及惊心动魄的旗谱！

这样一面鲜艳无比的旗帜，她的全部，就是在苦难中呱呱坠地的革命的新生儿。她在真理的腥风血雨里茁壮成长。科学发展给了她足够的营养，使她能大步流星地朝着民族复兴和实现中国梦的征程迈进。长江黄河是她的血脉，昆仑五岳是她的胸膛，珠穆朗玛峰是她的头颅。她有着宇宙般无可限量的前程！

这样恢宏的题材，这么沉重的历史，诗人赵振元通过这部长诗《红旗飘飘》出色地演绎了出来。虽然说，借"红旗"来诠释中国革命和社会主义建设算不得他的专利，但诗人笔下书写的场面这么宏大，情节这么完整，叙事这么生动，感情这么真挚，力量这么巨大，确是绝无仅有的！更何况，充满睿智的诗人，把这样重大的题材交给一面灵动的"旗帜"，让这面前无古人后无来者的"旗帜"，攀缘至太阳的高度，神采飞扬地叙说，热血沸腾地吟唱，饱含深情地讴歌，不能不说是中国诗坛的一个绝唱。

读着《红旗飘飘》，喝南湖水长大的我，突然联想到浙江嘉兴南湖上的红船："一船红天下，万众跟党走。"这是何等能给人以冲击力的令人眼睛一亮的口号啊！诗人赵振元的这部《红旗飘飘》，让一面久经沙场的旗帜闪亮登场，让一面舞动着一代人信仰的红色旗帜，伴随他遒劲之诗笔，一路向前，并且沿路舞出迷人的风景，自然有着非同寻常的意义和不同凡响的魅力！

一、这是一部忠于史实、不可多得的英雄史诗

长诗《红旗飘飘》是一部波澜壮阔、气势磅礴的鸿篇巨制。在当下，只要上网用百度搜索一下，或关注一下当代诗坛，那些不着边际、云里雾里、隔靴搔痒的所谓正能量的诗作，多如牛毛。而接地气、直入生命、把个人的命运与祖国的命运融合得鲜活的诗作，少得可怜。即使是近年一些权威的诗歌年度选本，也大多是杂陈着一些"小我"的、只关注自身痛痒的所谓"精品力作"。诗人赵振元的《红旗飘飘》题材重大，立意深远，有别于那种无病呻吟的政治口号诗。那上千行充满激情的诗歌，排山倒海般呈现在你面前，这么大的体量，这么层层叠叠的诗行，却恍若一气呵成，让你不得不佩服诗人的高瞻远瞩和卓越的把握能力，让你感觉出长诗是去雕琢后的自然天成。

《红旗飘飘》的开篇，就写了人们在黑暗中的挣扎、期盼和向往，写了那些渴望光明追求真理的眼睛，于是有了辛亥革命，有了"十月革命一声炮响，给我们送来了马克思主义"，有了最早的"火种"在上海悄悄汇聚，成为红旗的雏形。终于，"红旗在上海升起，又在南湖飘扬"，那些为寻真理而高高举起的手臂，在慢慢地变作这面旗帜最初的旗杆。诗中写到，在黑暗的寒夜里，那些等待点亮的眼睛，那些在苦难中徘徊的人，那些把头颅别在裤腰，在一面光辉旗帜的指引下

的仁人志士，历经千辛万苦，穿过艰难险阻，涉过无数雪山草地，使真理的火苗，从小到大、从弱到强，最终燎原成令世界瞩目的"中国红"一般美丽的世纪风光——天安门城楼上那句耳熟能详的带有湖南口音的宣告："中国人民从此站起来了！"至此便完成了承上启下的转折。

再看诗的后半部，诗人纵览全局，让"红旗"波澜壮阔地飘扬在社会主义建设和改革开放的前沿阵地，诗思在这里有开有阖，忽承忽转，如"红旗在新中国大地飘扬""飘扬在建设工地""飘扬在尖端科技战线""飘扬在石油战线""飘扬在文艺战线"……形成系列，疏密合理，掌控有道。读来亲切有加，恍若身临其境。诗人站在历史的高度，娓娓道来，诗风简约明快，字里行间却洋溢着历史的纵深感和民族的自豪感。作者让诗中"红旗"多角度、全方位、宽领域地"飘扬"于社会各条战线和各个领域，既有大刀阔斧的气势，又有游刃有余的灵动，奏响不同时代的凯歌……即便革命和建设进程遭遇挫折、陷入迷惘，诗人也不刻意回避。如写到"十年动乱"，"红旗"低迷着，"徘徊"着，被"迷雾"遮蔽和困扰着，诗人感叹"红旗渐渐迷失了方向"，"挥舞的红宝书，狂热的红卫兵，没有能够捍卫红旗"。在这里，诗人对"红旗"有了进一步的思考，他笔下的"红旗"，在这里成了一种象征、一种期待和一种方向。也是由于众所周知的原因，"红旗"曾经蒙羞，曾经像个迷失方向、得贫血病的人，有过短暂的精神萎靡。但是，当黎明的薄雾褪去，当清明的东南风拂来，特别是粉碎"四人帮"拨乱反正后，"红旗"依然焕发风姿，"红旗飘扬在天安门广场／十月的胜利／扫除了天空的荫翳"。

同样，在这样一部长诗中，如不去写写伟人，不提一些先行者的名字，简直无法想象。但诗人赵振元是一位智者，有时候写到具体的人时，诗人用世人皆知的名词来替代，譬如"革命成果，为盗贼窃取"，这"盗贼"无疑是指袁世凯。又譬如"橘子洲头，湘江北去"，指的是青年毛泽东在探索革命之路，开阔又浪漫，甚至叫人感觉到"挥斥方遒""浪遏飞舟"这样的英雄主义气息扑面而来。

对一些名词，诗人赵振元是能不用尽量不用，细心的读者一定注意到了在这部长诗中，其实只点到屈指可数的几个名字，如白求恩、张思德、叶挺、李四光、钱学森、粟裕、雷锋等。白求恩代表毫不利己、专门利人的精神，张思德代表为人民服务的情怀，叶挺是北伐时代的代表性人物，李四光是中国石油之父，钱学森是中国原子弹鼻祖，粟裕代表常胜将军，雷锋是全心全意为人民服务的代表……这些名字，全是诗眼，名字背后都有一个宏大的故事。所以，这部气势宏大的史诗，能忽略他们吗？！更何况，有些名词，已经成了中国近代史上的里程碑，如上海、南湖，具有特别的指代，如诗人写到中国共产党诞生时，用了："红旗在上海升起，在南湖飘扬。"谁都知道，党的一大本来在上海望志路一幢石库门里举行，因巡捕搜查而转移至嘉兴南湖，并在一条画舫上通过了党的章程和重要决议。这是中国革命的大事变，诗人只用精妙的十二个字，便十分传神地写出了其非凡的气度、十足的动感，给人以无限的想象。

作为生于20世纪50年代的诗人，赵振元曾经是北国开发最早的践行者，参与了20世纪60年代内蒙古乌拉山发电厂的规划设计和建设，处女般的茫茫雪野上，留下过他们那行最早的脚印，青春和热血铸就了令人骄傲的辉煌。是的，诗中描述的一些重要事件，不少是诗人曾参与过的，或者诗人本身就是这些事件的重要见证人。诗人用饱含深情的语言，以娴熟的诗艺，对中国革命和建设进程中的人与事，恰如其分地做了剖析，激情而又冷静，热情而又客观。对史上已有定论或存有争议的人和事，在分寸的把握和诗意的挥洒上，恰如其分，极其准确，真正做到尊重历史史实，尊重读者，对社会负责，并且经得起时间的检验。对中国革命和建设史上一些重要人物，不因个人的好恶而故意拔高或贬低，而以中国共产党党史定论为基准，根据诗歌情节的需要来取舍和描述。诚然，中国社会主义建设的步伐是在探索中不断前进的，作为一部反映她面貌的长诗，有些事件是不可能回避也无法绕过去的，正如诗人在诗中写的："我们没有经验 / 需要在实践中积累 / 走过一段弯路算什么 / 无数条弯路的总和就是 / 一条笔直的道路 / 中国建设的经验 / 由于无前车之鉴 / 注定要在曲折中前进。"螺旋式发展，曲折中前进，是诗人在写长诗《红旗飘飘》时的立足点和出发点，这不是简单的取舍，不是机械的兼蓄并包，而是用发展眼光来剖析当时的环境，这与当今社会的科学发展观十分相符。

二、这是一部角度新颖、场面恢宏的超现实主义史诗

如果把中国革命和建设中的人与事归类，根据"红旗"这条主线，根据需要选择性地平铺直叙，这样一路写来，也会有气势，一如长江和黄河。这样的诗，网上太多，电视广播里也有不少，却大多属应景之作，用于庆典和节日尚可。但这样的诗缺少的，正是赵振元这部《红旗飘飘》里的超现实主义的想象力和顽强的生命力。诗人饱含深情，关注社会，叙写历史，通过一面始终行走着的具有红色生命色彩的旗帜，用别具一格的诗意把她恰到好处地诠释出来，给人以深深的思索，给人以巨大的鼓舞。不错，诗人赵振元写的是一面"红旗"，但这是一面形而上和超现实的红旗！只不过诗人用灵动的手指，甚至用蓬勃的心跳，像弹奏

一架钢琴一样去弹奏她，以至于弹奏出一片繁复而美丽的风景，形成了"旗帜"超凡的风韵和磅礴的气度。这些因为旗帜而汇聚起来的远远近近、深深浅浅、航标灯样闪烁的景致，这些旗语般闪亮的景致似美人的眼眸令你着迷，她们在诗歌的星空组成一张中国地图，地图上有盆地和高原，有草原和山峦，有高山流水和梅花三弄，有南湖西湖和南海北海，有长江黄河和小桥流水，由此构成一幅黄皮肤的版图，由此彰显出这部超现实主义长诗最大的内涵和无穷的张力。

所以说，诗人赵振元是一名隐形的旗手，当他跋山涉水抵达思想的高度时，成了一位吞云吐霭的神奇的琴师。他不放过任何一个琴键，他要让每个键都发出铿锵的声音，他精心拣拾那些镌刻在人们心中的名词，他把她们当成锃亮的琴键，当成旖旎的旗语，并饶有兴趣地把她们一一记下：辛亥革命、十月革命、南昌起义、三湾改编、国共合作、古田会议、苏区、"围剿"与反"围剿"、长征、遵义会议、四渡赤水、吴起镇、延安、南京大屠杀、西安事变、八路军、新四军、地道战、地雷战、重庆谈判、转战陕北、胡宗南、西柏坡、沂蒙山、挺进大别山、济南战役、孟良崮、狼牙山、三大战役、总统府、百万雄师、西苑阅兵、地下工作者、天安门城楼、五星红旗、西部、剿匪、金门、朝鲜、三八线、三面红旗、原子弹、大庆、大寨、解放军、雷锋、红旗渠、"文化大革命"、华国锋、叶剑英、"四人帮"、十一届三中全会、高考、改革开放、鸟巢、奥运、"一国两制"、香港、澳门、航天、三个代表、科学发展观等等。正是它们，组成了这面旗帜的经经纬纬，柔韧而又飘逸，轻盈而又沉重，以至于这面"旗帜"必须有强劲的改革之风吹动才能优美地舞动，才能呈现出她惊世骇俗的美丽来。更何况，这些名词不可或缺，它们是诗的骨架和骨骼，顽强地支撑起飘扬在天空的"红旗"，并且一路高歌猛进，焕发出奇异的风姿，呈现出"红旗"鲜红的色彩！

诗人赵振元"生在红旗下，长在新社会"。少年赵振元生活在浙北一个叫黄姑的古镇，当时在那个物资匮乏、文化生活十分单调的江南小镇，能影响少年赵振元的，也不过是这么几部屈指可数的老电影：《英雄儿女》《上甘岭》《南征北战》《平原游击队》《永不消逝的电波》《小兵张嘎》《董存瑞》《柳堡的故事》《青春之歌》《地道战》《地雷战》等，它们是集体主义和英雄主义的产物。在这里，我想说诗人写到它们之时，内心肯定按捺不住气冲霄汉的巨大英雄情怀。必须说明，诗人在写这部长诗时，是铆足劲道的。这种劲道，取决于诗人对党的忠诚，对伟大领袖的爱戴，取决于诗人对祖国的未来，有着太阳般的信心和月亮般的向往。

三、这是一部充满豪迈精神、彰显时代风貌的正能量的巨著

首先，我们纵观这部长诗的架构，全诗分上篇与下篇，无论是上篇还是下篇，"红旗"始终是一个鲜明不变的主题。同时，诗人始终扣住"红旗"作为旗帜的本义和延伸意义。这猎猎飘动的红旗，在时代的风云中，奏出颇具魅力的音韵——作为诗题，无论在上篇或下篇，无论在具体描述或抽象吟唱上，均具有亲历或旁观的切身体验。其次，我们关注一下这部长诗的每一节。几乎在每一节开始，红旗总是作为"排头兵"出现，如"红旗，飘扬在红旗渠的上空"，然后写出建设红旗渠是前无古人、后无来者，无数建设者历经千辛万苦创造出的伟大业绩。又如"红旗，在文艺战线上飘扬"，然后写了在"百花齐放、满园春色"中收获的一部部鼓舞人心、反映伟大时代的著名电影。最后，作为"红旗"，一会儿就在你眼前，像春天的风筝，明媚可亲，而一会儿又十分高远，令世人仰望。说"红旗"的近镜，从近的地方切入，让人读来顺畅爽快、浮想联翩，上面已然有涉；而有时候作为"红旗"，她高远得让人生出无限的感慨，如"红旗 / 在东方的上空飘扬 / 帝国主义不甘心失败 / 不能容忍 / 红色政权的存在 / 进攻朝鲜 / 孤立中国 / 成为他的主要目标 / 战争的烽烟 / 在鸭绿江畔燃烧"。这里写到的"红旗"，其实是为突出以毛泽东为代表的中国共产党人的深谋远虑和高瞻远瞩，集中地体现了新生的人民政权所面临的考验。

在这里，我特别要提到，不得不佩服诗人赵振元在布局谋篇上出色的智谋——在写了香港回归和澳门回归后，自然要写到台湾，而大家知道台湾还没有成功实现"一国两制"，但正秉持着"九二共识"，与大陆发展着一种新的关系。在这里，诗人笔锋一转，"红旗，虽然没有飘扬在 / 祖国的宝岛台湾 / 但我们深信 / 一国两制的模式 / 也一定适应台湾 / 两岸的解冻 / 国共两党的再次合作 / 旅游的互动 / 文化的交流 / 市场的开放 / 直航的实现 / 标志着冰雪消融 / 祖国需要宝岛 / 宝岛也需要祖国 / 中国完全统一的最终梦想 / 一定指日可待"。这是诗人的高明之处，是飘扬在香港和澳门的红旗，能以这种极富诗意的形式"飘扬"在台湾的一种尝试，也是这部长诗十分出彩的一个地方。

不必说这是一部超现实主义的作品，也不必说这是一部直抒胸臆、语言朴素的正能量佳作，坦率地说，这是一部叫人难以忘怀的史诗，是诗坛近年收获的正能量的一部诗歌力作。我作为 20 世纪 60 年代出生的人，在阅读过程中，脑海里始终萦绕着《红旗颂》这样一支耳熟能详的曲子，那令人亢奋的旋律一

刻不停地响在耳际，给人以美好的畅想。是啊，红旗！令人想起无数先烈用鲜血染红的旗帜，想起第一面五星红旗在天安门前升起。红旗飘扬在历史长空中，她是一个多么崇高的象征。可以说，我们是听着《红旗颂》旋律、唱着"五星红旗迎风飘扬"长大的。从这个意义上讲，《红旗飘飘》是《红旗颂》的姐妹篇，一个是音乐作品，一个是诗歌作品，但不论何种艺术体裁都不约而同地带给人以历史厚重感。作为长诗，《红旗飘飘》似乎更宏大、更具想象空间地展现出一幅瑰丽的中国当代史画卷，记录了中国共产党从嘉兴南湖的一条小船，到实现强盛的中国梦的伟大征程。

读《红旗飘飘》，自然会让人想起曲折的历史长河，以及涉过泥泞道路的长镜头，想起铁锤和镰刀的真正含义，想起导弹、原子弹、氢弹的阵阵巨响，想起大庆油田喷涌的浪花，想起奥运会上一遍又一遍奏响的《义勇军进行曲》，想起神舟上天……所有这一切，无不昭示着中华民族已经巍峨地屹立于世界之林……经历了上下五千年的风风雨雨，一个破碎、落后、贫穷的中国终于走到了世界的前列。读《红旗飘飘》，同样会令人想起，巍然矗立在天安门广场上的人民英雄纪念碑，它反映的是历史的沉重，昭示的是民族的沧桑。

而此刻，我在晨曦里读完长诗《红旗飘飘》，我虔诚的目光，正跟随南湖市民广场上冉冉升起的五星红旗。这更让我坚信：红旗，她其实是一座丰碑，是中华民族向世界昭示的中国魂。

是的，红旗飘飘，那是祖国大地舒畅的呼吸，是所有中国人最蓬勃的心跳；红旗飘飘，是坚定豪迈的改革征程中，那些历经沧桑的人，正在实践着的中华民族辉煌的中国梦；红旗飘飘，多少人在倾听，那韵律胜过江南丝竹，胜过韶乐九章。

总之，诗人赵振元的长诗《红旗飘飘》，其意义不仅是回忆如歌的峥嵘岁月，更是让我们坚信：凡有红旗飘飘的地方，就有共产党人披荆斩棘的身影；凡有红旗飘飘的地方，就有中华儿女辛勤的汗水和顽强的拼搏。红旗飘飘，她更是一种号召、一种信念、一种精神，是一曲中华民族崛起于世界之林的壮丽凯歌！

阅读批评

村上春树：孤独与作为读者的作者

滕　延

在现代出版业日渐成熟的今天，对于大多数人来说，认识文学往往需要特定作家的引导，村上春树正扮演着这样的角色。大约也正是因为扮演着这样的角色，村上春树更容易得到两极分化的评价。

相比于大多数作家，村上春树的作品存在某种统一性。这种统一性不同于莫言的高密故事或是福克纳的南方故事一类具体呈现给读者的具有地域性的统一，而是源自某种创作的底层逻辑，也即现代人的孤独。客观上，这种统一性所反映的孤独使得树上春树的文本往往是易于共情并且风格明显的，但正由于统一性植根于创作的底层逻辑，村上春树的作品不幸地呈现出一种趋同的特征。从《寻羊历险记》开始，村上春树开始了一种成熟的，却也常常被批评为"文化工业"的写作模式。在这方面，村上春树与另一位为人们熟知的作家王小波有一些相似。两者都存在类似的同质化的问题，前者植根于孤独，后者向往着自由，也都深受西方现代小说影响，在叙事技巧、叙事模式上近似。然而相比于王小波的随性幽默，村上春树的文本常常给人某种刻意的观感，其有些故弄玄虚的隐喻在令读者大感不解的同时对文本的纯正性产生了怀疑。比如在村上春树的畅销书《1Q84》中有这样的段落：

偶尔在某些时候，想起年长的女友来。如今她究竟怎样了？她丈夫在电话里说，她丧失了，所以再也不会去见天吾了。丧失了。这种说法如今仍然让天吾心绪不宁。其中无疑有不祥的余韵。

小说主人公天吾的年长女友安田恭子"丧失了"。这段话充分体现了村上春树的一贯风格。作者没有用明确的如死亡、疯狂等词语描述人物的处境，而是用了日常并不会用，让人无法把握，却在隐约中可以感受到作者所意图营造的氛围的"丧失"。"丧失"究竟意味着什么？人物在模糊不清的词语的描述下陷入了某种卡夫卡式的不进不退的生存困境中。此类含糊用词为文章套上了某种神秘主义的色彩，复杂了文章的叙事，确实具有正向的作用。然而"丧失"是必要的吗？我想不是的。村上春树之所以选择这样含糊的写法，更多源自一种写作的惯性，更是作者作为读者的某种自觉。可这种作为读者的自觉过于强烈了，它不断驱使着村上春树目的性强烈地建构某种其理想中的文本。这种源源不断的动力甚至超越了村上春树的写作灵感本身。如其所言：

> 随着命题的淡出，自发性情节开始支配我的脑袋，小说开始自立、开始独立行走。

村上春树首先必须是一个读者，然后才能是作家。关于这方面的问题，会在之后更详细地展开。

当村上春树标志性的作为中心的孤独下沉到文本中，往往落在其故事剧情和人物身上。我们可以略带讽刺地说，村上春树的小说剧情在某种程度上是对结构主义的实践。作为出色的小说家，他充分掌握了一些抓住读者阅读兴趣的方法。无论是在《世界尽头与冷酷仙境》与《1Q84》中采用的双线叙事，或是类似《挪威的森林》与《海边的卡夫卡》开头的倒叙，都对维持读者阅读的注意力与好奇心有着莫大的作用。然而当我们试着分析剧情时，就会发现这些故事在剧情编排上存在某种模板。村上春树在其文章《我这十年》中谈道：

> 钱德勒的菲利普·马洛为寻找某条线索见一个人，往下再见某一个人——我的确如法炮制来着，因为我非常喜欢钱德勒。结果一发不可遏止，见此人之后，往下去哪里自然水到渠成。

上述文字主要讲述了《1973年的弹子球》（以下简称《球》）的写作模式。《球》对于村上春树的写作历程有着重要意义，它确定了村上春树写作的某种基本范式，即一个原本安于某种日常的人在某些偶发事件的作用下开始寻找某种答案或者结果的旅途。村上春树喜欢将故事最大的悬念呈现在小说的开头，来为主人公的寻找预设目标。在开头展示作为主人公的"我"的孤独境况同样是重要的，村上春树通过这种方式快速进入自己叙事的节奏。尽管在村上春树之后的创作中，"寻找"的主题不断变形，化作了许多同质不同形的东西，但从未脱离这种范式。比如《国境以南 太阳以西》开头"我"看见少年时的青梅竹马岛本的身影，开始寻找岛本；又比如《海边的卡夫卡》中主人公想办法逃离父亲的诅咒，独立生活，父亲的诅咒是直截了当地出现在开头的；还有《球》中线索引出线索的写作模式在之后的漫长时间中也并没有发生某种实质性的改变。无论村上春树如何巧妙地变换时空，插写幻想，某种线性叙事所引导出的清晰的故事线从来没有消失过。主人公始终沿着一条故事线行走着，结构清晰地重复着某种摆脱日常、解决问题、再次摆脱日常的行为范式。贝克特式的没有意义的意义，没有运动的运动，在这样的文本中是无法想象的，也是不必要的。村上春树本人写作的一大特点，即轻快的叙事节奏更使得这种特点尤为明显。尽管文本内容很丰富，也很迷离，我们仍可以找到作者最希望读者发现的东西——那些关键的剧情。如果为每一章节梳理情节，我们能明确指出在各个章节中揭示了哪些关键线索，并在综合与分析的过程中，指出这些线索是如何推进剧情的。这颇有克劳德·布雷蒙"三合一体"模式的影子。

作为孤独人的小说，村上春树式故事的主人公总在进行着一种反抗运动。这个反抗对象既有如《寻羊历险记》中邪恶组织那样的客观实在的事物，又存在诸如命运、时间、道德一类的抽象概念。反抗对象与文章的最大悬念往往是存在着紧密联系的，其相比于主人公也总是庞大的，时刻反衬出主人公的孤立无援与孤独处境。可是，村上春树并不欲求绝望。事实上，在村上春树的绝大多数小说中，主人公都完成了这种反抗，摧毁或战胜了反抗的目标。在村上春树的小说中很难找到完全的"bad ending"，一种战无不胜的孤独才是村上春树想要的。不同于卡夫卡式的孤独，村上春树的孤独更多以一种人生常态的形式出现，削减了孤独作为某种人的独特情感体验的力量。村上春树笔下的社会边缘人决不会为了孤独而过度悲伤，他们习惯于独自生活，将孤独作为生活的底色，就像博尔赫斯所谓阿拉伯人不会关注骆驼似的，他们也并不十分关注自身的孤独处境。一件有趣的事是，这些孤独的角色大多在出场时并没有家庭（《国境以南 太阳以西》的主人公可以算作例外），但总能在叙事推进的过程中找到一两位性伴侣。建构在此类关系上的村上春树式的性是现代文学中关于性的抒发中比较无聊的一类。因为村上春树的性常被摆放在某种生活必需品的地位，而非人与人之间因爱的需要而进行的激情运动。两个并不熟悉的人，在某种孤独力量的作用下，怀着渴求安慰的心理聚集在一起，这过程中是不存在爱的，甚至可以说双方存在一种利用关系。

　　在另一些不寻常的情况下，村上春树则将性作为某种隐喻的工具。这种隐喻的典型就是《1Q84》中天吾与深绘里的性交。深绘里在文中是一个具有神秘色彩的少女，她从"黎明"组织中逃离，在失去一部分人性的同时，具有了特别的能力。在小说后段，深绘里与主人公天吾居住在一起。在某一个风雨雷电交加的夜晚，深绘里在某种神秘力量的感召下与天吾发生了近似强暴的关系。这个少女成了联结天吾与青豆的管道，使得女主人公青豆怀孕了。性交成了具有神秘力量的仪式，令人想到《卑弥呼》中通过与太阳性交的方式获得力量的卑弥呼。另外一个例子则是《海边的卡夫卡》中，卡夫卡与象征其母亲的少女发生关系。全书很明显套用了古希腊悲剧《俄狄浦斯王》的剧情。作为《海边的卡夫卡》中最重要的预言之一，也是在一开头就提出的重要概念，这场发生在午后、半梦半醒的性交在一个十五岁的少年身上显得十分离奇。哪怕完全明白这完全是为剧情服务的神秘情节，我们依旧会从乱伦的罪恶感中感到某种厌烦。克洛托以性的姿态降临，大概有失庄重。

　　性在村上春树的文本中占据着重要地位，大量的性描写甚至让人怀疑他有媚俗的倾向。可是这些性描写又都是如此冰冷。我并不否定村上春树笔下的主人公具有丰富、细腻的情感。《海边的卡夫卡》中卡夫卡与乌鸦的情感真挚极了，《挪威的森林》也确实让人"落千红泪"。可是，这些细腻的情感都掩盖在冷静的叙事下，使得文本呈现着一种纯色。无论是一夜情或是神秘仪式，在村上春树的文本中出于陪伴目的的性行为都是少数。主人公总体而言处于独自生活的孤独中，并且大多数时候伴着一些虚无主义观念。以上种种要素构成了一个个典型的村上春树文本。

　　可是，这孤独并非村上春树所固有，而是习得的。对于强调孤独的村上春树，这大概是最具有矛盾色彩的事情。对于日本文学，孤独并不是一种少见的情感。作为某些变态情绪的延伸或是发源，孤独在日本文学中有着独特地位。一个比较直观的例子便是三岛由纪夫的《金阁寺》，主人公由于曾经是个结巴，从小沉默寡言，也很少有朋友。在一种偏执地探索美的过程中，他长期处于某种孤独的境地，无法与人保持正常而健全的关系。类似的例子还有太宰治的《小丑之花》，芥川龙之介一些很好的短篇小说，夏目漱石的《草枕》，等等。对于此类生活在忧郁的文学传统上的，热衷于探寻人的深层心理的日本作家来说，孤独是不可少的。因为此类略有变态的心理不是一个可以与众人共享的东西，它必须在一个人的心中默默且静静地发酵，最终以某种热烈的方式爆发出来。然而村上春树的孤独却并不是深层心理的延伸，而是都市人的百无聊赖。这样的孤独并不建立在忧郁的日本民族文学传统上，而是来自西方。在有关处女作《且听风吟》的访谈中，村上春树曾表达过以下观点（林少华转述）：

> 日本小说过于利用"日语性"，以致"自我表现这一行为同日语的特质结合得太深了，没了界线"，而这对他实在过于沉重。……（《且听风吟》）写完一读，实在太差了，觉得该是哪里出了毛病……所以索性推倒重来，开始按自己的喜好写。先用英语写一点点，再翻译过来。

这段话可以说明村上春树的所思所想，并且在很大程度上，他践行着自己的观点。与以往的日本作家不同，村上春树的语言并不缠绵往复，而是如流水般泻下，表现得轻快而简洁。他尽管在一定程度上吸收了日本私小说的传统，在人物心理刻画上大费笔墨，但并没有出现行文上的犹豫与凝滞，而是经由一种默默的孤独感与虚无感串联着，流畅推出。村上春树另一个与以往的日本作家不同的地方在于对景物的使用。由于物哀的文学传统，以往的日本作家很善于用环境描写营造气氛，调动感情。这方面的代表当属新感觉派的川端康成。他在《古都》的开头用一段明媚的春光，在展现青春之美的同时，让人产生一种韶光短暂、美丽易逝的伤感，原文如下：

> 紫花地丁每到春天就开花，一般开三朵，最多五朵。尽管如此，每年春天它都要在树上这个小洞里抽芽开花。千重子时而在廊道上眺望，时而在树根旁仰视，不时被树上那株紫花地丁的生命打动，或者勾起孤独的伤感情绪。
> "在这种地方寄生，并且活下去……"

在村上春树的文本中不可能找到这样一段饱含情感的景物描写。他继承了西方作家某种写实的写作方式，在环境的描写上浅尝辄止。一个含情脉脉的村上春树对环境的利用的极限出自《挪威的森林》："绿子在电话的另一头默然不语，如同全世界所有的细雨落在全世界所有的草坪上。"如果欲图轻快行文，回环往复的环境描写自然是不必要的。

我们可以轻易找到这种风格的一部分源头，比如美国当代作家。村上春树的作品中融汇了美国文学不同时期的特色，他既有"迷茫的一代"对未来的无所适从，又有"垮掉的一代"的虚无幻灭，以及黑色幽默的张狂诙谐。塞林格、杰克·凯鲁亚克都可以算作村上春树的精神导师。一个证据是，村上春树的风格尚未完全成形的早期小说往往发生在酒吧、游戏厅一类年轻人出没的地方，比如《且听风吟》《球》。这些环境在以往日本作家的作品中是找不到的，在美国当代作家中却很常见。比如《麦田里的守望者》中，当主人公离开学校后，立刻前往酒吧与人跳舞，企图骗酒喝。这样的地点选择固然和村上春树当时作为酒吧老板的生活有关，然而其能够成为一种稳定的文学对象出现在作品中，与前辈的探索是密不可分的。而村上春树作品中的孤独感也与美国的许多作家有相似之处，比如海明威的《太阳照常升起》。两者的孤独都不是剧烈的、撕心裂肺的，但都存在一种淡淡的忧郁，萦绕在文字之间。主人公爱而不得，渴求陪伴；配角们各行其是，与主角若即若离。

阅读在村上春树的文本中占据了十分重要的地位。在村上春树的小说中，几乎都有阅读的情节，比如《1Q84》中青豆躲藏在公寓中时，其消遣的道具是《追忆似水年华》；《挪威的森林》中，与绿子协奏以后，主人公阅读着黑塞的《在轮下》；《球》的主人公则很喜欢康德，甚至在为配电盘举行的葬礼中，主人公借康德语录来致悼词。然而以上种种都是在文本内部的阅读，而在文本外部，阅读同样发挥着重要作用。

村上春树在写作时有着双重身份，即读者与作者。正如前文所言，村上春树首先必须是一个读者，然后才能是作者。此处的读者既是自身文本的读者，也是前人文本的读者。正如布鲁姆在谈及"影响的焦虑"时所言：

一首诗、一部戏剧或一部小说无论多么急于直接表现社会关怀，它都必然是由前人作品催生出来的。正如在所有认识活动中一样，无常性支配着文学，而由西方文学经典构成的无常性主要表现在影响的焦虑上，这种焦虑形成了或不当地形成了每一部渴望永恒的新作。

村上春树正是"影响的焦虑"的经典案例之一。他的每一部作品都在寻找通往永恒经典的途径。西方经典，尤其是现代经典，在村上春树的阅读过程中被抽象成了某个完美文本。村上春树的所有作品都在努力地朝着完美文本进发，并力图模仿完美文本。但是这种模仿是机械的，村上春树没有完全把握住完美文本的具体形状，只好任凭一种直觉引领自己的写作，希望借此可以更靠近心中的完美文本。村上春树试图依靠灵感和运气铸成永恒的作品，然而至今这种努力都是失败的。

这样的论述自然是单薄的，并且缺乏严谨性。从更细致的角度论述，分析村上春树如何对待自己的文本是解决问题的关键。在前文已经引用过的村上春树有关自己处女作《且听风吟》的访谈中，不仅仅展现出村上春树深受英语作品的影响，也体现出其对文本的态度，也即成为自身文本的读者。在一种极端的文本中心主义中，作者对文本没有解释权，譬如罗兰·巴特的《作者之死》就强调作者对文本没有任何阐释的权力。这里就有一个小问题，作者之于文本不仅仅是创造者，更是第一个读者。如果我们将所有的作者的论述都认为是无效的，也就否定了作者身上作为读者的部分。村上春树阅读自身文本的过程同时也是发表阐释的过程。他所提及的修改文章写法的过程也是阐述文本的独特方式，因为其中浸润了他对自身文本内核和写法的深刻思考。这种阐释是对比式的，村上春树品读文本的过程，也是将自身作品与前人作品比对的过程。自身文本的读者与前人文本的读者在此相遇了，这些前人文本正是我所言的完美文本的基础。在村上春树早期的创作"青春三部曲"中，对自身文本的对照仍局限在一种阅读的直觉。他通过读起来的感觉优劣来决定是否修改自己的文本。前人作品在此时只是潜移默化地出现，而没有成为某种自觉。此时的村上春树与我所言的追求永恒的村上春树仍有不同，他没有产生一种自律的意识来推动自身文本朝着完美文本靠近，因此这个时期的作品往往是随性的、自由的。即便村上春树提到《球》深受钱德勒的影响，这种影响也是表面的，并且借鉴的对象是具体的。钱德勒的写作风格没有成为村上春树写作时时刻刻都必须顾及的范式，而是在写小说的过程中给了村上春树一些参考，这样的参考是刻意为之的，因此村上春树本人才能清晰捕捉到这种参考，并在访谈中向我们展示出来。

然而随着写作历程的加深，前人影响对村上春树而言成了一种有知觉的意识。此时我们很难再指出村上春树的作品受到了哪些具体作家的引导，但是却能更清晰地看出村上春树的作品从欧美小说中学习到了什么。神秘主义式的隐喻在日本文学传统中是不多见的，但对村上春树的文本是必须的。在这一时期的访谈中，村上春树更多谈论自己的作品灵感来自何处，或是自身的文本有哪些值得注意的地方，而不再谈论受了谁的影响。同时前文提到的对自身文本的阅读也成为一种下意识的行为。他不需要沉下心来仔细品味文本，修改文本，与完美文本的对照在行文前已经完成，甚至行文本身就是完美文本引导下的产物。对于村上春树，完美文本就是柏拉图笔下的"理念"，其自身的文本作为"理念"的流射，为了追求自身的真实性不断向着"理念"靠拢。村上春树进入了一个充满自觉的时期。很可惜的是，村上春树没有如莎士比亚、但丁般的才华，他没有突破"影响的焦虑"达到某种原创性的高度，为后人留下新的经典。十分悲观地说，如果村上春树时刻追求着自己的完美作品，他就无法创造新的经典。因为哪怕村上春树达成了完美作品，他也仅仅完成了一个集成的过程，并没有给文学内部注入某种新的审美体验。

这样的说法可以在一定程度上解释为什么村上春树的文本是趋同的，并且有时是刻意的。因为村上春树实际上一直在书写同一个文本，并且追求完美文本的过程是机械地模仿。村上春树所谓"自发性情节"，在很多时候也只是某种对文本失去控制力的表现。完美作品对作品的引导超出了作者对作品本身的把握，我们不可能在村上春树的文本中找到如《没人给他写信的上校》或是《老人与海》那样精练而恰当的作品。村上春树欲图的完美作品时常逼迫他加入一些无必要的情节，来保持整个文本的一致性或是维持住故弄玄虚的氛围。

无论经受什么样的或褒或贬的评价，村上春树始终在这。作为某种时代精神的代表，村上春树的遭遇也是新作家面对的一个共同的困境。我们已经很难在这个崭新的总体和平的时代找到如 20 世纪前叶那样风云变幻的世界形势，如何在第三个千禧年创造不输前代的作品，是当代作家所面对的共同困境。村上春树总体仍是为我们留下了有益的探索，他将成为一个过渡时期最具代表性的作家。

大浪淘沙始见金

——简评《沧浪濯金》

叶文华

用了一星期的时间，一口气读完厚厚的《沧浪濯金》这本书。职业习惯，从一开始看的时候，还会有点疑问，到后来欲罢不能。我这个读者像书中的改革者一样，追随着时代的洪流，停不下脚步了。

而我眼里的作者更像一个第一次登台演奏钢琴的人，起步的几个琴音，还略显紧张局促，慢慢地渐入佳境，让人忘乎所以，直到终章，还余音绕梁。

吴晓波说："《沧浪濯金》以一个亲历者的视角，激情演绎荡气回肠而又激动人心的故事。立体描绘'大包干'后新时期江南土地改革和乡村振兴之路的探索。"从一开始的"序"到最后作者写的"后记"，掩卷长叹，对作者方忠明先生，除了敬佩，更多的是感动。

一

整部作品，刻画了以施嘉生、施嘉明两兄弟为中心的一大群人物，从20世纪80年代家庭联产承包责任制推行、90年代乡镇企业改制，到21世纪初"三农"新面貌等一系列事件中的创业和情感故事，诠释了浙江农民勇立潮头、猛进如潮、敢为人先的精神。书中涉及的社会问题、人性探索、爱情与亲情等都值得我们思考。让没有这些经历的我，紧跟着这些人物，身临其境，回到了那个惊心动魄的年代。

小说中，人物形象的塑造是至关重要的，他们通过其独特的外貌和性格特点来丰富故事情节和引导读者的理解。作者通常会给主要人物以鲜明的特征，使其更加栩栩如生。通过细致而精确的描写，读者可以直观地了解主要人物的外貌、性格特点及内心的思想感情。

《沧浪濯金》中，主人公施嘉明，学习成绩好，音乐天赋极高，一帆风顺地走自己喜欢的路，想做一名建筑师。然而命运总是捉弄人，在时代的大环境里，个人的命运微乎其微，家庭发生变故，心爱的姑娘为了不拖累他，无奈做出选择，他最终也改变了自己的路。为了大哥未竟的事业，他舍弃了自己的学业，带领村民们一路奔跑在改革的前沿。这个人物给我最大的触动，就是"初心未改"。无论生活给他怎样的风雨，他的心底，总有着最柔软的一部分，留给他喜爱的音乐、姑娘。"出走半生，归来仍是少年。"

林佳音，这个小县城的姑娘，音乐世家里的公主，是一切美好的化身。然而父亲的早逝，母亲的重病，这一切让她不得不舍弃爱情，心如死灰般地把自己作为条件，换来延续母亲生命的药物。我们无从去指责她的愚孝，在那个年代里，她只有走这条路。作者把她写成了悲剧人物。鲁迅先生有言："悲剧是将人生有价值的东西毁灭给人看。"在这个人物身上，我想，方忠明先生在写她时，应该是痛苦的。

然而，还有一个伟大的女性——施彩芹，在她身上，我们看到了中国传统女性的美德。她聪慧明理，为了青梅竹马施哥哥的前程，她选择远离；她勤劳能干，接受新鲜事物快，动手能力超级强，协助丈夫开办工厂，里外都能得心应手；她又大气隐忍，在丈夫不幸遇难后，挑起重担，为了兄弟姐妹们倾其所有，以至于自己熬出一身的病。好在好人是会有好报的。作者的笔触对她，从一开始的小爱上升到最后的大爱，可见其胸襟的博大。

除了人物形象的描绘，小说中的人物角色也会经历成长和变化。故事情节的发展和人物之间的互动会带来一系列的转折和冲突，从而影响着人物的成长轨迹，如女主林佳音的变化。人物的变化可以是内在的，也可以是外在的，如施嘉明、施彩芹在经历各自的磨难后的成熟与坚强，这些变化通常与故事的主题和意义密切相关，通过人物的变化，我们能够更加深入地理解作者所传达的观点和思考，能更好地理解小说所揭示的社会现象和人性的复杂性。

二

《沧浪濯金》虽然时间跨度有五十多年，人物众多，但内容其实并不复杂。这得归功于作者巧妙的多线条结构的安排。

这部小说中，以施家三兄妹的成长创业史为主线，同一时期的伙伴"三剑客"（施嘉生、施建根、包兴良）闯荡为辅线，再相辅相成地安排了施嘉明和林佳音、施嘉明和施彩芹、上海知青张青青和施书剑等人的感情线。每条线都有着自己独立的主角和情节，它们交织在一起，相互影响，从而构成了丰富多元的故事世界。这场声势浩大的农业改革，离不开当时的政策影响，从县级干部到乡镇干部再到村队干部，不同的阶层中各个人物对改革的不同态度一目了然。主线贯穿了整个农村改革，而其他的那些辅线则是与主线相关或相互影响的故事线，帮助故事丰富了各个角色的背景、发展了次要的情节，给我们提供了额外的视角和情感层面。

特别喜欢作者在故事中设置的一些情节的反转和伏笔，如林佳音和夏斌的这条线，就给故事增加了意外性，更能吸引我们的阅读兴趣。而施彩芹这个人物，从一开始和施嘉明的青梅竹马到后来变成了他的嫂子，这种视角的转换，通过不同线的不同叙述者或主人公视角，展现了多样的观点和情感。通过精心安排和协调这些多条线的结构，作者为我们创造出一个更加丰满、生动和引人入胜的故事世界，同时，也为我们提供了丰富的阅读体验，增加了故事的层次和复杂度。

三

整个故事的背景，作者把它放置在了他自己土生土长的钱塘江畔，沪杭公路旁的两个自然村。艾青说："为什么我的眼里常含泪水？因为我对这土地爱得深沉。"作者方忠明先生也是基于这样的情感。当年，他由于高考发挥失常，志愿填报服从安排，阴差阳错地去了浙江农业大学。从一开始的抗拒到最后的热爱，绕几个弯后还是从事农业工作，就像冥冥中安排好的一样，终究逃不脱土地。我想，归根结底，他是一个农民的儿子，骨子里对这片土地情有独钟。

我们都知道，典型的环境对于小说中主人公情感的渲染具有重要作用，它可以使主人公的情感得到悄然的滋养和升华。江南的自然环境及小镇的建筑和生活氛围形成了一种安静、宁和的氛围。这种氛围给人以舒适和放松的感觉，使人不由得放下心中的烦扰，沉浸其中。林佳音历经磨难出走后，最后听从内心的召唤，回归小镇，得以相对纯净和平静地面对自己的内心，重新思考人生的意义和价值。

同时，小说中生动形象的描写手法也为故事增添了浓郁的江南味道。作者用细致入微的描述，将我们带入到江南水乡景色中，仿佛能够亲身感受到潮涨潮落，看到湖光山色、白墙黑瓦，体会到诗意和浪漫。主人公施嘉明和林佳音的缘分就在这古镇的小河边酝酿而来。这样温润宜人的自然环境、与自然相融合的建筑环境和富有诗意与内涵的生活氛围，都在悄悄地影响着主人公的情感世界。所以，不难理解施嘉明最后对古镇的保护行为了。我们读到这里，能产生共鸣和感受，进一步加深对这块土地的认知和喜爱。

小说语言也很有江南味道，质朴素美。通过一系列简洁明了的句子构造、生动形象的描写手法，以及贴近人民生活的表达方式来展现，作者运用简单而直接的语言，不追求华丽的修辞和复杂的句法结构，娓娓道来，平实易懂。

四

整本书从文学的视角，塑造了一群在激情岁月里的热血青年，但又不乏浪漫，其中，音乐扮演着重要角色。音乐作为一种艺术形式，具有独特的魅力和感染力，能够深深触动人们的情感和心灵。

小说中经常出现琴声悠扬的场景，尤其是对古琴的描写。古琴作为中国传统乐器，代表着深沉的情感和博大的文化底蕴。小说中通过描绘丰富多样的音乐环境，如学校音乐课、广播里的音乐、专家讲解音乐、男女主人公探讨音乐等，成功地营造出一个浸透着音乐氛围的背景。这些细腻而生动的描写，使得我们能够更加身临其境地感受到故事发生的环境和氛围。

一曲《在水一方》贯穿全文。由《诗经》中《蒹葭》改编而来的这首歌，似乎也暗示着男女主人公的结局。理想化的东西都是美好的，是一个人不畏艰难险阻、锲而不舍去追求的。这，不就是作者创作的初衷吗？"三农"问题，波澜壮阔的农村改革，一代先行者的砥砺奋进之路，曲折而漫长，从来不会是一帆风顺的。但只要心中信念不断，终有一天，理想会实现。对于歌曲的选择，我想作者应该是花了很多心思的，很契合这部小说的主题。

同时，我们不难发现，作者对音乐的熟悉，甚至可以说是痴迷。作者自己在认为大学不如意的时候，醉心于音乐之中。他对音乐的理解，有着常人难以企及的高度。本身，作者自己擅长吉他，对古琴也有一定的造诣，为此，他创建了音乐工作室。除了主旋律，其他契合每个时代的流行音乐也被安插在小说中，紧随故事的发展而不断地出现，特有的年代感气息扑面而来。

音乐也可以反映角色内心的成长和转变。《沧浪濯金》中的林佳音，在一个雨夜里弹奏着古琴，她的指尖轻柔地拂弄着琴弦，恰似在述说着她内心深处的悲伤和孤寂。逐渐地，音符在黑暗中飘荡，让读者似乎可以感受到女主角心灵的震颤。当在小说的最后关键时刻，女主角再次看到失而复得的古琴，悠扬的曲调响起来，这一次的音符带着坚定和勇气，代表着她已经战胜内心的困惑，走向了新的人生阶段。

可以说，音乐不仅仅是一个背景或配乐，它更是一种情感媒介和意义的象征。它通过旋律、节奏与和声来传递情感和感受，能够让我们更加深入地了解故事中的角色、情感和主题。音乐的表达，让我们能够更加直观地感受到角色情感的起伏和内心的波动，为小说增加了层次感和情感共鸣，使得我们能够更好地理解和感受故事所传递的意义，进一步身临其境地体验故事。

五

"早在 2008 年，我就萌发了写这本小说的想法，那年是改革开放三十周年，1969 年出生的我，亲眼所见，亲耳所闻，亲身经历，亲自参与了这场伟大的革命，有太多的感慨要抒发。"作者方忠明如是说。

这便是典型的中国农村改革。在这场声势浩大的改革浪潮里，个人的命运被时代裹挟，但世界是属于勇敢者的。

我看到的不仅仅是一个故事，更是在里面看到了作者自己的影子。

他无疑是一个勇敢的人，在他身上，有着坚韧的品格，"世界以痛吻我，我却报之以歌"。他把他的经历、所见所闻所感，用文字的形式展现出来，给我们留下了这样一个精彩绝伦的故事。

切合美丽乡村建设的力作

——报告文学《美丽家园双冯村》的触角与亮点

岑建平

我认识双冯村，是在一次双冯村举办的文艺结对活动中。当时，留给我最深记忆的是双冯村正在筹建爱国主义教育基地。尽管基地还仅仅停留在一堵"墙上"，但该村从战争年代到建立新中国再到改革开放，涌现出了一批革命英雄、担任重要岗位的人才，以及众多的中国特色社会主义事业建设者。因此，仅从这一点上来说，孙亦飞撰写的报告文学《美丽家园双冯村》，便是一篇反映双冯村建设美丽家园的水到渠成的报告文学力作。

报告文学是一种在真人真事基础上塑造艺术形象，以文学手段及时反映现实生活的文学体裁。《美丽家园双冯村》的开篇，通过真实的叙述，向读者"全然展现了一个现代农村的美丽小镇的雏形"，"双冯村曾经是个经济差、环境差、村民住房差的经济薄弱村；而现在却有了翻天覆地的变化，每家有幢五百多平方米的别墅，小区环境优美，四季花香，银杏林、公园、篮球场、网球场、大舞台、文化活动中心、图书馆、农贸市场、超市大卖场等配套设施齐全。平均每户有两辆小轿车"。

报告文学兼有文学性、新闻性和政论性三种特点。通过生动的情节和典型的细节，迅速及时地"报告"现实生活中具有典型意义的真人真事。将"事件"发生的环境和人物活生生地描写出来，读者便如同亲身经历。

《美丽家园双冯村》的开篇之后，作者的笔触紧接着不忘将双冯村取得的这些成就归结于党的领导和政策。

在第一章"勇于担当挑起书记重任"中，第一句话就是"一个村的全面发展，关键是要有一个好的班子，好的带头人，勇于担当。敢于担当是班长的责任，也是对每个党员和干部的要求"。在这一章里，作者很好地应用了报告文学的笔触，用充分且大量的"证据"来"证论"一个农村最基层的党支部在新农村建设中所发挥的重要作用。当年，张海青受命担任双圩村与冯南村合并后的双冯村党支部书记。之前，他外婆语重心长地告诫他："你在砖瓦厂里做得很好，人家都看到，认可你，现在到村里去工作，是领导相信你，村里人多，事体多，工作难做，但做得好，也是有出头的日脚的。领导相信你，你就应该去做，村里没有人（当领导），村就发展不了。"八十多岁老人的话，让张海青备受鼓舞，外婆都有这种思想境界，自己还有什么理由不去认真做好呢？

这一段外婆对外孙的对话细节，使报告文学从新闻性陡然舒展到"文学性"，让我们仿佛看到了农村朴素的情感与村"一把手"肩头重任密不可分的关系。之后，作者较详细地"披露"了双冯村三套班子的组建过程，并给出了令人振奋的答案："这是一个历史性的记载，双冯村三套班子以新的面貌出现在海宁人民的视野中。这也是一个历史性的转折，一个新组建的村成为海宁一百八十个村（社区）的成员之一，成为发展村级经济、带领农民致富的道路上进行比学赶超的新星。这更是一种众望所归，组织和人民都期盼能改变过去贫穷落后现状，给百姓带来富裕日子。"读到此，我想，有了强有力的党支部和实打实的村委会，还有什么困难不能解决和攻克的呢？这便是围绕基层农村的报告文学作家所赋予的责任。

我们知道，不管是五四运动时期为中国的思想、文化带来深刻变革的报告文学，还是 20 世纪 30 年代初在"左联"的推动下，反映工农苦难生活，宣传革命与抗日的报告文学创作；无论是新中国成立后以讴歌新社会、新生活、新人物、新事物为主要表现内容的报告文学，还是改革开放后描写科学家、创业者的报告文学，涉及农村题材尤其是把笔触重心伸向基层农村，相对于其他题材来说，为数并不多。

《美丽家园双冯村》显然更愿意描述发展经济的亮点。有了党支部的统筹和村委会的实施，"如何把村级经济搞上去，是双冯村成立后最为关键的一件事情，是头等的大事。虽说钱不是万能的，但没钱万万不能的，这个道理谁都懂，但真正要找到来钱的途径，却不是一件容易的事"。在第二章"经济腾飞带给村民福祉"里，通篇介绍了双冯村经济的快速发展和展现出的新面貌。在村主任朱海明等村委会一班人的具体落实下，"引进了 5 家企业，筹集 137416 元，先后在全村 4 个组修建了共计长 1200 米、宽 2.5 米的硬化道路"。经济有了起色，全村农户享受到了"免交口粮田承包款，广播收听费由村里支付，对 6 户低保户家庭的独生子女发放助学补助金 5100 元，全村有 423 户家庭共 1792 人参加了医疗保险，参保率达 97%"。"这一年，村里开设了老年电大班，成为海宁市的一大亮点。这一年，村里开始组织专职的保洁员，跨出了村级环境卫生保洁工作的关键一步。"

报告文学不可或缺的两个基本要求：一是安排好结构；二是写好人物。同时要注意两个基本点：一是报告文学的主题比文学作品更加鲜明、集中、新颖；二是要反映和适应不同材料内容的特质。作者虽然是一名政法干部，但却非常熟悉农村情况，并且相当熟悉基层农村题材报告文学的写法。可以肯定地说，作者采写《美丽家园双冯村》，不进行深入细致的采访是断然不行的，没有对农村发展的关注是不可能写出来的，缺少对农村和农民的深厚感情更是绝无此篇报告文学的创作基础。

报告文学有其鲜明的特点：一是借用一般情节小说的结构形式，有开端、发展、高潮、结局。二是借用一般散文"以线穿珠"的结构形式，依靠主题思想的论述来直接组合互不相关的材料。三是以作者对主人公的认识发展及感情起伏的过程来安排结构。报告文学要写人物，但不是"塑造"人物，因为它写的人是真实存在的，是生活中的一个实体。因此要写好人物生存的活的社会环境，把人物放在广阔的社会背景中去反映，发掘人物形象普遍的社会意义。因此，我们不能否认，人物是报告文学最重要的亮点，就如小说，没有人物还能称为小说吗。文学性作为报告文学其中之一的特性，人物是贯穿整件作品的重要亮点。

在《美丽家园双冯村》中，有名有姓的人物有二十多个，既有乡党委成员和村干部等基层干部，也有老少农民及拆迁户、新海宁人等普通村民，作者对不同的人物似乎并不厚此薄彼，用贴近每个人物所需的语言文字，细致刻画，精心雕琢。作者不回避人与人之间的关系、摩擦、矛盾、冲突等，在精彩的场景和语言中强调用细节说话，强调在真人真事的基础上注意文学手段的运用，让一个个不同身份、不同想法、不同性格、不同地区的人物跃然纸上，嵌入读者的眼中，渗入读者的心里。

为了增加作品的正面能量，报告文学往往需要有一定的议论，这也是作者采访及写作时所受到的感染以至产生心灵震撼，而情不自禁发出的感慨。如《美丽家园双冯村》第四章中，"道德是个人内心的修养，是每个人的精神境界的考量，也是一个人灵魂深处的思维在现实生活中直接发生的综合表现"。又如该章的"先进的影响是无穷的，榜样的力量是无穷的，双冯村的最美母亲给全市展现了母爱的伟大"。再如第五章，"建设生态文明，抓好环境保护是一场涉及生产方式、生活方式、思维方式和价值观念的革命性变革，要彻底改变村民的生活理念，摒弃农民千百年来的生活陋习，这是一个艰难的过程，不是一朝一夕能解决的事情"。而这一段段的议论，恰恰是对双冯村两富同行、德治法治、乡村文明、青山绿水、生活环境等各个方面取得重大变化的赞美。

谋篇布局、框架结构等写作技巧，作者无不应用灵活，技法娴熟，融多种文学体裁于一体，让我们读了报告文学《美丽家园双冯村》后，耳目一新，受益匪浅。这也值得我们广大报告文学作者去研判、借鉴。

最后，感谢作家孙亦飞为我们带来了《美丽家园双冯村》，使我们对美丽乡村建设有了更多的认识，也给我们内心世界的天平一端，增加了一份美丽的砝码。

海飞：让文学的子弹再飞一会

尤 佑 [1]

近些年，中国文学的生态葳蕤生香。单就小说而言，形象化的表达日趋明显。小说家塑造的人物群像，出于生活，反映时代。一大批的作家，用人民喜闻乐见的方式书写当下中国思想流变，尤其是文学语言的可视可感方面，诸多小说家在小说内在流变中完成了先于市场的转换。这符合语言是时代的先知的规律。

海飞是一位有语言自觉的小说家。世纪之交，海飞从中短篇小说走起，起点高，发表量大。仅以 2003 年为例，他在《十月》《山花》《天涯》《小说选刊》等大刊上发表大量的小说，获得首届《上海文学》全国短篇小说大赛一等奖。接下来的二十年，海飞的创作更是井喷，洋洋洒洒数百万字，十次登上殿堂级刊物《人民文学》，开创了海飞"谍海世界"。而"故事海"，已然成为中国文学的一种现象，亦是严肃文学和类型文学最完美的结合体。

但作家转型之面容易遮蔽文学之实。近些年，海飞的影视文学像一座城堡，在一定程度上掩盖了他在中短篇小说创作上的成就。同时，他海量形象化的叙述语言，在一定程度上遮蔽了他一直以来坚守的诗性语言自成的创作风格。

《人民文学》编辑徐则臣评价道："海飞谍战小说中的主人公总有自己独特的精神细节。"著名评论家夏烈则认为："影视的结构要求进一步改造着海飞小说中的情节、细节、人物主次，行动和情感显得更为具体，落实而又繁复、宽阔。"

---

[1] 尤佑，本名刘传友，1983年秋生于江西都昌，现居浙江嘉兴。中国作家协会会员，中国文艺评论家协会会员。作品见于《十月》《星星》《青年文学》《诗歌月刊》《诗潮》《江南诗》《西湖》等刊物，出版《莫妮卡与兰花》《归于书》《汉语容器》等诗文集。2019年入选浙江省"新荷十家"。2021年参加第11届"十月诗会"。

小说家刘醒龙谈道："于海飞而言，小说是真正的一种业余生活。业余的好处就是不必将小说当成是形而下的衣食来源，而尽可以尊其为形而上的那些境界。"针对海飞的创作转型和双重身份的评价，实在是援引不尽，赞誉之辞满溢。但我相信海飞的文学创作追求始终一脉相承，而选择题材的拐点应该是2012年的《捕风者》和2013年的《麻雀》，这两部中篇小说均发表在《人民文学》上，这是两块界碑，将海飞的小说创作分为专注语言、意境、叙事和结构的"私小说"创作期和影视化后的谍战小说创作期两大阶段。

当然，这只是机械地就小说选材和发表影响而言的。事实上，海飞的创作一直依托着启思和试炼，于宏阔的生命之思中见生活之象，言语和形象，勇敢与自由，孤绝与慈悲，像一条静缓而汹涌的河流，从20世纪90年代绵延至今。

一、刺猬

这似乎是一个需要"接头暗号"的小酒馆。疫情之后，客人络绎不绝，不能订座，只能排队等位。我怀着忐忑的心情，取号，等待。其实，等待是一个美好的过程。在等待的过程中，我有期许，我甚至莫名地期许他晚一点到。这样，我好有充足的时间准备，平复内心，阴干手心的汗渍，而实际上，我什么也做不了。搓手，坐下；站立，坐下，往酒馆内几度张望。客人们很欢腾，有几桌甚至在黄昏时刻就开怀畅饮，蓝调音乐像长短句，觥筹交错则蕴含着世俗的情谊。

老板说："位置有了。你们四个人？"

"哦，太好了。"有位置了，至少不会让他站着干等。

——这是我第一次与小说家海飞会面的情形。相聚地点，是他定的——刺猬小酒馆。这样的见面颇有小说的感觉。他话不多，像小说中的人物，神秘而爽快。席间，他提到最好的状态是不被外物干扰，按照自己的节奏做事，按照自己的意愿写作。

谈及近况，海飞面露喜色地说："花城出版社将出版我的中短篇小说自选集，共四卷，一千好几百页。"

在刺猬小酒馆，我们喝着各式啤酒，像旧相识。我向他袒露二十年前，我作为一个文学爱好者，在全然不知"海飞"的情况下，读到《2004中国短篇小说经典》中《纪念》时的心灵震撼。那是二十年前，我大学毕业，到浙江嘉善魏塘镇上教书。一段纯粹的时光，用在文学之上，回顾起来，甚是美好。有一天，我读到《纪念》，惊为天人。这是一篇类似于《天堂电影院》的小说，故事发生在20世纪70年代中后期，以一个爱看电影的孩子的视角，发现事关"破鞋"的一段秘史。我尝试把《纪念》改编成剧本《纪念电影》，和我后续对海飞作品的关注，构成了我对小说语言形象化趣味的投合。

一次普通的见面，或如水流般生命中的节点。在刺猬小酒馆里，我们谈及文学志趣是偶然中的必然，一如"刺猬"，以及小说中的那些非常规事物。而文学创作的终极目标，就是将"非常规"的事物纳入文学的秩序。无论是海飞的古今谍战小说，还是他的生活化的中短篇小说，都有"刺猬入列"的本质。

二、硬汉

海飞的匠心在于去魅。他是一个占星人，夜观天象论世道；他是一个小说家，笔端叙事悟人心。如其名，海一般的故事容量，飞一般的语言速度。海飞追求小说语言的速度，其缘由在于他的小说观念——语言绝对不能遮蔽小说本体。这个本体，不仅指故事，还有被故事绑架的"人质"，以及小说家所言说的时代。海飞是 20 世纪 90 年代中国小说界先锋冷却后的淬凝者，其小说语言以"象"为特质，符合当下光影时代的需求，他的作品被电视电影改编也尤为广泛。其实象，基于历史与现实的小人物的生活；其幻象，基于人性和诗性的渴念。

海飞的创作与"硬汉作家"海明威保持着一致的美学追求——"摒弃华丽的描述，用强有力的文字，简洁明了地记叙故事"。其军旅生涯，让我想起海明威在第一次世界大战期间的"冒险"。海明威不顾父亲的阻拦报名参军，即使不是一名合格的士兵，也要以司机、记者的身份历经炮火的洗礼。从战争题材和叙事圈套的角度看，海飞是"海明威的门徒"，他们都是有极强掌控欲的小说家，营构一个个故事和决定人物的命运，他们都以孤绝之心操之，唯英雄与女人能活成自我，而那些历史谜团里的芸芸众生，像是曾经来过世间，有过强烈的欲念，留下炽热的足迹，最后纷纷在非正常死亡的胁迫下，完成了各自的使命。这是命运，也是小说家作为文字之王的特权。

在 21 世纪初期的十余年中，海飞的小说创作充满了静气。有一些小说的灵感，源自经典电影、小说，更多的是现实生活的细节。他驱使朴直却写意的语言，让小说的气象完全不同于当时流行的先锋小说，其小说有一种出于"心象"的特质，发表于《十月》杂志的《温暖的南山》就有一定的代表性。张满朵为了完成母亲茶花的心愿，不惜牺牲金钱乃至自己的幸福，去为残障弟弟张满龙娶妻。南山，始终作为镜像存在，衬托出现实的苦难。《马修的夜晚》讲述一个情感失落者的故事。马修和李文结婚后，李文出车祸成了植物人。马修陷入虚无之中，他辞掉了工作，以另找职业为由，体验着"他者的生活"。在"蜘蛛人"清洁大楼的场景中，他结识了爱吃冰激凌的白桦；在扮演警察巡逻的过程中，以"陈小跑"的身份结识妓女星星。他成为城乡接合部的漫游者，也体验了底层百姓的生活之难。而恰恰是那种底层的荷尔蒙和粗粝的生活，拯救了他绝望且虚无的心。

《私奔》以"福贵"为底板，塑造一个落魄的老年地主形象王秋强。他似乎来到了封闭式的江南大林镇的"咸亨酒店"，以"私奔故事"换"斯风酒"，将辽阔的时间与空间收纳进汉语容器，海飞找到了历史与现实的大坐标——制衡的欲望。王秋强比福贵更有生命质感，他们曾嗜赌成性、好色成癖。福贵最终的走向更显时代悲情，但王秋强的故事归属于人性本质，那是爱与欲的自然属性。当读者进入到那片冰天雪地里的温暖酒店，像是进入了一段美好且温馨的房子，或是一个名叫"爱琴"的女人的世界。海飞用一张一弛的叙事节奏，在小人物的精神世界里补充细节，让"爱琴"多出几重幻影，她可以是张三丰背着的爱人，也可以是醉杏楼里的妓女；可以是大林镇的寡妇"春花"，还可以是王秋强的外孙女……她是欲，也是爱。在"私奔故事"的结尾，张三丰和爱琴冻死在迷失的路上，仿佛让我看见《文城》中的阿强与小美，凄美之中见温暖，撼人心魄。

丹尼尔·平克论及未来人格，认为"三感三力"不可或缺。三感是指设计感、娱乐感和意义感，三力是指故事力、交响力和共情力。而在海飞耐心营构的叙事策略中，三感三力交相辉映。他以硬汉的去魅去蔽姿态，驱使语言手术刀，成为人性剖析的刀笔吏——这是他坚如磐石的自信人格的写照。

三、女人

言语所及即世界所抵。海飞的中篇小说创作因其本身构想而自成多元世界，欲者见欲，哀者尽哀，大悲大喜者悲恸不已又欣喜若狂，这竟是虚构的真实，是生命的极致写意。海德格尔在《诗·语言·思》中阐释道："语言乃是家园，我们依靠不断穿越此家园而到达所是。当我们走向井泉，我们穿越森林，我们总是已穿越了井泉字眼，穿越了森林字眼，甚至当我们没有说出此字眼和没有思考任何与语言相关之物时。"从语言的意义上说，"丹桂房"已经不是地理上的绍兴诸暨柯桥丹桂房，而是更加真实的文学意义上的"丹桂房"。

丹桂房的文学意义，类似于密西西比牛津小镇、马孔多、葛川江、高密乡、延津、香椿树街、花街……都是语言的家园。但与那些文学地理不同，海飞的丹桂房有着不一般的自然属性，尤其是那里的女人，柔中带刚，像引发特洛伊战争中的海伦。用海飞自己的话说："女人为了活下去，总是有办法可以想的。"的确，在海飞的中短篇小说中，女性主义不可忽略。

《匪声》中壮硕的三民在悲情中死去，陈小春的生命之光暗淡；《干掉杜民》中那些被杜民睡过的女人，是男人矛盾的助燃剂，类似毛大老婆、赵小兰、小凤等；《乡村爱情》中的花满朵；《秀秀》中的张小芬、秀秀；《萤火虫》中的春花、阿斗和秋月；《为好人李木瓜送行》中的马寡妇；《遍地姻缘》中的银子、李芬芳……已然构成了文学丹桂房的人物群像，她们是更富人性细节的典型形象，一个个复活于海飞的语言家园。当她们走出丹桂房来到上海石库门，就变成了《秋风渡》中的招娣、王佳宝、杨巧稚、雅仙；当她们走出丹桂房来到杭州，就变成了《我叫陈美丽》中的陈美丽、卷耳、阿蝶和吴山花。

于此，我们应该如何审视海飞创作中的女性主义呢？是陪衬，还是以弱为强？以《遍地姻缘》中的银子和李芬芳为例，或可窥探一角。李芬芳在丹桂房开了一家婚姻介绍所，在纷乱的世道中做起了婚姻介绍生意，这无形中对老媒婆银子的地位构成了威胁。小说以寡妇王月亮的出嫁问题为主线，以拖油瓶蛋蛋为制衡秤砣，让新旧媒婆明争暗斗。显然，这是一个无须考虑真实性的小说，虚构是更真实的写意。"遍地"一词传递出来的不是姻缘之喜，恰是烽烟遍地之悲；"媒婆"之争在弱者的灵魂中见血，恰是妇孺尽毁的残酷；李芬芳的跪地求饶，不过是伍仟之资，而"姻缘"不过是"生意"罢了。我相信，海飞绝非戏谑之徒，而是带着大悲悯为那些蝼蚁般的生命塑形放歌，以求得世道人民的共鸣。

由此观，海飞小说中的女性恰恰是"被叙述的她者"，她们与"英雄们""硬汉们"形成更高的融合，恰似阴阳至道，尽在方寸之地丹桂房。

另外，海飞的小说中始终存在"关照弱者"的人性哲学。从生理学和心理学维度考量，男女有别，谁强谁弱，不仅表现在力量上，更是精神韧劲的较量。以此考量，《秋风渡》是不可低估的作品。这是一个细分女性层次的作品。招娣是一个孤女，但她身上有所向披靡的善的力量，嫁入白家成为秋风渡的主人，以一生沉浮见证时代苍凉。她一嫁上海老板白全喜，二嫁国民党军官楼国栋，三嫁日本商人光夫，见证了20世纪上半叶的上海风云，而她的独立与纯粹，赢得了类似"凤鸣"等诸多男人的保护。在她的光环之下，王佳宝是传统至善、守信坚韧的女性，杨巧稚是恣睢多娇、贪图享乐的女性，雅仙则是嫉妒心强、难解良善的女性。她们都是合理的存在，都是时代的侧影。海飞作品中的女性群体，如深海中的幽光，增加了精神的厚度。

四、大象

为印证我的阅读体验，我特地做了数据统计。在海飞的中短篇小说集中，"像"字的出现频率非常高，《遍地姻缘》中出现了 808 次，《老子的地盘》中出现了 654 次，《往事纷至沓来》中出现了 408 次，《赵邦和马在一起》中出现了 713 次。

"像"字的使用，意味着海飞追求形象化的表达和意境气息的弥补。"像"字句，成为读者深入文本的一座桥或一根引线。"像"字句的使用与文本的优劣并无直接关联，却是海飞小说创作的一大特色。"像"字句也并非所有的都是比喻句，但都是为了深化可感的形象而做出的特殊链接；"像"字句中，海飞使用的喻体带有明显的诗意衍生能力，这种"形象化"的语言是海飞语言表达的内在肌质，也是海飞对"意境""气息"和"心象"的求索。故此，我认为海飞的中短篇小说有大象的体量和气息——它雄踞一方，像南方雨林的漫游者，肃穆有猛志。

陈美丽一个人走在七月初七的夜风中。她觉得自己像一条锦鲤，游弋在五光十色的夜晚。她捧着花蹒跚前行，街上空无一人，偶有车辆飞快驶过，或者就是开着很响音乐的敞篷车，像子弹一样蹿过。陈美丽知道是年轻人开的这种车，陈美丽想，年轻真好。年轻像子弹，把夜撕开了。

索引《我叫陈美丽》中的一段，以此窥探海飞小说凭借语言利刃，进一步展开对人性的开凿和内心的剖析，并试图展示精神世界和人性图景的内在景观。陈美丽是一个离异的新时代女性，她在竭力追求真爱的同时，被生活裹挟，被迫以"美色"推销"电饭煲"。在弱肉强食的社会环境里，陈美丽像一条锦鲤，游弋在五光十色的都市，其内心的冷寂与孤独不言而喻。而轰鸣的外部世界胁迫她，以致让她产生了"年轻像子弹"的联想，以此可见一个深陷都市泥沼的内心分裂的女性。而"像"字句，在意境创造和深化主旨上功不可没。

通过比对"像"字句，我发现海飞对生活的观察细致入微，因而联想丰富，想象独特，比喻新奇，意味深长。"雪下得很大，大得像一朵朵优质的鹅毛。""他颤悠悠地站在一张破凳子上，像一根弱不禁风的墙头草。""寒冷像一个外壳，把我包裹起来。""那男人捂着裤裆倒在了地上蜷成一团，形状很像一只进入冬眠的刺猬。"……虽然这样的罗列不好，但我依然指摘了几句，雪片似鹅毛，羸弱的人像墙头草，寒冷像外壳，蜷缩成团的人像冬眠的刺猬……毕竟，这样新奇且有诗意的比喻，在海飞的小说世界中俯拾皆是，犹如沙滩上闪亮的珠贝，给读者带来惊喜。借此，海飞的情境再生力量和诗性追求可见一斑。

海量的故事与盈满雪国静气的精神细节，让海飞的中短篇小说具备可浅可深的阅读价值。这位高产作家还会带给大家怎样的惊喜呢？或许可以是汪洋中的一叶孤舟，它划向静止的深渊，走向决绝的从容，而心灵始终盈满上帝之光。

别误读了金庸

查玉强

金庸创作的十五部武侠小说描绘了一个五光十色的江湖世界，塑造了"为国为民、侠之大者"的武侠形象。细心的读者，透过这些外在物象，会发现其小说所描绘的江湖世界与塑造的侠者形象，其实与作者积淀厚重的家族历史文化背景，以及自身坎坷多舛的身世历程并由此形成的隐秘幽深的内心世界，是存在内在、深刻的联系的。金庸深受家族传统思想的影响与文化的熏陶，追求自由不羁，不愿受权力控制，"希望脱离名利牵绊"。其不畏强权、畅遂不拘的性格都可以从其祖辈身上找到缩影。远则有不惧权贵、不畏强暴的查约、查秉彝、查慎行，为民请命、不计私利的查志文、查诗继、查文清，忠贞不贰的查继佐、查美继、查崧继，嫉恶如仇的查容、查人伟，乐善好施的查懋、查莹，等等，金庸得诸先辈所垂范。近则有伯父、父亲及多位堂兄，其中有饿死不吃嗟来之食的查忠礼，永葆赤子之心、人称"查菩萨"的查良钊，铁面无私、忠于职守的查良鉴，等等，金庸又受父兄辈所陶染。对此，金庸曾经说过："因为我的伯父、父亲、兄长都是大学毕业。我自小与书为伍……中国文化是我生命的一部分，有如血管中流着的血，永远分不开。"金庸在其前半生，生活在一个动荡、变革的年代，其经历非常人所遇，包括：日寇侵华家被毁，祖母、母亲及胞弟死于逃难途中；求学期间，两次被除名劝退；"土改"运动中父亲蒙冤被错杀；抵港不久发妻背离；惨淡经营的《明报》刚上轨道即遭围攻，自己还被列为香港二号暗杀目标；事业初见起色，长子跳楼自尽等一些对其而言是具有极为深彻的人伦隐痛的遭遇。所以在十五部武侠小说的主题表达、场景描绘、人物塑造及情节构思等整个创作过程中，家族历史文化背景之影响与自身曲折经历之联系或隐含或显现，始终贯穿其中，由此也形成了金庸武侠小说所独具的真实性、思想性的特色。诚如已故的华东师范大学教授胡河清所指出的："金庸是海宁查氏的后人，有着一个古老的名宦世家的血液。他的情感体验，尤其具有一种饱经沧桑的家世感，'接通'到了中国文化传统的深处。"

金庸的首部小说《书剑恩仇录》，是讲家乡一直流传着的一个故事。作者自己曾说起："我是浙江人，乾隆皇帝的传说，从小就在故乡听到了的……因此第一部小说写了我印象最深的故事，那是很自然的。"这部小说的主人公是海宁陈家的人。要知道，在海宁，历史上的查家与陈家作为两大家族，世代通婚，有着十分密切的关系。讲到陈家往往离不开查家，讲到查家总是绕不开陈家，倘若关于乾隆在海宁的传说当真，那么乾隆皇帝便是查家的外甥了。在创作这部小说时，金庸是有备而为的，他讲自己当时"曾翻过海宁陈家的许多资料"，他正是通过《书剑恩仇录》而演绎出了一曲家国恨、儿女情的苍茫悲歌。在这部作品中，金庸深情描写了萦回梦牵的故乡，着意塑造主人公陈家洛，以此作为自身的一种寄托。对此，读者也不难在陈家洛身上找到作者的影子，甚至由此还可隐约地窥视到海宁查氏家族的踪迹。

而在其封笔之作《鹿鼎记》中，金庸更是直接提到了自己的家事——康熙、雍正时期遭遇的两次文字狱。金庸是这样说的："在构思新作之初，自然而然地想起了文字狱，我自己家里有过一场历史上著名的文字狱。"在这部小说里，作者引出了几位自己十分崇敬的历史人物，如顾炎武、黄宗羲、吕留良与自己的先祖查继佐，以及他们的真实故事，由此使《鹿鼎记》增添了历史的波澜，具有了一种"历史的视野"（冯其庸语），产生了"一种饱经沧桑的家世感"（胡河清语）。应该说金庸在撰写这部小说时，较多地倾注了自己的心血与情感，以至其妻朱玫在《鹿鼎记》连载过程中，听到一些读者对这部小说的构思与撰写方式有些异议，要求丈夫不要再这样写下去时，很少动怒的金庸竟生气地拍起了桌子。而他的好友倪匡倒是完全读懂了金庸的心思，始终认为《鹿鼎记》在金庸十五部武侠小说中是要排第一位的。尽管金庸自己从来没这样明说过，但他在拍了桌子后对妻子倒说出了自己的真心话："倪匡说好就行了。"《鹿鼎记》整部小说长达五十回，金庸对此还精心设计了五十个回目，这些回目竟全部用上了先祖查慎行诗歌中的句子，可见其用心之专与用心之诚。为此，他也坦承："也有替自己祖先的诗句宣扬一下的私意。"

而作为其十五部小说中具有前后期分野标志的《连城诀》一书，金庸则写到了与自己最敬重的长者——海宁查家最后一位进士、祖父查文清有联系的事情。明确地点出了《连城诀》这部小说，就是在其祖父救出并带回家来的连生这个真人真事基础上演绎出来的。整部小说通过作者的描绘叙述，揭示出人性的黑暗，同时也展示出作者自我的忧患与悲悯。

金庸在《碧血剑》《射雕英雄传》《神雕侠侣》《倚天屠龙记》《侠客行》《鹿鼎记》这六部小说中，都有对大海的描写，有几部小说还专门写到了故乡的钱江潮："只见远处一条白线，在月光下缓缓移来。蓦然间寒意逼人，白线越移越近，声若雷震，大潮有如玉城雪岭，自天际而来，声势雄伟已极。大潮越近，声音越响，真似百万大军冲锋，于金鼓齐鸣中一往无前……潮水愈近愈快，震撼激射，吞天沃月，一座巨大的水墙直向海塘压来……月影银涛，光摇喷雪，云移玉岸，浪卷轰雷，海潮势若万马奔腾，奋蹄疾驰……但潮来得快，退得也快，顷刻间，塘上潮水退得干干净净……潮水渐平，海中翻翻滚滚，有若沸汤。""钱塘江浩浩江水，日日夜夜无穷无休地从临安牛家村边绕过，东流入海。江畔一排十株乌柏树，叶子似火烧般红，正是八月天时。村前村后的野草刚刚起始变黄，一抹斜阳映照之下，更增了几分萧索。"这些都是金庸魂牵梦萦的故乡景象。这种具有象征意义的描写，既显现了作者的一种故国情怀，同时也隐含着对自己家族文化渊源的一种不懈追溯。也正如红旗出版社总编徐澜所谈道的："金庸很愿意写钱江潮，我觉得潮水，不仅是他家乡的一个特质，这个应该也是他家族里面的血液里的基因。所以这个特质让他一路裹挟着，钱塘江潮一路裹挟着让他走了很远很远。"

有人曾经问过金庸，写小说是否以真实事迹作蓝本。金庸答道："除正式史实外，小说的故事全部是虚构的，没有以哪件真事为蓝本。《连城诀》有一点真实内容，但只是很小部分。"此为实话，金庸写小说的确没有以真事实情作为蓝本。但是，在他的小说中，作者自己的影子却又无处不在。他的小女儿传讷就是这样说她父亲的："他的小说就是他的平生，所以他写了一本又一本，每本都是他的人生经历。"金庸在北京的一位朋友严家炎教授在读过《射雕英雄传》后，认为这部小说中郭靖的形象里面有金庸的影子。严家炎后来在采访金庸时提到此事，金庸对此也没有否认。他当时还告诉严家炎："作家其实都有折射自己的时候，都会在作品中留下某种烙印。"另一位金庸小说的资深研究者陈墨，则认为《碧血剑》中袁承志对其父袁崇焕和夏青青对其父夏雪宜的往事追寻，即藏有金庸怀念父亲的情感动机，还认为《神雕侠侣》中杨过先后被桃花岛、全真教开除，与金庸当年先后被中学劝退、被大学除名之事相似且相关。作家荆欣雨在看过《倚天屠龙记》后，认为书中那个八大门派围攻光明顶的情节，其实是由金庸办报纸被香港"左派"围攻而产生的孤独和愤恨所演变而成的。而在《射雕英雄传》第二十九回中，金庸设计了黄蓉精通高等数学以此难倒了瑛姑这么一个情节，这是在浓重武侠色彩氛围当中颇显突兀的一种奇思，其实这也是与作者自身经历有关。

金庸曾这样说过："数学是我故乡的学术强项，清代大数学家李善兰即是海宁人，传世的数学著作甚多。黄药师是浙江舟山桃花岛人，虽与我故乡相距不远，但学术上应该不相干的。我在嘉兴中学求学时，数学老师章克标先生亦是海宁人，当代著名数学家陈省身先生是嘉兴人，可惜作者虽对数学有兴趣却乏天资，只在初中时经俞芳老师之教，于几何学略窥门径，其后于构思小说结构时，颇有助于逻辑思维及推理，对老师感恩不忘。"

金庸性格内向，加之讷言不善表达，对己之遭遇多藏于胸，与人甚少交流。甚至可以说他的一辈子还未曾找到过一个完全可以为之敞开心扉、尽情诉说的合适对象。其对外界如此，估计对家人亦然。兄弟姐妹少小分离，各奔东西。三任妻子中，首任似乎貌合神离，第二任始终忙于打拼，第三任更多的是对丈夫身体上的照料。所以就情感交流这个层面，上帝给金庸关上了一扇门，当然，又为他打开了一扇窗，这十五部小说成了他情感宣泄的通道与精神寄托的家园。

他在《白马啸西风》里写到了李文秀，书中有这么一段话："如果你深深爱着的人，却深深爱上了别人，有什么法子？"对稍稍了解金庸家事的人，读到这段话时，大都会理解他心中的悲哀与无奈。金庸每与人谈及发妻杜冶芳离他而去的事，眼中常会噙着泪花。

他在《倚天屠龙记》第三章当中，不吝笔墨地描写了一个对小说的铺陈展开作用不大，本可以略写的地方——庵东镇。但这里是他母亲在 1938 年 7 月 15 日逃难到钱塘江对岸的埋骨之地，金庸对此始终难以忘怀。在 1981 年回大陆与众兄妹会面时，金庸由其妹陪同，还专程来到了庵东镇，当时的金庸在那里凭吊着自己母亲，拈香跪拜，伏地不起。

他在《侠客行》里写石清在庙中向佛像祷祝时，是这样叙说的："（他）心中突然涌起感激之情：'这孩儿虽然不肖，胡作非为，其实我爱他胜过自己的性命。若有人要伤害他，我宁可性命不在，也要护他周全。今日咱们父子团聚，老天菩萨，待我石清实在恩重。'双膝一屈，也磕下头去。"金庸在 1975 年《明报月刊》创办十周年时，引用了这段话，以此表示其创办刊物的初衷（做了一堵小小墙壁，保藏了一些中华文化中值得珍爱的东西）、决心（宁可性命不在，也要护他周全）。在 1977 年修订《侠客行》后记重校旧稿时，金庸又重新提及，当时"眼泪又滴湿了这段文字"。

而在《雪山飞狐》中，有两个人物形象是值得玩味的：一是胡斐，此乃金庸心中之大丈夫。金庸在这部小说的结尾，特意不安排一个肯定的结局，而是意味深长地给读者留下了一个永远的悬念：胡斐的这一刀究竟是劈下去了呢，还是不劈？二是商老太，这个人物其实更具有指向性。金庸为啥设计这么一个人物，他自己是这样说的："武侠小说中，反面人物被正面人物杀死，通常的处理方式是认为'该死'，不再多加理会。本书中写商老太这个人物，企图表示：反面人物被杀，他的亲人却不认为他该死，仍然崇拜他，深深地爱他，至死不减，至死不变，对他的死亡永远感到悲伤，对害死他的人永远强烈憎恨。"读者可要知道写此书时，金庸的父亲尚未平反，从法律层面上讲，其父当时就是个"反面人物"。

读金庸的小说，人们只要稍微注意一下，就会发现他这些小说里所写的主人公的父亲总是缺位的，这些小说都有一个共同的主题，就是寻找父亲：杨过在找父亲，乔峰在找父亲，段誉在找父亲，虚竹在找父亲，石破天在找父亲，张无忌没找父亲但在找义父，所有人都在找父亲！作者如此构思情节，如此表达主题，其实就是反映了在金庸的内心深处，有因为缺失父亲而欲寻找父亲这样一种心结，一种诉求！若不是因为自己父亲的缺位，作者是不会让这么多人的父亲都缺位的。

金庸行事低调，其小说虽早已成为大众心仪的读物，研究其小说也已形成一个专门的学问——金学，但他在许多场合仍旧在讲自己写武侠小说就是为扩大报纸的发行量，只是给人一种消遣、娱乐。写武侠小说扩大了报纸的发行量，不假！但真的就是单纯地给人提供消遣、娱乐吗？其实关于其真实的创作意图，《金庸识小录》的作者严晓星先生就说得很直接："他的小说大多是反映了对理想政治的追求，对政治异化人性的厌恶，对政治人物的批判，对政治现实的失望。"而其实金庸在写《笑傲江湖》后记时，也曾泄露过自己的创作意图，他说："这部小说通过书中一些人物，企图刻画中国三千多年来政治生活中的若干普遍现象。"总之，金庸在写这十五部武侠小说时是有诉求，有"企图"的。严晓星先生所以还会带着点揶揄的口吻，说那些不明就里的传记作者们："可惜多少庸碌的传记作者，还在卖力地喊他'金大侠'。"

金庸小说具有独特的真实性与思想性，具有"饱经沧桑的家世感"。如今读者欲真正读懂这些作品，进而通过这些作品去解读金庸，那就需要结合金庸积淀厚重的家族历史文化背景，联系金庸坎坷多舛的人生历程及由此形成的隐秘幽深的内心世界。就像希腊神话里的巨人安泰俄斯，只有躺到大地母亲的怀里，才能力大无穷，不可战胜一样，也只有把金庸及其小说置于一直在源源不断地为其提供养分的这块家族历史文化的丰腴土壤里，同时结合其人生历程与内心世界，才能真正地去解读金庸。否则，就会有可能步入盲人摸象之境，终而误读了金庸。

感时忧世　才情喷发

——穆旦在西南联大及其诗歌创作

刘培良

战火中的西南联大作为中国高校史上的一个特殊存在，为延续中国的文化命脉做出了不朽的贡献，也在时代背景下见证了知识分子对国家和民族做出的选择。[①]

每当惊悚的空袭警报由远及近响起，四处逃窜的人群在长沙城内乱成一锅粥，或哭爹喊娘的，或扶老携幼的，这情景恍如世界末日降临，惨不忍睹。在日寇战机阵阵呼啸声中，时间来到了1938年。

知人论世。人物或事件一旦与历史坐标系产生比较紧密的关联，就像相机具备了对焦功能，就容易找寻出比较清晰的头绪及足迹，并能将其大致复原。

惊魂甫定。此时，穆旦和同学们在长沙临时大学（以下简称"临大"）开学才两个月，一切尚在调整及适应中，可以说连课桌都未完全放稳。但日寇加紧了进攻节奏，由京沪及长江沿海一带转而对中国内地城市展开大规模的无差别轰炸。1938年初，古城长沙成为日军轰炸的主要目标之一。为了保全师生生命，保留中国教育、文化精英与希望之所在，"临大"不得不走上迁徙乃至流浪之路。

经过战略思考与战术谋划，从2月至4月，"临大"师生分水陆三路由长沙西迁至昆明。其中一支是由两百多位师生组成的一个步行团，即"湘黔滇旅行团"，穆旦便是其中的成员之一。

---

① 吴丽玮：《西南联大：国难当头，知识分子的选择》，《三联生活周刊》2017年12月1日。

出发，他们迈开坚定的步伐向昆明前进，穆旦是其中的成员之一。

历史的结果告诉我们：步行团此行全程三千五百里，历时六十八天，跨越湘、黔、滇三省。此举被后人称为"世界教育史上艰辛而具有伟大意义的长征"①。

此行，对青年学生穆旦可谓刻骨铭心，影响终身。其主要有三方面收获：其一，英文水平大有长进。行军中，穆旦每天背诵《牛津词典》相关页码中的单词及句子，待第二天自我检测后便撕去书页。此举有点"破釜沉舟"的味道，到达目的地时，这本小词典已所剩无几。其二，这一路上因得到闻一多、袁复礼等老师之学业上的指点及人格上的熏陶，触发穆旦思考与感悟，催促其成长、成熟不少。其三，则更为关键及重要。走出书斋，直击现实，这一路饱览祖国大好河山，感受沿途民众坚毅、淳朴及勤劳等品行，让青年穆旦受到极大的震撼与感动，其爱国情怀得到进一步丰富与深化。同时，也为诗人穆旦之后的创作题材埋下根基，播下种子。因为如何选材，这"写什么"的问题，在很大程度上决定了诗人与诗作的意义或价值，不管是文学层面还是社会层面。

同年4月，国立西南联合大学（以下简称"西南联大"）在昆明成立。

近代教育史是如此记载这段历史的：西南联大是一所综合性大学，设有文、理、工、法商、师范等五个学院二十六个系。它是当时全国规模最大的高等学府。在国难家仇、民族存亡的严酷背景下，西南联大不仅是一个"特殊的存在"，更是一个"神话"般的存在。"刚毅坚卓"的校训，融化为西南联大全体师生的共同追求、品德与步伐。"在艰苦的环境下，保持着最尊贵的思想和精神；在战争和革命的年代，展示出通才教育的适应力，联大为自己在人类的奋斗史上赢得了一席之地。"②

4月底至5月初，穆旦随西南联大文学院和法商学院两院师生抵达蒙自。蒙自，是一座远离昆明的边城。但因为有滇越铁路与昆明连接，交通还算便利，所以西南联大高层决定将部分师生迁至蒙自，成立蒙自分校，以此缓解昆明城生活与住宿等压力。由此，一个边陲小城，由于大批文化人的"不请自来"，"意想不到"地翻开了极其灿烂的一页，并留下可圈可点且津津乐道的历史佳话。

文学院设中国文学、外国文学、历史学、哲学等系。冯友兰任院长，朱自清、叶公超、刘崇宏、汤用彤分任系主任。

仿佛进入世外桃源一般，暂时逃离了炮火与硝烟，满眼尽是草木葱绿，鲜花

---

① 梁丽婷：《穆旦：中国远征军中的诗人》，《中国档案报》2019年6月3日。
② [美]易社强：《战争与革命中的西南联大》，九州出版社2012年版。

盛开，馥郁芬芳。这崭新的甚至还带点异域风情的环境，让穆旦这位来自北国之津门学子一直悬挂着的心放下且舒坦开来，更使其感觉无比新奇。随之，尽情地体验生命乐趣与审美情趣。当青春遇见诗歌，可视作一座核裂变模式的反应堆：只要有一个突破口，情感就随时会喷发。作为文学院学生，这南国风情夹杂着时代旋律与气息，强有力地激发起穆旦诗歌创作之冲动与热情。

于是，诗人穆旦开始闪亮登场。

> 我看一阵向晚的春风
> 悄悄揉过丰润的青草，
> 我看它们低首又低首，
> 也许远水荡起了一片绿潮；
> ……
> O，让我的呼吸与自然合流！
> 让欢笑和哀愁洒向我心里，
> 像季节燃起花朵又把它吹熄。①

1938 年，穆旦写有两首代表诗作，一首是写于 6 月的《我看》，另一首是写于 8 月的《园》。

《我看》是穆旦在蒙自写下的第一首诗。这是一首充满浪漫主义色彩的小诗，它深情地唱出了诗人蕴积在心中的对自然、对生命的热爱。但显而易见的是，此诗尚未完全脱离青年诗人以自我为中心，孤芳自赏、感物伤怀或多愁善感之惯性及窠臼。

但是，时代背景变了。

严酷的现实促使诗人的心境、情感与思想发生转变。战争，让诗人的视线和触须不自觉地向"昨天"或"过往"告别、与单一或单纯的青春荷尔蒙分泌告别。

> 当我踏出这芜杂的门径，
> 关在里面的是过去的日子，
> 青草样的忧郁，红花样的青春。②

---

① 《穆旦诗文集》卷 1，人民文学出版社 2018 年版，第 4—5 页。
② 《穆旦诗文集》卷 1，人民文学出版社 2018 年版，第 6 页。

可贵的是，从这时起，穆旦的诗作不仅主动且深情地发出对自然与生命、时间及永恒等命题的追问与抒情外，更是将视角转移到民族、国家、时代的层面，且有深刻思考并坚定地践行。就此，穆旦找到了他安身立命之根基，也找到了他施展才华的渠道，脱颖而出。

我们欣喜地发现，海宁查氏血统中忧国忧民、具有家国情怀等传统与美德，查慎行等前辈的诗性、灵性和精神血统，在这位年轻诗人身上得到了"接力"与弘扬，注入并开拓出前所未有的创新元素。于是，查氏后继有人，中国新诗将出现一座高峰。

而可喜的是，与穆旦内心变化呼应的是外界及环境起到了积极的助推及促进作用。

中国传统教育中有一个非常奇妙又诗意的说法叫作"熏陶"。由于战争背景，特别是居住环境的窘迫与简陋，完全打破了原先师生间比较疏远的空间距离与心灵距离，而变成了师生们几乎是"打成一片"，朝夕相处，或耳提面命，或春风化雨。师生间既有知识传授、专业指导，也有原生态生活交集，喜怒哀乐，甜酸苦辣，不一而足。于是，彼此间情感交流更细致、更真实。如此生活及学习情景，对穆旦等年轻学子的成长起到极其重要的引领与影响作用并触及其人格及思想。对此，著名诗歌评论家谢冕是这样评价的："西南联大教授群体有完整的中西文化背景，欧美化程度很高，在这种氛围下，熏陶出汪曾祺和穆旦等具有现代意识的作家，是完全可以理解的。"

诗人兼学者朱自清是穆旦的老师。他明确提出了"弦诵未绝"的口号，既表明其个人立场与骨气，同时也呼应了时代的旋律和特征。

当年日军打来的时候，很多人自问："我们能做什么？"朱自清提出：我们应该保持"弦诵不绝"。与陈寅恪的"南渡"一样，"弦诵"成为支撑"战时大学"的"骨骼性"理念。[①]

因为在抗战这样严峻的环境里，不管是教授还是学生，每个知识分子都必须拷问自己：活着到底是为什么、有什么价值？前方将士在拼死抵抗的时候，我为何依然还要教书或是上学？

---

① 张曼菱：《弦诵幸未绝——诗歌折射的西南联大岁月》，《光明日报》2017年7月7日，第13版。

答案肯定是相同或相似的：为了不做亡国奴，为了重建战后中国。

人是时代的产物。如此，穆旦与西南联大师生一起，其心怀家国、追求理想、刻苦钻研的思想和品行得到进一步坚固与提升。而这，从根本上决定了穆旦的人生轨迹，也奠定了他诗歌创作的主题和基调。

在蒙自分校，穆旦无疑具备两大身份：一是作为学生的穆旦；二是作为诗人的穆旦。这两者可谓是相辅相成，比翼双飞。

作为学生的穆旦，他继续选择在南岳"临大"时喜欢的教授的专业课。譬如，他选修了吴宓的"欧洲文学史"、叶公超的"大二英文"、燕卜荪的"莎士比亚"和"当代英诗"等课程。另外，穆旦还旁听了冯友兰的"中国哲学史"等。

穆旦主修欧洲文学，重点是英国文学课。这明显源于两大因素：其一，他对英国文学，尤其是对英国诗歌的热爱与钟情；其二，他得到老师燕卜荪教授的青睐、启发与引导。

燕卜荪是英国著名文学批评家兼诗人。燕卜荪在课堂教学时的情景，可以通过穆旦同窗许国璋的回忆而得到部分复原，恍如昨日再现，栩栩如生："我永远不会忘记，1937 年秋和 1938 年春，在南岳和蒙自他同我们一起研读过的那些伟大诗篇。读着美妙的诗篇，诗人燕卜荪替代了先生燕卜荪，随着朗读升华为背诵，词句犹如从诗魔口中不断地涌出，大家停下了手中的笔记，个个目不转睛地盯着诗泉。这时，学生、先生共同沉醉于莎翁精神之中。是的，这样神为之驰的场面确实存在过。"[1]

心为之驰，神为之往，这是何等美妙的生命体验呀。穆旦沉浸其中，酝酿体验，感悟消化，内心的满足与审美呼之欲出。对此，木心有个生动的说法："在你的一生中，尤其是年轻时，要在世界上多少大人物中，找亲戚。"[2]

在课堂之外，穆旦还比较系统地自学了雪莱、济慈、布莱克等英国浪漫派作家的作品。当然，穆旦的眼界没有被固守、被局限，他还把视线拓展到英国文学以外的欧美诗人的作品，尤其是专心致志地阅读艾略特、奥登等的诗歌，时而高声吟诵，时而莞尔颔首，时而拍案击节。其投入的情形和状态被同学形容为"简直到了发疯的地步"。

W.H.奥登，被公认为是继托马斯·艾略特之后最重要的一位英语诗人。奥登曾于 1938 年春天出现在中国战场上，留下了值得反复品味的组诗《在战时》

---

[1]《三湘都市报》2018 年 1 月 6 日。

[2] 木心：《1989—1994 文学回忆录》，广西师范大学出版社 2012 年版，第 474 页。

等佳作，它影响了整整一代中国诗人。

如此，对于诗人穆旦而言，西方先贤特别是奥登便构成一个灯塔、一个罗盘，激励其在新诗的海洋上劈波斩浪，勇往直前。学习是最好的基石，借鉴是最好的启示。

奥登这一代诗人有意识地加强对诗歌"智性"的追求。这种"智性"既可以是向内的思考与反省，也可以是对外的观察与认识。这让穆旦深受启发，仿佛找到了生命的意义、灵魂及寄托，更对穆旦诗歌创作产生了直接影响，促使他对以往创作进行深刻反思与检点，寻找不足和问题，并探索突破口和提升点。学习吸收，借鉴感悟，可谓是比翼双飞。如此，穆旦诗歌创作风格发生明显变化，最显著的是，诗人自觉地从单纯情绪抒发中超越出来，转向自我独白到自觉深刻内省，向着诗与远方挺进：一方面，穆旦自觉地向叶芝、艾略特、奥登等人学习现代诗艺，寻找属于自己诗歌前进的方向与路途，探索属于自己的风格及特色；另一方面，他将目光更多地投向周围宏大而混乱的社会现场，将个人小我、个性小情主动融入时代与家国命运当中，不断提升精神及灵魂之高度。于是，穆旦的眼界变得更高、格局变得更大、思想变得更纯、诗意变得更浓，逐渐走上一条成熟诗人之路，乃至伟大诗人之征程。

此外，穆旦还跟从历史系外籍教授葛邦福学习俄文。葛邦福，是白俄罗斯人，1937年抗日战争爆发前在清华大学历史系任教，随着抗战的爆发，他来到了西南联大任教。

关于这段重要的学习与人生经历，穆旦在西南联大时的校友赵瑞蕻在《南岳山中，蒙自湖畔（上、下）——怀念穆旦，并忆西南联大》一文中回忆道："……穆旦还开始学习俄文，是跟历史系一位俄国教授葛邦福先生学，学得那么认真，我时常看见穆旦在海关大院一个教室和葛邦福先生坐在一起学习；有时看见他跟老师沿着南湖边走边说话。他俄文的基础是在蒙自打起的，这就是为日后他那么出色地翻译普希金作品等准备了最初良好的条件。"[①]

功夫在诗外。这似乎是冥冥中的先手，也许是无心插柳。俄文基础像一颗种子播在穆旦心头。时间会对这先机做出最美的答案及最美的期待。而后来的历史与事实则充分证明，穆旦遇见俄语，就像一对慢热的恋人，随着光阴的累积，终

---

① 赵瑞蕻：《南岳山中，蒙自湖畔（上、下）——怀念穆旦，并忆西南联大》，《新文学史料》1997年第3期，第161—165页，《新文学史料》1997年第4期，第104—109页。

究开花结果，终于酿成火焰般炽热的诗句，让那些俄语诗行，特别是普希金的诗句，幻化在汉语的音韵和节奏中，破茧化蝶，翩翩展翅，美妙绝伦。

还值得一提的是，在穆旦成长特别是诗歌创作之路上，西南联大文学社团也起到了强劲的促进作用。1938年5月20日，穆旦与刘兆吉、向长清等同学发起，正式成立"南湖诗社"，并创办《南湖诗刊》，先后出版了四期墙报，举行过多次活动。南湖诗社曾得到闻一多和朱自清两位导师的精心指导。此后，穆旦还参加了"南荒社""高原文艺社""文聚社"等进步文艺社团的活动。1939年9月，又参加"冬青文艺社"。

在西南联大，像穆旦这样才情四溢、怀抱理想的年轻人，大家既志同道合，又群策群力、精益求精，所以，社团活动从内容到形式都是高质量的，其成绩斐然即是必然。

穆旦是南湖、高原、南荒、冬青、文聚社的"五朝元老"。他参与发起了这五个社团，并在社团中积极工作，出谋划策、参加活动、努力创作，既得到社团的养育，又丰富了社团的成就，可以毫无悬念地说，穆旦在哪个社团，就是哪个社团的创作旗手和代表诗人。我们可以通过社团梳理出穆旦的诗歌道路。在南湖诗社，他带着"湘黔滇旅行"的豪气，感受到南国天地的空阔宏大，胸中充满豪迈刚劲的情愫，表现在诗歌里，就是一种宽广雄阔的浪漫气息……离开蒙自进入高原社，现代主义开始出现在他的诗作中，但浪漫主义仍然是他的主调。南荒、冬青社时，现代主义占据主位，把他那种复杂、矛盾、紧张、焦灼、痛楚的内心表达出来，使他取得了前所未有的诗歌成就，成为著名的现代主义诗人。因此，穆旦是在文学社团里探索、发展、成熟的，社团给予他的甚多，创新的氛围、师友的鼓励、发表的园地等都是催生诗人的条件。到文聚社，他已走出了自己的诗歌道路，成为独领风骚的诗人，之后他没再参加别的社团了。①

是内外兼修之结果，也是水到渠成之期望，穆旦如一颗耀眼的新星在中国新诗的天空开始熠熠闪光。

自1939年至1942年，穆旦诗歌创作进入巅峰时期。其代表作品有《防空洞里的抒情诗》《童年》《漫漫长夜》《在旷野上》《不幸的人们》等佳作。诗歌主题大致涉及三大方面：自然、死亡与爱情。

---

① 李光荣：《从西南联大文学社走出的那些名家》，《社会主义论坛》2019年第1期。

　　穆旦的诗歌艺术与生命同构，从生命内在需求出发，追求复杂与丰富，致力于营造现代意味的美学境界。多用象征、意象、隐喻等手法，营造诗意内涵的深邃与神秘。

　　其间，穆旦的身份也发生了变化，由昔日的学生，到留校而变为西南联大教师。这让其人生转换了一个视角、一个平台，也让其诗作拥有了新的触角、新的聚焦、新的天地。

　　在此，我们可以简要梳理一下穆旦此间创作及发表诗作的情况。一个诗人创作之数量及质量，不仅是其享有盛名之基础，更是其如日中天之标志。穆旦作品数量之可观，如实地反映了其创作之勤奋。而其诗作质量飞跃式进步情况，让他抢占到一代诗人作品之制高点。其为人称道的代表作《赞美》《诗八首》等杰作，都出自这一时期。这是穆旦诗歌创作的第一个"黄金期"与"高峰期"。

　　我们可以按照时间顺序，循序渐进，一一道来：

　　1939年，穆旦诗歌创作颇丰：4月作《防空洞里的抒情诗》，5月26日在昆明《中央日报·平明》发表《1939年火炬行列在昆明》，6月作《劝友人》，9月作《从空虚到充实》（后刊于1940年3月27日香港《大公报·文艺》），10月作《童年》，等等。

　　这一时期，穆旦已经明显告别模仿痕迹较重的探索时期。诗人自觉地将西方诗艺、艾略特与奥登等人的诗歌理论与自己逐渐成熟的生命体验相融合，与时代精神和气息吻合，凸显现实，艺术再现。一言以蔽之，穆旦诗歌创作真正走向"理性"与成熟。这最直接且权威性的证据是，闻一多在西南联大时期编选《现代诗抄》时竟编选了穆旦十一首诗歌作品，其数量仅次于著名诗人徐志摩。由此，也可以看出老师闻一多对穆旦才华的喜爱与赏识，同时也是诗歌史对其成果的一个界定与肯定。有学者甚至认为穆旦"为中国新诗的成熟提供了一个成功的范式"："穆旦借鉴了西方现代主义诗人艾略特和奥登的诗歌创作原则，同时对中国现代新诗的创作进行反思，在历史与现实的交汇中确立了社会价值和自我价值相统一的诗歌观念。在语言的运用上，追求充满现代生活气息的现代汉语书面语。在诗歌艺术上，通过智性化抒情，使现代生活与哲理思索叠印在一起，在艺术与现实间求得平衡，为中国新诗的成熟提供了一个成功的范式。"[①]

---

① 王青：《诗人的自觉与独立——兼谈艾略特、奥登对穆旦诗歌的影响》，《中国矿业大学学报》（社会科学版），2000年第1期。

《防空洞里的抒情诗》①，是其中一首具有典型意义的作品。

他向我，笑着，这儿倒凉快，
当我擦着汗珠，弹去爬山的土，
当我看见他的瘦弱的身体
战抖，在地下一阵隐隐的风里。
他笑着，你不应该放过这个消遣的时机，
这是上海的申报，唉这五光十色的新闻，
让我们坐过去，那里有一线暗黄的光。
我想起大街上疯狂的跑着的人们，
那些个残酷的，为死亡恫吓的人们，
像是蜂拥的昆虫，向我们的洞里挤。
……
我站起来，这里的空气太窒息，
我说，一切完了吧，让我们出去！
……

此诗应视作穆旦认同诗歌"理性"意义和作用下的积极探索之作。

从表层看，这首诗只是叙述了一次躲避空袭的过程。这在当时被称为"跑警"。顾名思义，从标题中我们自然会将其内容想象成敌机轰炸时血肉飞溅的残酷场面，或者是人们四散逃走时的惊恐表情等。但诗人另辟蹊径，以一个"局外人"的姿态，似乎离开了主观干预的背景而另取角度，一方面是接近冷漠的叙述及诗中人物心不在焉的姿态，另一方面则是惊心动魄的空袭，这两者形成强烈对比与反差，故而呈现出诗人理性的抒写和对苦难的思考。

因为受奥登诗歌主张的影响，穆旦不主张头脑发热后的抒情，而是提倡"新的抒情"，即"有理性地"抒情。穆旦认为"有过多的热情的诗行，在理智深处没有任何基点，似乎只出于作者一时的歇斯底里，不但不能够在读者中间引起共鸣来，反而会使一般人觉得，诗人对事物的反映毕竟是和他们相左的"②。纵观现代诗歌史之沧海横流，再来回顾穆旦这一诗歌主张，无不让人唏嘘与深省。

---

① 《穆旦诗文集》卷 1，人民文学出版社 2018 年版，第 10—12 页。
② 穆旦：《慰劳信集——从〈鱼目集〉说起》，《大公报》（香港）1940 年 4 月 28 日。

时间进入 1940 年。这一年，穆旦二十三岁。

这一年，对于穆旦而言，是其人生的第一个重大转折点。他将面临毕业，将全方位面对社会并走进社会：其一是继续保持高昂的创作热情，笔耕不辍。2 月，作《蛇的诱惑》；3 月 3 日，在香港《大公报·文艺》上发表评论艾青诗集之著名诗评《他死在第二次》；3 月，作《玫瑰之歌》；4 月 28 日，在香港《大公报·文艺》上发表对卞之琳诗集之著名诗评《〈慰劳信集〉——从〈鱼目集〉说起》；同月，作《漫漫长夜》，后刊于香港《大公报·文艺》。在此，我们特别看到，穆旦有两篇重要的诗歌评论，分别是对艾青与卞之琳这两位年轻诗人的评论。而换言之，更多像是穆旦在发表诗歌主张、诗歌理论。创作作品与理论建树兼具，让穆旦在诗歌的天空比翼双飞、相得益彰。其二是同年 8 月，穆旦从西南联大外文系毕业。由于成绩优异、人品出众，学校决定聘任其留校工作。学业有成，反哺母校，这是穆旦的情怀和担当。

这年下半年，战争形势剧变，日军向安南发起进攻，昆明城危在旦夕。此时，学校奉政府指示，决定在川南叙永另建分校，招收大一新生。新学年开始前，穆旦前往叙永，参加接收大一新生入学工作。千头万绪，百废待兴，工作虽然繁忙，但诗人诗歌创作仍保持在"高产"状态。同年 9 月 5 日，诗作《悲观论者的画像》在香港《大公报》上发表；9 月 12 日，作《不幸的人们》；同日作《窗——寄敌后方某女士》，后刊于香港《大公报·文艺》。

一个黑色的日子不幸降临。10 月 13 日，二十三架日寇轰炸机开始疯狂地在昆明上空投掷炸弹。日机几乎是以西南联大和云南大学为攻击目标的，投弹百余枚，无疑是谋杀屠戮。所幸师生撤离躲避及时。日寇战机所到之处，一片火海，西南联大校舍三分之一被毁。

满目疮痍。

面对断壁残垣与弥漫硝烟，年轻的诗人一时间陷入恍惚之中，悲愤交加。他虽没有被苦难与日寇的兽性所吓倒，但短暂的迷惑与惶恐却是真实而难免，显而易见的。

怎么办？

面对危机或困境，人都会自觉或不自觉地寻找答案及解决途径。

从哪里找？

从认知与记忆里找，从信念里找，直至从血液里找。

突然间，诗人的眼前仿佛灵光一闪，一张张平和且坚毅的脸庞及一幅幅淳朴而秀美的山川画面如泉般涌现：步行团沿途所见之人物和情景——在穆旦内心再现与复活。

这里有答案所在，这里是力量之所在。

随之，诗人拿起手中的笔，犹如紧握武器一般，用诗句抒发对侵略者的仇恨，对民族不屈精神的刻画与期盼。10月21日与25日，穆旦在重庆《大公报·综合》上分别发表组诗《出发——三千里步行之一》《原野上走路——三千里步行之二》。

> 在军山铺，孩子们坐在阴暗的高门槛上
> 晒着太阳，从来不想起他们的命运……
> 在太子庙，枯瘦的黄牛泛起泥土和粪香，
> 背上飞过双蝴蝶躲进了开花的菜田……
> 在石门桥，在桃源，在郑家驿，在毛家溪……
> 我们宿营地里住着广大的中国的人民，
> 在一个节日里，他们流着汗挣扎，繁殖！ ①

在诗人眼中，不但有"人民"的概念，还有"人民"的模样：他们是有血有肉的个体或群体，他们是活生生的人。人民性或爱国情，从来就不是一个标签，而是一种立场、一种视角，一种生命的维系。更可贵的，诗人绝非一味地突出或强调"人民"所遭遇的苦难，以此博得同情或怜悯。在诗人笔下，"人民"始终坚守一种发自本能的信念，一种力量、一种乐观、一种精神。在《原野上走路——三千里步行之二》中，诗人更是直接将自我（个体）融入人民（群体）之中，一再强调"我们总是以同一的进行的节奏，把脚掌拍打着松软赤红的泥土""中国的道路又是多么自由而辽远呵……"

> 我们走在热爱的祖先走过的道路上，
> 多少年来都是一样的无际的原野，
> 多少年来都是澎湃着丰盛收获的原野呵，
> 如今是你，展开了同样的诱惑的图案
> 等待着我们的野力来翻滚。所以我们走着
> 我们怎能抗拒呢？哦！我们不能抗拒
> 那曾在无数代祖先心中燃烧着的希望

---

① 《穆旦诗文集》卷1，人民文学出版社2018年版，第215页。

这不可测知的希望是多么固执而悠久，
中国的道路又是多么自由而辽远呵……①

"人民"与"祖国"，是诗人诗句中反复出现的两个具体又抽象、直白又含蓄的形象。这是一个年轻知识分子发自肺腑的歌吟与姿态，真诚且朴实，毫无矫揉造作、无病呻吟的腔调。在此，我们清晰地看到了屈原、杜甫等诗人高扬的爱国主义传统旗帜，也感受到了其先祖查慎行《三闾祠》等诗作之余韵。

其中的创作理念，在其评论卞之琳诗歌所提出的"新的抒情"主张中得到鲜明揭示或印证："为了使诗和这时代成为一个感情的大谐和，我们需要'新的抒情'。这新的抒情应该是，有理性地鼓舞着人们去争取那个光明的一种东西。"②在这个时代，"无论是走在大街、田野或者小镇上，我们不都会听到了群众的洪大的欢唱么？这正是我们的时代"③。

"这正是我们的时代。"

这是多么坚定的界定呀。正是在这种时代精神感召下，穆旦写下了《在旷野上》《不幸的人们》等充满民族意识、歌颂人民力量的诗作。

1941年，抗战进入最艰苦的阶段。1月6日，西南联大叙永分校开学。穆旦在外文系任助教，并承担大一英文课程的教学工作。教学之余，穆旦依旧勤奋创作，这一阶段成为其诗歌创作最丰富、最复杂的阶段。穆旦诗歌创作集中在以探索自我为主题以及与抗战背景相关的主题这两大类。在前一类中，他写现世的感情，写青春，写灵与肉的冲突；在后一类中，他写对社会人生的感受，写社会中个人的命运和体验。

这一年，穆旦一共创作出《潮汐》《夜晚的告别》《我向自己说》《小镇一日》《哀悼》《控诉》《中国在哪里》等十五首诗歌。其中包括《在寒冷的腊月的夜里》《赞美》等代表中国富有良知的年轻诗人在民族战争中产生出来的最辉煌的诗篇。

《赞美》④是穆旦也是新诗发展中享有盛名的经典之一。任何时代的文学史，

---

① 《穆旦诗文集》卷1，人民文学出版社2018年版，第217页。

② 穆旦：《慰劳信集——从〈鱼目集〉说起》，《穆旦诗文集》卷1，人民文学出版社2018年版，第60页。

③ 穆旦：《慰劳信集——从〈鱼目集〉说起》，《穆旦诗文集》卷1，人民文学出版社2018年版，第63页。

④ 《穆旦诗文集》卷1，人民文学出版社2018年版，第68—70页。

都是以代表人物与其代表作品来构架的，就像我们仰望满天星斗时，我们认识或熟悉的却是为数不多的几颗星星：穆旦与《赞美》无疑是其中之一。

在诗中，一如既往地大量出现"人民"的字眼。而且，在此的"人民"不再是集体的或抽象的概念，而是一个活生生的"具象"，即"一个农夫"："他是一个女人的孩子，许多孩子的父亲。"以此而作为代表，作为象征。穆旦以最为个性化的情绪写出了中华民族生生不息的生命和精神，以及民族顽强抗争又世代延续的生存命运。这成为穆旦思想情感升华、艺术追求进步之标杆的作品。

> 我要以一切拥抱你，你，
>
> 我到处看见的人民呵，
>
> 在耻辱里生活的人民，佝偻的人民，
>
> 我要以带血的手和你们一一拥抱。
>
> 因为一个民族已经起来。

其主旨句"因为一个民族已经起来"一唱三叹，回肠荡气，爆发出雄壮的时代强音，宛如《义勇军进行曲》中飞出的一个音符一般。它已经远远超越了一句诗的分量与质量，然而，它却依旧呈现出诗歌的艺术及魅力：那里凝聚着民族不屈的灵魂与呐喊，蕴含着誓死抗争的精神、倔强的意志和矢志不渝的期望。

与之媲美的诗句是艾青《我爱这土地》的结尾句："为什么我的眼里常含泪水？因为我对这土地爱得深沉……"至情至性是同类项，而情真和意切则是各有侧重，一目了然。

"一个民族已经起来"：诗人坚定且乐观的预言，不仅是新诗的胜利，更是民族信念与力量的胜利。

历史，证明了一切！诗歌为历史保鲜，而历史会成为诗歌的标本。

同年 8 月 31 日，穆旦回到昆明。

1942 年，抗战进入关键阶段。那年早春，对于诗人穆旦而言，发生了在其青春岁月最为重要的两件事：一是创作出经典性作品《诗八首》，它如耀眼的星光照亮新诗前进的道路。穆旦自然成为"当时最受欢迎的青年诗人"。二是穆旦个人身份再次改变，由诗人及教师转变为共赴国难的抗日战士形象，参加中国远征军，任司令部随军翻译，踏上远赴缅甸抗日战场之路。

《诗八首》是一个爱情启示录，也是一首生命赞美诗，最早刊于《文聚》第一卷第三期。

……再没有更近的接近，
所有的偶然在我们间定型；
只有阳光透过缤纷的枝叶
分在两片情愿的心上，相同。
等季候一到就要各自飘落，
而赐生我们的巨树永青，
它对我们不仁的嘲弄
（和哭泣）在合一的老根里化为平静。①

这第八首是这部爱情交响诗中最为高亢的部分，但却又戛然而止。这犹如贝多芬《第九交响曲》最后之《欢乐颂》，奏出了人类之间相亲又相爱的高昂颂歌，同时又是一首凄美的哀歌。生命、凋零、重生，这不是简单的周而复始，也不是命中注定的宿命，而是对生死独到而深刻的理解与诠释。"等季候一到就要各自飘落""在合一的老根里化为平静"，对一位年仅二十五岁的年轻诗人而言，这"豁达"的境界不仅是"超越"的甚至是残忍的。但若是结合战争背景，特别是中国远征军悲壮的命运，几乎就能找到隐晦的答案。一语成谶，令人不胜唏嘘，扼腕叹息。

刹那永恒，永恒刹那。

在"一寸河山一寸血，十万青年十万军"的时代热血鼓舞下，1942年2月底至3月初，穆旦毅然参加抗日远征军出征，用实际行动真正践行"国家兴亡，匹夫有责"之理念。

远征。

这是真正意义上的诗与远方。

诗人，大多以文字写就作品。然而，有时，行动也是诗，命运乃至生命则更是诗。

就此，诗人穆旦离开西南联大。而西南联大则于1946年7月31日停止办学。

荣光呀，西南联大铭记了一位学生兼教师的名字，新诗史也铭记了一位赤诚的爱国者、一位不懈追求者的名字：穆旦。

---

① 《穆旦诗文集》卷1，人民文学出版社2018年版，第79页。

运河文化掀起一重浪

——《水的音响》^①浅评

卜晓莲

金霖的新书《水的音响》终于付梓，拿到书的第一时间就迫不及待地阅读，文字里的悲悯、现实生活的残酷，夹杂着作者及时转换的心情，一次次将读书的快感与书中主人公们的境遇交叠，使人仿佛置身其中，感同身受。

一、《水的音响》完美呈现运河文化

1. 运河文化的现实意义

京杭大运河是中国历史上最重要的人工运河之一，穿越广袤的中华大地，承载着数千年的贸易、文化和历史记忆。它起源于春秋战国时期，形成追溯到隋朝。隋炀帝在公元 605 年开始修建大运河，其目的是实现国内经济和文化的交流与统一。经过数十年的修建，大运河在隋朝完成，并成为中国历史上最重要的水利工程之一。

作为一条贯穿南北、连接黄河和长江流域的水路，在数千年的中华文明中，大运河是中国古代的主要商贸通道，更扮演着重要角色，它不仅是中国传统农耕文化的重要象征，还承载着丰富的历史和文化内涵，是人们了解中国历史和文化的窗口，也是中华民族文化传承的载体。它是中国历史上重大事件和岁月变迁的锐眼，蕴涵着厚重的史实与依据，对研究中国历史和文化而言意义非凡。

---

① 团结出版社 2022 年 12 月版。

关于大运河，习近平总书记做出指示，"保护大运河是运河沿线所有地区的共同责任""要古为今用，深入挖掘以大运河为核心的历史文化资源"。《水的音响》截取千年文明中的一段，通过金霖老师的视听感知在笔端缓缓流淌，是当下运河文化的有益补充和精美插页。

2. 运河人文的真实体现

《水的音响》用极其自然的文笔勾勒了运河及运河两岸的人文景观，贴近水面的叙述，加上金霖老师自己的所见所闻，别具一格地给运河注入了生命。美丽如歌的江南水乡跃然纸上，立体呈现。

书中大部分篇幅用平铺直叙的手法写就，在自然与现实的层面，金霖老师没有急于去开辟繁富复杂的组合，令人读之酣畅淋漓，回味无穷。比如：《长乐茶楼》《堕民的悲歌》《撑排工》等，都是用直视的角度娓娓道来。这些与运河有着千丝万缕交集而又独具特色的自然风物荡涤着读者的心灵。

因为金霖老师有在运河边生活的经历，所以每篇文章的情感都是真挚的，字里行间微妙到每读一次都会使人有种如临其境的感受。加上金霖老师本来就是海宁的一位老作家，善于对文字的正确使用和把控，所以句读的完美与微妙就不言而喻了。

"男人们身体里奔涌着烈火"（《堕民的悲歌》），"一些粗鲁的，不正经的语言像碎瓦片从泥木匠、铁匠、篾匠、脚夫等群体中扔向人群，溅出哄笑、嘲笑"（《堕民少女》），没有足够的生活体验，就不会有这么贴切的词语交汇。

3. 孕育《水的音响》之摇篮

《水的音响》引言有这么一句话："一艘二十五吨三帆船是我幼年的摇篮、少年的课堂、老年的念想。"这艘大船于 1932 年启用，至 1971 年结束使命，历经抗日战争、解放战争，航进新中国。金霖老师 1954 年出生，青少年时期随着大船漂泊在千里运河上。他的记忆里，"一艘船就是一户人家"，一杆篷帆、一支橹、几根竹篙，还有两块大跳板，便是他们赖以生存的工具。

船、水、人家，简单的生活，不一样的风景，激发聪慧的小金霖去看，去听，去想。他说："在大帆船上的少年时光及运河的背景影响了我一生，幕幕往事，犹如昨日。""这一路风情、一路诗画，足以让搞艺术的朋友们迷醉。不！所有热爱生活的人都会神往。"他还说："两岸风光、水上帆影、船民们的精神及奔涌的波浪都是一种审美，一种写作的源泉。"

是的，正是因为金霖老师热爱生活，深入生活，悟透生活，才成文累篇，著就了《水的音响》。"运河的灵魂在水、在桥、在古巷、在人们的内心深处"，《水的音响》的灵魂在观察、在热爱、在勤奋，也在精神，在运河人勇往直前的奋进不懈的精神中。

二、《水的音响》巧妙运用创作形式

1. 叙述方式灵活多样

叙述是记叙性文章的主要表达方式，作者用它来展开情节，交代人物活动和事件经过。叙述的基本特点在于陈述"过程"，构成交代和介绍的主要内容。时间，地点，人物，事情的起因、经过、结果是叙述六要素。无论是人物活动的过程，还是事情发生发展变化的过程，都是"过程"在一定时间条件下进行的。

作为一个资深老作家，顺叙、倒叙、插叙、补叙等，金霖老师的文章里都用到了，衔接流畅，转场自然。全书两部八十五篇文章中，大部分采用的是顺叙，偶有倒叙和其他。比如《阿祖看天识水》便是倒叙，文章第一段写"阿祖伯退休三十年了"，第二段写"阿祖伯在年轻时因头脑活络，被一帮船民推举'长脚'"，造成悬念，引人入胜。

从艰辛中走来，金霖老师这本书中的每一个字都在告诉人们——所谓生活，就是不论什么时候，人都要生动地活着。人生态度须自洽。为此，他的笔锋性格交织出的是一幅稻穗一般谦逊、认真、乐活的中国运河文化生活盛景图。不需要华丽辞藻，也不用刻意炫技，就能到位、生动、深刻地表达那些有洞察、有画面、有哲理的想法和思考。

2. 修辞手法生动贴切

修辞手法是为提高表达效果，用于各种文章，在语言写作时表达方法的集合，一共有六十三大类七十九小类。通过修饰、调整语句，运用特定的表达形式，来提高语言表达作用的方式。六十三大类修辞手法中，见得最多的是比喻、白描、比拟、叠音、叠字、排比、顶真、对比、反问、夸张、引用等。

举个例子，《江南运河生态》一文中，金霖老师有这么一段用到了多种修辞手法，读来甘之如饴："如果说江南运河是一首奢华绮靡的诗，那么太湖就是一出风姿绰约的歌。诗和歌同根同宗，前者走向精神贵族的殿堂，后者走向沿村的田野。运河和太湖同俗，其美学风貌也同属于女性美，伴随在江南的水轻轻舞美，水更富有坦荡的气势。"

再如："'书中也赋寒山寺，脊骨无门第几桥'，这是江南的水。它总是灵性摇曳，流动着文人骚客的孤怀心思。不光气象阔大，还有一种辽远的韵味。"引用与比拟恰到好处，独具神韵。

3. 所述内容包罗万象

在《水的音响》里，金霖老师以主观视角忠实地呈现船民的情感与生活，不仅记录每一次重大历史事件，还记录运河船民和两岸百姓"碎片化"的日常；不仅笼统描述春夏秋冬，也分细节详写某一天或每个时间点。他将自身文化与生活印象最深部分以记忆主动选择形态十分妥帖地加以罗列与呈现。

"一叶小舟一老翁，一只菱盆一老妇，近处是萍叶如枫，远处是塘路、堤岸向天边延伸，岸边游着鸭群、鹅群，水草尖尖上是蜻蜓、是彩蝶，小鱼小虾打堆的河中，水面上有水蜘蛛不留足迹的行走。"

"运河在浓浓的吴歌越语里如一幅水彩画延展开来，延展成一条条支流，串起村庄和乡镇。古廊棚、拱桥下、水阁房、社戏台，数不尽的船队、看不够的两岸风光。"

三、《水的音响》喜逢盛世赞誉不断

千里运河，迤逦穿行。大运河见证着中华民族的奋斗与兴盛。两千多年来，她以罕见的时空尺度流淌至今，作为一个重要的文化符号，为世界所瞩目。大运河作为"流动的文化"，既是时间上的流淌，也是空间上的绵延。为此，习近平总书记做出重要指示："大运河是祖先留给我们的宝贵遗产，是流动的文化，要统筹保护好、传承好、利用好。"如何传承？《水的音响》便是最好的回答。

浙江省音乐学院、中国音乐学院教授、博士生导师孟凡玉评价说：金霖的创作灵感，来自江南水乡美轮美奂的自然风光，是江南水文化孕育出来的艺术结晶。用历史上赞美江南吴歌的诗句"慷慨吐清音，明转出天然"来形容刚好合适，也算是恰如其分吧。"水的音响"，诗意盎然；天籁之音，令人神往。

清华大学历史系教授仲伟民说：通过船民多样的经历与丰富的情感记忆，我们得以窥见这片运河区域内错综复杂的社会脉络和文化关系。中央民族大学教授林继富说：正是在这样一种关系性的、精细化的视角中，我们走入船民记忆的纵深处——"通过船民近百年来的生活图景，我们能看到其中文化，发现运河文明独特的生长方式"。

一级作家、海宁市文联文艺评论家协会主席王学海评价道：《水的音响》也是一部运河风情史，为当代文学画出了独特的乡野风情。它恰恰也组成了运河的肌理，劝告着风，让它再晚点走，因为，不化妆的运河和水，是最真诚的自然，是最独具特色的江南。

"颂优游以彬蔚，论精微而朗畅。"《水的音响》问世，掀起了运河文化的一重新浪，清脆磅礴。它是金霖老师数十年文学创作的结晶，也是个人人生中的一段经历呈现，更是运河文化里突现的一道靓丽风景。

跟随金霖老师的文字，顺着书中《船家女人》的片段，结束这次粗浅的评论：遥望运河的船队，我忽然感悟到，我童年其实拥有运河上发出的音乐，拥有运河的小鸟和鱼群。浪花比鲜花更壮观，帆影比衣裙更美丽，一艘船就是一根手指，拨动运河水，拨出了长长的韵味……

倾听一种永远

——读王学海组诗《石头有时真会说话》

童程东

王学海的诗，与整个时代的脉搏息息相关。诗人非常注意自身灵魂的挣扎洗礼和内在思想感情的层层开掘。他精心构筑的这个诗歌城堡，潜藏着众多的隐秘暗喻和新奇的意象。

近又读到其组诗《石头有时真会说话》（《中国作家》2018 年第 8 期），诗人有意无意之间设置了五种独特的声音：石头的话语、阳光的欢笑、心对土的低语、失语的童话和深呼吸。这五种声音此起彼伏，高低错落，形成了诗歌特有的交响乐，奏出了新时代知识分子的悲悯情怀和博大的心胸。

第一首诗《石头有时真会说话》写个体在攀登的过程中，生命的活力会源源不断地被激发。这种活力，这种豪气傲古视今，可以直追李白的游侠气。

"我再次攀越这座孤山 / 将童稚和青春贴上鞋尖 / 沿着先祖出没的足迹 / 蹦蹿气息弥散的时空。"从诗句中我们明显地感受到中国古典诗歌中"游侠"的精神气质和民族传统文化基因的传承。王学海承续了民族文学最优秀诗人的精神传统，与自己民族的命运有着不可分割的精神联系，能够深刻理解和传达这个民族的命运和情绪。然而，其中又充分体现了诗歌的现代意识，突破了古典诗词严密的艺术系统对新诗创造的沉重束缚与压迫。王学海的诗歌轻灵自由，犹如春天的百灵鸟在空中飞翔、吟唱。

在吸取古典诗词艺术精华的同时又推陈出新："见证的是那一堆褐色的岩石 / 晒足了太阳又不愿吐出 / 梦想在身上闪出斑点……生命本来悬着许多未知 / 石头，有时真会说话。"

石头，在王学海的笔下成了永恒价值的象征。它坚硬，沉默，永久，富足；它充满了智慧，穿越了古今。诗人用"见证"一词，巧妙地在象征与抒情主体之间构架起了一座意义的桥梁。

第二首诗《走夜路》写了夜行的自由与快乐，给人静谧与神往。现代社会中，人们在各种机制中显得异常忙碌。人们睡醒之后，就踏上了某一条飘飘荡荡的道路，汇入了匆匆的脚步中。生活就像转动的齿轮，一环连着一环。人们几乎来不及思考行走的意义，也从来没有拥有一个人真正静谧的私人空间。诗人在第一小节中写道："走夜路的意义 / 是一种不可捉摸的黑 / 星星尽管睁开无数双眼 / 你的自由就像它的千万根眼睫。"这样的诗句给人的灵魂片刻真正的自由，让人远离俗世的喧嚣。在情感的驱动下，诗人的想象力达到了极致，他把"自由"比喻成了星星的"千万根眼睫"。

柯尔律治说，最理想的完美诗人能使人的全部灵魂活跃起来，使各种才能互相制约，然后又发挥其各自的价值与作用。他到处散发一种和谐一致的情调和精神，促使各物混合并进而融化为一，所依靠的则是一种善于综合的神奇力量，这就是我们专门称为想象的力量。王学海深入事物内部，并将一切整合为优美而机智的整体。诗歌的结尾这样写着："这时的身体已离开肉身 / 它的游弋只于对象负责 / 时间和规则成了过时的旧章 / 阳光滑出行走时发出的欢笑。"

这里，诗人追求的自由已经升华成为另一种境界，超越了俗世的规则。在夜路上，诗人写出了阳光的欢笑。王学海诗中的矛盾和张力，给人强烈的冲击，读来字字千钧。

第三首《读书的时候》写了被传统力量和世俗偏见所遮蔽的温暖人性，那些埋藏在历史深处的明眸善睐、柔情蜜语。诗歌用"读书的时候"作为开篇首句，犹如开山巨斧，给读者留下了一条通向"世外桃源"的康庄大道。诗中呈现的意象，看似信手拈来，实则是诗人精心选择、匠心独运的结果。如：稻、麦，草茬、野花，竹林、风声，草丛、蚯蚓，小溪、卵石，树、藤蔓。这六组意象，两两相对，相互依存，自然天成，散发着迷人的芬芳。读这样的诗句，人们仿佛行走在阳光下落英缤纷之处。这与陶渊明的《桃花源记》如出一辙："缘溪行，忘路之远近。忽逢桃花林，夹岸数百步，中无杂树，芳草鲜美，落英缤纷，渔人甚异之，复前行，欲穷其林。"人人心中都有一片属于自己的桃花源。这样的桃花源，将和梭罗的瓦尔登湖、沈从文的边城一样，成为心灵诗意栖居的一方圣土。

然而，在残酷的现实生活中，所有美好自然的一切，或多或少受到了背叛和装饰："在梦蝶中有可能已不是庄子 / 多少双手搁背了镰刀……因此玫瑰不一定是

红的 / 玫瑰也是睡眼中的一个微笑。"诗人聊以安慰的是"鸟儿看得明白，那是心对土的低语 / 世上根本不存在孤独"。"心对土的低语"，这是世界上最诚挚的誓言。

第四首《日落又将踏上日出的路》，读标题就会感受到一种回环往复的忧伤气氛，挥之不去。如果把组诗比作一曲交响乐的话，到了第四乐章就进入了低声部，旋律低沉缓慢，悲凉充塞了天地："所有的纯真 / 都朝向少年的那条路 / 轻轻地滑入一尖草丛 / 童话的昨天已经失语。"春天的河流被河岸背叛，被喧嚣的城市占领；就连蚕茧和桑树，乡村浜兜里的鱼，忠诚的杜鹃都浮躁地进入商品的价值轨道中。因此，诗人再次忧伤地吟唱着：日落又将踏上日出的路……

第五首《穆旦花园的月光》，让人感受到喷薄的力量。诗人如同一个巨人，左手持着开山巨凿，右手抡起榔头，在悬崖峭壁上凿出银钩铁画，火花四溅，夺人心魄。组诗的交响乐成分进入了第五乐章，诗人以穆旦的名义，奏出了最强音："下弦月式的目光 / 淡淡地留在以你命名的花园 / 在清明的节气里 / 又一次浮出。"即使是一弯新月，也怀抱着团圆的希望。穆旦坎坷的人生遭遇象征着人世间所有的艰难困苦，多少人在其中沉沦、淹没。

诗人王学海在南开大学的校园里，寻觅到了"一株白桦，静默着 / 树皮崩裂出喷溅的浆"。他发出了惊天动地的呼喊："骨头照白了月光，/ 回望中 / 默祈校园能真给你一次 / 无困难的 / 深呼吸。""骨头照白了月光"，王学海的诗情发挥到了极致，超越了诗歌技巧层面。穆旦必将像恒星一样闪耀在民族复兴的时空，人世间所有的阴霾也必将被扫除一空。

为了不再蒙尘的鲜花（外一篇）

——评王学海长诗《神奇的挪动》

长诗切忌小题大做，拉长篇幅，内容平庸，平冗散缓，没有任何曲折变化、起伏开合。然而，读王学海的长诗《神奇的挪动》，始终感觉着一种生命的律动，百转千回，由弱渐强，犹如钱塘江的潮水，最后汇成巨大的洪流。诗作沉郁顿挫，张弛有度，叙事抒情熔于一炉。

一、宏大凝练的结构

诗歌，应该讲究结构美的经营。《神奇的挪动》这首长诗的形式，吸取了国外自由体诗的优点，也融合了我国古典诗歌的特性，体现着自由体的民族化。然而，诗歌自由而不散乱，始终有某种"规律"使其统一。从整首诗的结构上看，全诗共分三大部分，分别是长征途中红军英勇事迹的闪回式叙述、国际上著名人物对长征的评述、诗人个性化的抒怀。这三大部分并非按照传统诗歌的时空线索展开，而是交融在一起，呈现出迂回曲折的立体型复合式结构特点。全诗总共二百二十二行，每一节都力求在节奏变化中保持和谐，在抑扬顿挫中回复往返，音韵和谐，具有很强的音乐性。再从诗歌的小结构上看，诗人采取了转折顿挫的手法，从而使诗句凝练，情感浓郁，诗意盎然。

作为长诗的开端，诗人独具匠心，别开生面，从红军战士行军的一个细节入笔，从而拉开了长诗的帷幕。如果把整首长诗看作一条长河，那么第一节诗句就是源头。前面两句"你每根脚趾的挪动/都有一颗星在当空跳跃"，采用了诗经传统的"比兴"手法，开篇营造了一种"高原态势"。当读者认为诗人将高亢激昂地直抒胸臆时，谁知他笔锋一转"那是一个泥泞的中国"，读者心里一沉，红军长征途中不知要经历多少艰难险阻。诗人又宏开一笔"唯有穿草鞋的脚/才能把泥丸/走成铁弹"，这一转，又把情感的基调变得昂扬起来。我们仔细观察，诗人在这里设置了两个转折，从而获得了"沉郁顿挫"的表达效果。纵观全诗，转折顿挫的结构在很多章节里都有所呈现。

二、修辞的陌生化效果

隐喻是诗歌基本的表现手段，诗人大量使用，而且用得自然自如、真切可感。其中最让人拍案叫绝的是一些采用了陌生化手法的奇妙隐喻，把性质相差很远的意象并置，造成一种新奇贴切的艺术效果。

比如诗人在第三节中引用英国"二战"名将蒙哥马利的话语：

"这是本世纪最伟大的军事史诗/一次坚忍不拔的惊人业绩"/英国"二战"名将蒙哥马利/"他的惊叹，让世界历史充血"。

诗人的引用恰到好处。之后，诗人的抒情更见功力，"他的惊叹，让世界历史充血"。诗句的原意是蒙哥马利的评述震动了世界，但是诗人用了"充血"这个拟人化的词汇，形成了一种新的隐喻，达到了陌生化的效果。

所谓诗无达诂，结尾的诗句还蕴藏着很深的寓意。寓意是什么？诗人并未说出。每一个人生阅历和人生经验不同的人都会有不同的感受和体验。诗人留下创造的空间，让读者自己去补充和诠释。最后两节是诗人的自我观照和心理剖析，结尾两句呼喊一种由衷的赞美和渴望之情。在运用隐喻中，诗人又十分注意修辞的前提作用。诗人在这首长诗的修辞上做出了重要的探索，我们知道，修辞是诗能够在日常言语的实际表意功能之外获得多重意义和悠远韵味的重要方式。诗人让《神奇的挪动》回到日常口语的本真鸣唱，语言流畅自然，绵延不绝，犹如阳光映照水面。诗人告别了中国古典诗歌中常见的意象重叠之风，但并不放弃诗歌意象的塑造和多种修辞手法的运用，只不过这些修辞已经脱胎换骨，铅华洗尽，推陈出新，展现出清新刚健的诗风。

三、博大深沉的现实情怀

读《神奇的挪动》，如同经历了一场宏大的生命礼赞，给人以强烈的震撼，极容易让人联想到著名诗人穆旦的《赞美》。

《神奇的挪动》是王学海先生在庆祝建党九十五周年期间创作的抒情长诗。诗歌以"赞美"为主题，以"红军长征精神"作为全诗的情感基调，在中华民族伟大复兴的今天，深度剖析了红军伟大的人格力量，对当下做出了针对性的批判，也唱响了一曲高昂的民族精神的赞歌。

诗人在诗作的首尾两次提到"蒙尘"，犹如羚羊挂角，让人揣摩到他那一颗敏感而又博大的心灵。相信只要诗歌流传的地方，正义和阳光总会普照其每一个阴暗的角落。

我们不难发现，诗人在用他博大深沉的胸怀歌唱。他在艺术表现上还采用了象征手法，诗人字面上是在歌唱长征，实际上是赞美中华民族的一种奋发向上的力量。诗人王学海的诗作正是表达了中华民族坚忍不拔的精神内核，把握住了中华数千年来的文化之根。

总之，《神奇的挪动》是一首热情澎湃、气势磅礴，叙事中具有严密的结构，把浓烈的感情和故事有机融合着，把抒情性和叙事性巧妙地结合着的佳作。全诗的艺术风格质朴明朗，语言自然而有力度。特别是很多排比句的运用，一贯到底，为诗歌增添了酣畅的活动感，增强了语势，犹如钱江大潮，自天际而来，最终形成排山倒海的气韵，把革命历史的悲壮和诗人的情怀发挥到了极致。

探索徐志摩诗歌意象与美学追求

王　铮

新诗运动从诗歌形式上的解放入手，这正是总结了晚清文学改良运动与诗界革命的历史经验，而做出的战略选择。

新月派的格律诗主张，文学创作中呈现多元的趋势。自由体作为旧诗的对立物，肩负冲破旧诗的使命，只要能达到这样的目的，就算它的胜利。

1923 年成立的新月社，胡适、梁实秋、陈西滢都曾是它的成员。这个团体在新诗领域曾有很大影响，因为它拥有以徐志摩、闻一多为主将的一批成就卓著的诗人。徐志摩在《诗镌弁言》中宣告："我们……要把创格的新诗当作一件认真事来做。"此文是新月社诗人新格律诗宣言。

将近过去了一个世纪，诗人徐志摩和他的诗在广大读者的心目中，依然是一双深情的眼睛，依然在追逐那一片呼之即来的云。

一

意象这个词含义不确定，有游走性。一般而言，它的含义是表义的象；特殊而言，它的含义是意和象，也就是说，中国古典意象就是意和象。现代诗的意象，意、象之间不是"和"，而是"就是"，意就是象，象就是意。意象就是表意的象。徐志摩的诗歌意象独树一帜。

柳作为一个现实的物象，是一个情意缱绻的常见意象。诗人将柳归入自己的诗作时，同时也倾入自身的激情、品行情致与意向审美。如《再别康桥》，诗人借描写客观景物的间接抒情方式，来贯彻新月派"理智节制情感"的诗歌原则。诗中的波光、柳树、青草、清泉、榆荫、彩虹、划船撑篙者的身影，有的是实物描写，有的是景物与情感结合的点染勾勒。诗人通过景物意象突出诗歌的画面感，精心安排诗歌的句、节，重视诗句的音尺、韵脚，都是对"三美"理论——"绘画美""建筑美""音乐美"的成功实践，充分体现了格律诗派的艺术主张与风格。《再别康桥》不仅是徐志摩个人的代表作，在整个新月派的诗歌中也堪称典范之作。"那河畔的金柳，是夕阳中的新娘；波光里的艳影，在我心头荡漾。"当新月派诗人徐志摩又一次盘桓于浪迹天涯的剑桥大学时，柳成了他依附情愫的对应物，但我们从中却能悟到徐志摩对康桥的一腔热血，将"河畔的金柳"比喻成"夕阳中的新娘"，秀外慧中，温婉可人，当柳树倒映在康河水面的景况沉浸了徐志摩无尽的愉悦与依恋的热忱。

雪花进入徐诗的寰宇，是当然或偶尔，雪花的明净、洒脱、灵气造就了徐志摩探索"爱""美""自由"的天赋，成了徐志摩诗的浩瀚意象群，特别是苍穹里闪烁的那枚雪花。徐志摩对音乐没有深层次探索，但他的诗有较强的韵律美，诗里常用叠音、双声、反复等艺术手段使得诗歌读来韵律融洽、抑扬顿挫。诗里使用叠音词，例如"涓涓""翩翩""盈盈"等，使雪花意象有了灵巧、洒脱、可人的感触。"翩翩的在半空里潇洒"，"在半空里涓涓的飞舞"，"盈盈的，沾住了她的衣襟"，"翩翩""涓涓""盈盈"这几个叠词的运用，浓墨重彩地写出了雪花态势的柔美与优雅。志摩笔下的雪花曾有无数次飞扬的影子，那飞扬既有方向又有思想，"我一定认清我的方向"，"这地面上有我的方向"，"你看，我有我的方向"。胡适在《追忆志摩》一文中云："志摩的人生观真是一种单纯的信仰，这里有三个大字：一个是'爱'，一个是'美'，一个是'自由'……"（《新月》四卷一期《志摩纪念号》）。

徐志摩诗歌中还有很多其他意象，例如艳影、水底、荡漾、康河、柔波、水草、一潭、清泉、彩鳞、清露、涟漪、倩影、波粼、浮藻、沉淀、大海、青荇、金柳等。其中"云"意象也非常丰富，他同样以"云"诠释了对"爱""美""自由"的寻觅寻求。如"我轻轻的招手，作别西天的云彩"（《再别康桥》），"在夏荫深处仰望着流云"（《杜鹃》），"我是天空里的一片云"（《偶然》），等等。"爱"即志摩的魂魄，"爱"亦是他创作的动因，志摩的爱情诗侧重竭诚、热诚情愫的表达，狂放、柔美格调的呈现。"云"在形式上轻捷、飘曳，意蕴自由、逍遥洒脱，所以，"云"又是志摩依附自由梦想的载体。徐志摩的诗作拥有深远的思想内涵，是用生命与爱演奏的人间乐韵，令咱们变成天空里的那片云，与志摩共同仔细品尝咀嚼人世间的"爱""美""自由"。

二

志摩的诗，能穿透云与现实，是因为诗人在诗中寄托着他的全部理想人生。而他诗歌的思想特色最主要的是对理想的追求，这个追求在他的早期诗歌中表现得最为直接，如《为要寻找一个明星》。诗的结尾对理想追求写得最为出色，它像一幅震撼灵魂的油画："这回天上透出了水晶似的光明，/荒野里倒一只牲口，/黑夜里躺着一具尸首。/这回天上透出了水晶似的光明！"

《雪花的快乐》无疑是一首纯诗。在这里，现实的"我"被彻底抽空，雪花代替"我"出场，"翩翩的在半空里潇洒"。但这是被诗人意念填充的雪花，被灵魂穿石的雪花。这是灵性的雪花，他要为美而死。值得回味的是，他在追求美的过程中丝毫不觉痛苦、绝望；恰恰相反，他充分享受着选择的自由、热爱的快乐。雪花"飞扬，飞扬，飞扬"。这是多么坚定、欢快和轻松自由的执着，实在是自明和自觉的结果。而这个美的她，住在清幽之地，出入雪中花园，浑身散发朱砂梅的清香，心胸恰似万缕柔波的湖泊！她是现代美学呈现永恒的幻象。对于诗人徐志摩而言，或许隐含着很深的个人对象因素，但身处其中而加入新世纪曙光找寻，自然是诗人选择"她"而不是"他"的内驱力。

与阅读相反，写作时的诗人或许面对窗外飞扬的雪花热泪盈眶，或许独自漫步于雪花漫舞的天地间。他的灵魂正在饱受囚禁之苦，现实和肉身的沉重正在折磨他。当"星月的光辉与人类的希望"令他唱出《雪花的快乐》，或许可以说，诗的过程本身就是灵魂飞扬的过程？这首诗共四节。与其说这四节韵律铿锵的诗具有起承转合的章法结构之美，不如说它体现了诗人激情起伏的思路之奇。清醒的诗人避开现实藩篱，把一切展开建筑在"假如"之上。"假如"使这首诗定下了柔美、朦胧的格调，使其中的热烈和自由无不笼罩在淡淡的忧伤的光环里。雪花的旋转、延宕和最终归宿完全吻合诗人优美灵魂的自由、坚定和执着。这首诗的韵律是自然的音籁、灵魂的交响。重复出现的"飞扬，飞扬，飞扬"织出一幅深邃的灵魂图画。

对理想的追求，既是徐志摩早期诗歌的主要内容，也是他全部诗歌的美学意义与显现。在这类诗中，对现实的谴责，是理想追求过程中对现实社会的失望和指责，对人民生活的同情，等等。在徐志摩的爱情诗歌中，"爱情"常常是理想的化身，许多追求理想、谴责现实的作品，都是以爱情诗歌的面目出现的，如《翡冷翠的一夜》中的"……进了天堂还不一样得照顾，我少不了你，你也不能没有我；要是地狱，我单身去你更不放心，……你不能忘我，爱，除了在你心里，我再没有命；是，我听你的话，我等；等铁树儿开花我也得耐心等，……"诗人从两个方面写对爱情的坚贞不渝，一是写"进了天堂"或"要是地狱"都要成双成对；二是写"等铁树儿开花我也得耐心等"，诗人笔墨驰骋，多角度、多层次、淋漓尽致地描写了爱的主题。而他的《这是一个懦怯的世界》更是郁结于胸、愤情喷发之作。诗人把对真挚之爱的追求和"懦怯的世界"相对立，毅然决定"抛弃这世界／殉我们的恋爱"，不畏用荆棘冰雹的刺伤和袭击，一心逃出牢笼，去寻找"天边的自由""理想的天庭"，去"恋爱、欢欣、自由"。整首诗富有极大的冲动，不仅是爱的颂歌，而且意蕴着反封建禁锢的深刻内涵。所以，茅盾先生说："我以志摩的许多披着恋爱外衣的诗不能够把它作单纯的情诗来看的；透过那恋爱的外衣，有他的那个对于人生的单纯信仰。"故而，徐志摩的爱情诗的情绪上的变化，在很大程度上受他的理想命运的影响。

徐志摩虽然生命短暂，他的一生却曾执拗痴迷地追求"爱、美、自由"。徐志摩出身于一个封建富商家庭，西方资产阶级自由民主思想的影响使他成为一名反封建的知识分子，在当时的现实社会里"理想主义"的碰壁，使徐志摩对黑暗的现实环境产生不满与反抗，同时他也把理想寄托在一个幻想的世界里。他曾在《自剖》一文中写道："个人最大的悲剧是设想一个虚无的境界来谬骗自己：骗不到底的时候，你就得忍受'幻灭'的莫大痛苦。"虽然也常感幻灭的痛苦，但在美好的幻境里，诗人无疑可以找到一个与现实世界相对抗的精神世界，使得他那颗受损的灵魂得到抚慰和憩息。再者，对于一个富有浪漫主义气质和激情的诗人来说，他往往能在幻想的"理想"世界里找到灵感的泉源，使心灵想象的翅膀得以自由翱翔。

徐志摩的《再别康桥》《偶然》《沙扬娜拉》等一类诗作，婉转柔靡、情致曲折。《这是一个懦怯的世界》则格调明朗激越，诗的前两节表现诗人逃出现实牢笼的坚定信念，后两节则描绘一种理想的幻境，全诗从"跟着我来，我的恋爱"直至看到"理想的天庭"，一气呵成，抒发出诗人满腔的浪漫激情。诗的最后一段，像一幅美丽的画，如一首欢快的歌，流溢其中的是诗人掩饰不住的喜悦与激动，最后一句"辞别了人间，永远！"宛如一曲轻盈欢快的调子戛然而止，又像是"逃出牢笼"、看到"理想天庭"的诗人发自内心的舒坦。

徐志摩是贯穿新月派前后期的重要人物。他热烈追求"爱""美""自由"，追求"人"与"自然"的"和谐"，与他那活泼好动、潇洒灵动的个性及不受羁绊的才华和谐统一，形成了徐志摩诗特有的灵动飘逸的艺术风格。因此，有人说他的人与诗都是"古典理想的现代重构"。徐志摩总是抓住每一首诗特有的"诗感""原动的诗意"，寻找相应的诗律，志摩的诗几乎全是体制的输入和试验。徐志摩总在不拘一格地不断试验与创造中追求美的内容与美的形式的统一，以其美的艺术精品提高着读者的审美情趣。

三

纵观徐志摩诗歌的思想层面，他可谓是一个"焦点"式的人物，这些不同乃至对立思想与观念却奇妙地围绕着他的人道主义理想而集合成了一个拼盘。也许历史正是如此启示着人们，愈是复杂的诗人就愈是有魅力。因为，徐志摩把人生的复杂性做了诗意的提炼，我们从中不仅能窥视到自己，且能窥视到社会。而这一切，要不凭借诗人的笔墨，常常难以曲尽其幽的。徐志摩复杂而又矛盾的世界观，实际上反照出那个时代思想多元化的层面，于是他对社会变革的热情与他对革命的恐惧构成了一对相当深刻的矛盾，使他在现实中很难看到光明的存在。这一无法解脱的困境，便在很大程度上导致了他从乐观主义向虚无主义跨越。而这种跨越又规定了他诗情的变迁，规定了他作为那个时代苦闷、消沉情绪代言人的命运。由于他的理想在当时的中国只是幻想，因此，他被称为中国布尔乔亚"开山"的诗人。从主观来看，徐志摩以他自己的作品说明了他是中国资产阶级（"布尔乔亚"）作家中最有成就的诗人。从客观来看，徐志摩所追求的理想，只能是极幼稚的幻想。作为一个现实之人，作为一个诗人，徐志摩由暖至寒的诗情变迁亦有悲剧性。

徐志摩除了苦苦追求理想人生外，在诗艺上同样也做了不懈的努力与追求。他在诗艺上的变化多端是因为当时渗进了各种西方艺术的思潮：浪漫主义、唯美主义、颓废主义、古典主义、象征主义等，都随着他的诗艺探索而不同程度地汇集到他的身上。通过徐志摩，几乎可以看到当时中国新诗在诗艺方面总的轮廓。徐志摩对诗艺实验的巨大热情，除了源于他的个人艺术兴趣外，一方面产生于他所接受的英国文学的熏陶；另一方面则产生于当时新诗的历史缺陷：人们在摆脱传统诗艺的僵局，追求平易自然的诗风，创造性地启用白话语言来传达时代感受，给中国诗歌传统加添"旧诗格所不能表现的意致的声调"。徐志摩与闻一多一起，竭力克服白话诗流行以来所存在着的空泛、浅显的毛病，成为 20 世纪现代诗坛上成就最突出的新月派代表诗人。徐志摩作为新诗运动的先驱之一，虽然他在诗歌理论上没有提出闻一多的"三美"那样具体的要求，但他仍然主张要把创格的新诗作为一件认真的事情来做，强调诗文与各种美学的新格式与新音节的发现，追求一种诗歌"完美"的形式。

综上所述，徐志摩寻求新诗的美学意义已成为一种规律性的内在要求，成为新诗发展的必然趋势。当然，徐志摩是从唯美主义的角度首次将新诗引向自律的轨道，完成了对早期新诗的无治状态的超越。只有站在这一高度上，我们才能看清徐志摩诗意探索的历史功绩。虽然徐志摩并未达到完美的境界，但作为当时"唯一"在新诗艺术方面"锲而不舍"地"努力的人"，他为新诗带来了许多新观念、新方法和新体制，增强了新诗的表现力，提高了新诗艺术素质，巩固了白话诗在文学史上的地位，并为人们在新诗探索上拓宽了各种各样的发展前景。徐志摩曾明确指出：艺术的原则是从特殊的事物里去寻找普遍性，这共性就是真理。其实，在艺术的范畴里，也只有剥尽个性的外皮，方可以窥见到真理的内核。而这正是徐志摩艺术观念中自我意识的真正归宿。他为新诗"创格"功效卓著，不仅创造出一路的诗风，而且纠正了自由体诗因过于散漫而流于平淡肤浅的弊端，进而使徐志摩诗歌蕴含了丰富的美：音乐美、绘画美、建筑美、纯真美、轻灵美等，这些美是徐诗的精髓，也是其艺术魅力所在，美是打开徐诗艺术殿堂之门的金钥匙。因此，是徐志摩使现代新诗美起来，其功显赫。

泰戈尔：我写过这首诗吗

王洁熠

泰戈尔是著名的印度诗人，也是第一个获得诺贝尔文学奖的亚洲人。

《飞鸟集》《园丁集》《吉檀迦利》《新月集》……他的诗歌被多次译成中文，影响了徐志摩、郭沫若、冰心等一大批中国现代文学的重要人物。

即使你对诗歌不感兴趣，多半也曾听过收录于《飞鸟集》的名句："生如夏花之绚烂，死如秋叶之静美。"

前些日子，有位朋友向我发来消息询问，这几段诗都是泰戈尔的吗？译者又是谁？

生命，一次又一次轻薄过
轻狂不知疲倦

——题记

1

我听见回声，来自山谷和心间
以寂寞的镰刀收割空旷的灵魂
不断地重复决绝，又重复幸福
终有绿洲摇曳在沙漠
我相信自己
生来如同璀璨的夏日之花
不凋不败，妖冶如火

承受心跳的负荷和呼吸的累赘
乐此不疲

2

我听见音乐，来自月光和胴体
辅极端的诱饵捕获缥缈的唯美
一生充盈着激烈，又充盈着纯然
总有回忆贯穿于世间
我相信自己
死时如同静美的秋日落叶
不盛不乱，姿态如烟
即便枯萎也保留丰肌清骨的傲然
玄之又玄

3

我听见爱情，我相信爱情
爱情是一潭挣扎的蓝藻
如同一阵凄微的风
穿过我失血的静脉
驻守岁月的信念

4

我相信一切能够听见
甚至预见离散，遇见另一个自己
而有些瞬间无法把握
任凭东走西顾，逝去的必然不返
请看我头置簪花，一路走来一路盛开
频频遗漏一些，又深陷风霜雨雪的感动

5

般若波罗蜜，一声一声
生如夏花之绚烂，死如秋叶之静美

还在乎拥有什么

我并未读过泰戈尔的诗歌，除了末尾这两句外，其他是一句也没有听说过。

于是我打开搜索引擎查阅了一番，条条结果都明白无误地告诉我，这就是泰戈尔的《生如夏花》，收录于《飞鸟集》，译者郑振铎。

于是我放心回复了朋友。

本着严谨认真的态度，几分钟后我又打开了微信读书，找了一本郑振铎译的《飞鸟集》电子书进行全文搜索，结果没有查阅到任何相关条目。

输入"生如夏花"，仅有"生如夏花之绚烂，死如秋叶之静美"一句。

会不会是翻译或是版本的问题？

我又在《新月集》《园丁集》《吉檀迦利》《泰戈尔诗选》《泰戈尔诗集》《泰戈尔的诗》《生如夏花》等各种各样的泰戈尔诗集中进行了搜索，无一例外都没有结果。

这么看来，这首诗能确定是泰戈尔所写的仅仅末尾的两句而已，那么为什么那么多人都言辞凿凿地说作者就是泰戈尔呢，甚至在泰戈尔相关诗集的评论区都能见到这首诗？

经过反复搜索后，我终于发现了蛛丝马迹。

对于"生如夏花全诗"和《飞鸟集》第八十二首《生如夏花》的差异感到疑惑的人并不少。有人肯定这就是泰戈尔所作，有人则归咎于盗版。在众多回答中，有一位网友的答案给出了新的方向。

于是我按图索骥重新进行搜索，果然在天涯社区找到了这首诗！

激动地点开链接，果然没有让我失望！

终于，"生如夏花全诗"的问题算是真相大白了。

2003 年，天涯网友 white 夹竹桃因当时正值朴树新专辑《生如夏花》即将发行，又十分喜欢"生如夏花之绚烂，死如秋叶之静美"一句，于是有感而发创作了这首同名诗。因标题中带有"泰戈尔"，又在诗中加入了"生如夏花"原诗，在传播过程中逐渐被误传成泰戈尔本人所作。

至今这首诗仍然被冠以"泰戈尔作品"之名广为流传，而原作者一直在网络世界中默默无闻。近二十年的传播中，也有不少人发现了这可能是"伪作"，但这些疑问在众多以讹传讹的肯定声音中被淹没，没有掀起什么浪花。

在查证过程中，我还意外发现了另外一首流传广泛、被误认为是泰戈尔作品的诗句，相信你也一定听过。

世界上最遥远的距离　　不是生与死的距离

而是　我站在你面前　你却不知道我爱你

世界上最遥远的距离　　不是我就站在你面前　你却不知道我爱你

而是　爱到痴迷　却不能说我爱你

世界上最遥远的距离　　不是　我不能说我爱你

而是　想你痛彻心脾　却只能深埋心底

……

同样地，在泰戈尔的任何诗集中你都找不到这几段话。

这首诗最早源于香港著名作家张小娴，出现在她完成于1997年的小说《荷包里的单人床》中。原文为"世上最遥远的距离，不是生与死的距离，不是天各一方，而是我就站在你面前，你却不知道我爱你"。

因为这首诗，张小娴还被打上了抄袭的标签，以至于她不得不在再版的《荷包里的单人床》序言中，专门就这个问题做出澄清。

其中提道：去年，我收到两封电子邮件，那两个女孩子说："'世界上最遥远的距离……'这一句，原来不是你写的，是印度诗人泰戈尔写的。"我看了觉得很奇怪，明明是我写的，为什么会变成泰戈尔的诗？今年2月，我去了台湾一趟，这才知道"世界上最遥远的距离……"这段文字去年12月在台湾很流行。一群阳明山医学院的医科生把我的句子延续下去，写了一首很有趣的诗，放在台湾的BBS网络上。自此以后，看到这段文字的人愈来愈多；于是，开始有人流传，说这其实是出自泰戈尔笔下。有人更言之凿凿说是出自泰戈尔的《飞鸟集》……

别人都以为我是抄泰戈尔的，只有我和我的出版社知道我没有抄，这真是世界上最遥远的距离。

幸好，后来有一位喜欢我的书的台湾读者到图书馆翻查了所有泰戈尔的书，证实泰戈尔从来没有写过这么一首诗。这位读者在BBS网络上替我"平反"了。

这些年在网上像这样被误传的诗歌不在少数，许多根本没有读过原作者诗歌的人毫无自觉，人云亦云误导他人。泰戈尔本人要是知道了，不知会作何想。

有情风送卷潮来

——评《纵横书卷遣华年——少年王国维》

朱利芳

在潮城海宁诞生的王国维是著名的国学大师,在教育、文学、美学、史学、哲学、古文字学、考古学等领域成就卓然,被梁启超誉为"不独为中国所有,而为全世界之所有之学人"。对于这样一位泰斗级的大师,揭秘他的成长史是一件极为有价值的事情。作者刘培良《纵横书卷遣华年——少年王国维》,把这位国学大师童年和少年的生活重塑成一部关于他的心灵和时代的信息量巨大的"百科全书",将王国维先生的内心景观及由他所折射的消失的世界呈现在我们面前。

一部填补王学研究空白领域之作

王国维出生在浙江海宁,自 1877 年底出生至 1898 年春离开,二十二年间基本上都在海宁盐官度过。他生如夏花般光华灿烂的生命只在世间存活五十一年时光,前半生几乎都在家乡。童年、少年及青年前期这段时间对他的生命成长、学术奠基、职业发展等影响至深至远,却又是王学研究相对"冷门"的领域。后辈学者多在他以学问构筑的群山高峰间探寻徜徉,流连忘返,而刘培良先生却探源问津,从王国维的人生起始阶段开始,书写这位国学大师的"断代史",从而为王国维先生整个人生及思想学术成就形成发展的起因和背景,提供了较为全面的历史依据,此书可谓是填补了王学研究的空白。

在一般人心目中,出身书香家庭的王国维虽然不是锦衣玉食,却也应是生活无忧,可以一心只读圣贤书,无所挂碍,专注于学问;但作者经过研究发现,先生从小的生活经历简直就是"天将降大任于是人也，必先苦其心志，劳其筋骨……"的翻版。一句话，他是吃过苦的。

王国维在海宁的二十二年时光，可谓坎坷。

幼年丧母，青年科考失利，他并非生活在大观园里，而是在时代风云里观世道沧桑，在洪流汪洋里探知谋生艰难。在书中，我们可以看到他从小就跟着父亲参与劳动，在火漆店帮忙，当"讨饭"式的收租人，打工做无聊的私塾老师，这些生动的场景完全颠覆了我以前对这位国学大师的认知，因此也极大地丰富了对静安先生性格和思想成长的认识。特别是读到王国维亲手植桑、看蚕养蚕的那些事，更新了我对静安先生写出《蚕》这首长诗的背景认知：

> 余家浙水滨，栽桑径百里。年年三四月，春蚕盈筐筐。蠕蠕食复息，蠢蠢眠又起。口腹虽累人，操作终自己。丝尽口卒屠，织就鸳鸯被。一朝毛羽成，委之如敝屣。岂岂索其偶，如马遭鞭棰。呴濡视遗卵，怡然即泥滓。明年二三月，蠡蠡长孙子。茫茫千万载，辗转周复始。嗟汝竟何为？草草阅生死。岂伊悦此生，抑由天所畀？畀者固不仁，悦者长已矣。劝君歌少息，人生亦如此！

王诗所写的那些场景原来是他童年少年时的亲历，并非想象或听说而已。正因生命体验的刻骨铭心，才使得这位学者对人生的哲思更为深沉。当他通过诗歌对受生存意志驱使而盲目地生生息息的人生做出悲悯而无可奈何的诗意概括时，何尝不是缘着对自己少年时光的回顾，做出了一个苍凉的手势。

传记作家如果没有注意到一个人所处时代的特殊性和历史的全面性，那他笔下的人物形象一定是单薄的。同样，细节对传记人物的重要性也是不言而喻的。因此，王国维先生童年和少年时期在盐官的生活，成了破解一代国学大师成长史的关键密码。阅读此书，最强烈的感受就是作者传达的乡土性和时代性，以及原生家庭对主角个性形成的特殊影响，不少细节重现了历史现场，令人感叹再三。作者以丰富的史料，为王国维一生思想体系及学术成就之形成发展的起因和背景，提供了一个较为全面且真实详尽的事实依据，并弥补了现有研究中对此时期内容不足的短板。

一部傅雷家书式的教育传记

写王国维这样一位对中国文化发展影响深远的学者的成长，绝非易事。年代渐远，可供参阅资料缺乏，且静安先生离乡前的诗文已散佚殆尽。幸而近代随着王国维之父亲笔所书的《王乃誉日记》的出版，给研究王国维人格和思想形成提供了基础文本。此书大量引用了日记中所写到的人和事，体现出了一位极不平凡的父亲——王乃誉。

诚如作者所言，天下所有父亲期待儿子成才的心思与过程总是相似或相仿的。不由得令人想到著名的翻译家傅雷先生，他与儿子的通信录成为家庭教育的经典范本，其苦心孤诣、呕心沥血地栽培傅聪、傅敏，因材施教，培育孩子独立思考，是中国家教的典范式人物。那些感人肺腑的教子名篇，充满了哲理，更满溢着父爱。

在阅读《纵横书卷遣华年——少年王国维》一书时，我也看到了一位伟大的父亲——王乃誉，他的形象清晰，细节丰富堪回味。这位父亲以身作则，热爱学习，有很深的古典文学和金石书画底蕴，他以身作则做表率，对王国维和王国华两个儿子苦心孤诣地教育，时刻教导他们追求做学问的融通和做人的通达。正如傅雷先生所言：为学最重要的是"通"，"通"才能不拘泥、不迂腐、不酸、不八股；"通"才能培养气节、胸襟、目光；"通"才能成为"大"，不大不博，便有坐井观天的危险。

书中详细展述了乃誉公引领着儿子们成长，透过他展示出一个旧式知识分子如何破解"中年困境"的生动案例。中年人在家庭里承上启下，负担最重，有许多苦说不出，有许多难待破解。特别是对下一代的教育方面，与懵懂时代或青春叛逆期的儿子相处，真是千古难题。

幸而有《王乃誉日记》，为作者保留了"过去"，更为读者解释了"现实"。一百余万字的日记横越近三十年，有关王国维的记载，特别在儿子离开家乡赴上海谋职前，有六七百处。本书以此视角切入，展现了一对近代中国难以替代的父子。在此书中，静安先生还原成了乃誉公日记里的"静儿"。父亲有对儿子的学业规划、职业规划和人生规划，悉心教导，用心良苦。儿子有自己的世界和追求，思想的碰撞和交融、现实的困惑与挫折，在父子间来回搓磨，都说"癞痢头儿子自家好"，那是对外，而家长的"内心戏"百转千回，何尝不是最精准的画像师呢——"静儿出门，吃亏有数端，貌寝无威仪，一也；寡言笑，少酬应，无趣时语，二也；书字不佳，三也；衣帽落拓，四也；作书信条，字句不讲究，五也。"这是乃誉公在王国维将赴上海报馆任职时在日记里所写的，字字让人心疼心酸。心理学家阿德勒说过："成熟并不是看懂事情，而是理解人性。"当我们阅读此书时，若是被这些百年以前的文字打动，那是因为我们基于人性深深地理解了。

通读全书，我们将从中得知王国维先生早熟早慧、忧郁沉默的性格的由来，又是如何在海宁时光里奠定了一位国学大师忠诚耿介、朴实无华的学者底色。由于父亲的高标准严要求与孩子自身的聪慧勤奋刻苦努力，打下了矗立在国学成就上的高峰的学术基础。父子俩对时代有共同的关注，放眼环球思想解放，订阅《申报》等时事报刊观世界大势，筑下爱国忧民的思想基础，更为其之后的数次学术转型埋下伏笔。

作者刘培良先生是一位在教育界耕耘几十年的优秀教师，他对教育教学的专业和敏感，使得他对王乃誉和王国维先生的教育思想有更为深刻的理解，在写作过程里喷涌的思想和精彩的评论不时融入叙写中，对教育的强化阐述使此书可称为"教育传记"，尤其值得初为人父人母者阅读和反思。

一部全景式展示时代风情的作品

此本书的价值，还在于对王国维先生早期在海宁盐官度过的岁月进行了全景式展示，讲述王国维早年的人生故事、家庭故事的时候，将涉及的近代中国政治与文化转型，以一个古城一代人的视角呈现，随时都在联系王国维的成长，又随时都在告诉大家那个年代的中国到底是怎么回事。

长久以来，重要人物的日记、回忆录等常被历史学者视为"重建过去史实"的重要材料。日记记载一个人的过去，在出版流传后，成为社会记忆的一部分。这种社会记忆，以两种方式保存与流传。首先，它以书的形式保留在图书馆、档案室与个人藏书中，形成一种静态的、绝对的社会记忆。其次，它们被有不同社会文化背景的读者阅读，读者对于书中所记载的"过去"，有不同的选择与诠释。因此当《王乃誉日记》被刘培良先生阅读并注释后，从静态转向动态的过程里，起到引领读者走近王国维、理解王国维，并进而展示盐官古城乃至近代中国的一个新视角。

以一个人的生命轨迹牵动一座城，又以一座古城诠释一个人的根与魂。不仅王乃誉、王国维是地道的盐官人，作者刘培良也是在盐官诞生并成长的，还有在盐官教书的经历。地域文化的同根同源，对国学文化的崇仰与钻研，以及对盐官这座古城深切而醇厚的爱，大概就是他们之间能够"灵犀相通"的基本点。

此书立足盐官古城，讲述王国维的家族背景和一代大师的成长史，文本出现了不少盐官话，那些俗语土话里蕴藏的智慧、民情风俗背后潜在的文化，都是此书的"看点"。相信作者在写作之时，心头涌动的也是自己生活历练经验所得，也许他想借助这些凝结着历代先人智慧之光的话语，传述着乡土民情，传承着文化音符。每每读到这些"盐官话"，我都会不由自主地复述一遍，仿佛跟随大师的乡音在触摸一种生命的温度。

在我们的理解里，一位成功的传记作家绝不只是陈述事实而已，他经由选择、安排那些"过去的事实"，加上评论、修辞、隐喻，常常重新创造或者说是唤醒传记主角，或赋予一个人物新的时代意义。由这一点来说，传记作家几乎类似小说作者，是书中人物的创造者。透过传主个人的生命史及一些相关的事件，传记作者所描述的，事实上是一个时代与一个社会。从宏观与微观的转场，可以一窥个人、社群与记忆之间的关系，以及中国社会的部分特质及其变迁，映照出不同时代的人文生态。书中有王乃誉建造新屋（现存的王国维故居）的详细描述，有古城过年的仪式、人情往来和民俗风情，有父亲生病后儿子请医生、拿方子买药，去茶漆店帮忙的细节，更有王国维过年时代父亲前往亲戚家拜年、参与祭祀，以及后来娶媳妇的场景，等等，可谓是原生态的儒商人家的全景式素描画卷。特别是书中写到了王国维少年时与父亲一起去收租的场景，准备外出的行李和米肉菜等生活所需，租小船沿水路往各地的租户催讨租金，有丰年顺境，也有大年三十铩羽而归的无可奈何，丰富拓展了此书的历史文化疆域，人生百态杂存，喜怒哀乐交织，此书折射出的时代风情色彩浓郁，令人回味。

日记里的青年世界

——从沙可夫《慈爱毁灭后——一个从事社会改造运动的青年的零碎日记》说起

沈惠芬

    沙可夫（1903—1961），原名陈维敏，字树人，号有圭，曾用名：微明、明、克夫、古夫、冥、冥冥、窈窈、萨柯等。1927 年在莫斯科孙中山大学学习时，苏联老师给他取了个俄文名——亚历山大·阿列克赛·沙赫夫，便有了沙可夫之名。生于浙江海宁新仓（现海宁市丁桥镇朝阳村）封建家庭的他，后来成为卓越的艺术教育家，优秀的翻译家、戏剧家，革命文艺卓越创始人，优秀开拓者，勤奋耕耘者。

    翻开《沙可夫诗文选》，如同拉开沙可夫辉煌而又不平凡人生舞台的帷幕，序后第一页《慈爱毁灭后——一个从事社会改造运动的青年的零碎日记》醒目地出现在眼前。此文原载 1926 年 12 月《洪水》第二卷合订本，署名"窈窈"，文中记录了 1925 年 8 月—10 月间零碎的二十三篇日记。

年少立志，为寻求真理冲出重围

    1917—1919 年，陈维敏（沙可夫）就读于袁花镇海宁县立第三高等小学（现袁花镇中心学校），校长是袁花镇著名学者胡竹君先生。据其同窗好友平远凡说："维敏学习认真，成绩冠级。凌晨临摹颜字，不间断寒暑，每晚攻读英语，孜孜不倦。小学毕业为第一名，深得师长和同学的赞许。"曾任袁花镇中心学校校长吴景尤说："据当时的老师回忆，陈维敏的功课最好。"天才出于勤奋，文坛巨星沙可夫的少年便是佐证。1920 年初，陈维敏以优异成绩、过人才艺天赋考入上海南洋公学（现上海交通大学）附中读书。

受五四、五卅运动及上海南洋公学进步活动的影响，亲身参加学生游行的激励，1925 年，陈维敏回海宁组织"晦鸣社"（出自诗经"风雨如晦，鸡鸣不已"，意为凄风苦雨的黑夜，必将因鸡鸣而破晓）。并在沪组织"游外学生会"，创办油印刊物《红花》，旨在反对封建迷信，倡导自由、民主。是年，在上海就读的陈维敏，闻讯家乡袁化乡绅募捐重建崇教寺，三次印刷传单数千份，派同窗回乡散发。他反对修寺，提倡将募捐款用于兴教育，修体育场。此举遭到其父强烈反对，维敏为寻找真理，奔向曙光，摆脱家庭羁绊，忍饥挨饿，从此独立谋生，寻求革命之路。《慈爱毁灭后—— 一个从事社会改造运动的青年的零碎日记》就是在这样的背景下产生的。日记，是一个有心人善于观察生活，又能敏捷地捕捉一个个有意义的瞬间的记录。在沙可夫的这一篇篇日记里，他捕捉到的，是带给灵魂的痛与伤，是对亲情与革命的一次考验式的叩问，是对土地、生活、父母百姓发自内心的关切，更是一份真实的历史记录。

8 月 24 日的日记中写道：

这次回乡一行，重来沪上后，又好多天了。温习些钢琴提琴基本乐谱。每天夜幕一下，我总沉入深思——一切的；此后当不能再和我父谋面了！为什么不脱离了家庭？养育的恩惠！生活！天气渐冷了，寒衣呢？身上所有的钱，除了杭氏托我替明弟代缴的学膳费外，只有五六元了！……

原来正常的生活有变，8 月 29 日的日记记录下了这一变化。

8 月 29 日日记：

因昨夜未能安眠，今晨起头昏目眩。中午接父从乡来函，剖读后，不知是甜是辣，是酸还是苦。他说："……汝离家多日，音信杳然。是否因此次受我训斥，心中怀恨？噫，养子何为？今若是，余诚不得不谓有子若无矣！汝应熟思：在乡里间各绅士都系我知交，且重建崇教寺，我亦列入赞助；汝今倡言反对，岂不令我难堪？！此余之所以迫汝退出晦鸣社，勿再予问反对事也。而汝不察，反以此恨我，至久不见汝只字片纸，我实不解。汝如能从兹安分守己，永无暴动，则为父母者未有不爱子也。汝其三思之！……"

压力，父亲严斥加慈爱痛诉的压力，如东西两山般，重重地压在了沙可夫的心头。

8月25日日记：

这几天忙于筹划晦鸣社出版物。《宣战》一篇今天脱稿。我对于那出版物的计划今详细地写好封信给祝君，并将我的稿件寄去。

从这篇日记中又可以看出，其父对沙可夫断绝经济支持，只为让他停止参加"晦鸣社"，但青年沙可夫没有动摇坚定的战斗意志，反而更为勤奋地写新闻稿（标题为"晦鸣社再接再厉"），寄杭、硖、宁各报馆，更加热烈地激起唤醒沉睡人们的热潮。从这里也可让我们看到历史的即景：青年沙可夫尽管年轻，还显得稚嫩，在经济上也还依靠家庭的资助，来维持生活与读书，但与革命理想相比，一切都显得不重要了。所以，年轻稚嫩的沙可夫，才会冒着与家庭断绝关系——断绝经济来源的危险，毅然决然地高举起革命与反抗的旗帜，朝向革命的路上勇猛向前奔走……

坚定意志，革命歌曲荡气回肠

1925年9月26日日记：

这几天我好像变了个鸦片鬼：日间常常横在铺上睡着；夜里却精神百倍，不到一二点钟，是不想睡的。

今天上午模糊地睡了半天。醒来手里执着《新文学概论》。夜间建弟睡后，我弹着三弦琴，奏着Mummy Mine曲，悲壮激越的情调，使我兴奋极了，痛快极了。一口气重复奏了数十次，不觉些微倦意。停奏后，我的脑海里依然浮着那动人的音节。因怪高兴地草了首革命歌。写写唱唱，自以为得意。歌词誊清后，不自觉地伏案睡着了，直至天晓。

这篇日记虽只记音乐与夜间不歇的动作，但字里行间，分明印证着革命文艺青年成长的雏形。沙可夫日后在延安一天能写多首歌曲，一天一夜完成一个剧本，这样的功夫，正是来源于看《新文学概论》，弹三弦琴，试写革命歌曲的日常历练。

1926年，求学法国的青年沙可夫，先后加入共产主义青年团、中国共产党。随后担任中共旅欧总支部领导人员，编辑党刊《曙光报》《赤光报》，放弃音乐艺术等，全力投入到革命活动之中，耳畔，国际歌与革命歌曲气度雄放，激震林樾，让人荡气回肠。

热爱家乡，忆望钱江潮水如革命洪流永向前

1925 年 10 月 3 日日记：

昨夜寝在江湾，今晨八时回寓。

晚建弟外出未归。我因将昨夜的印象草成首《中秋月下游》，就在下面写着：

白光四射着江面；

银波默默地闪烁！

"美妙呵！"

——我们在车中自然地发着

同声的赞叹

汩汩的浪击岸声，

正合着我们缓步的节奏。

向着江流的远处多引吭狂呼，

满怀的积闷许泄诉于"自然"吧！

我们开怀畅饮了！

在一块平坦的石上，

我们聚着首蹲着身，

谈着新奇的故事——

神前取印归，

留蓄贼人头！

啊啊，我们来痛饮个酣醉吧！

恸哭般的歌声起了！

我全身的细胞个个在颤动！

打开了衣襟，

容纳着秋风，

露示我那鲜红的赤心，

想比美这高洁的星月。

弟儿，哥儿们，

唱着跳着归吧！

月儿已高挂空中；

周围更死气沉沉！

偷坐在站旁的桥上，

偷拭着泪。

牢禁着的爱妻！

被弃了的自身！

诚如海德格尔所言："诗人的天职是还乡……还乡就是返回与本源的接近。但是，唯有这样的人方可还乡，他早已而且长久以来一直在他乡流浪，备尝漫游的艰辛，现在又归根返本。因为他在异乡异地已经领悟到求索之物的本性，因而还乡时得以有足够丰富的阅历。"（海德格尔，《人，诗意地栖居》，北京时代华文书局 2017 年版，第 253—286 页）青年沙可夫离开家乡在沪，对爱妻的怀念，对亲人无知而满怀积闷，那颗爱国爱家"鲜红的赤心"在昏暗世界中被点燃。看黄浦江水忆起家乡的钱塘江水，他多么希望家乡的亲人、乡亲们携手共进，寻求光明，奔向胜利曙光。10 月 12 日日记最后一句："啊！啊！黑夜里找着光明——这许是我此后生活的表征！"（此全文在《洪水》第二卷合订本上发表）沙可夫正以自己的身体力行，加入革命的滚滚洪流，奋勇前进。他在革命斗争的前列，做着革命的弄潮儿，努力与拼搏着。

紧握艺术武器，努力不懈

1925 年 10 月 6 日日记：

拟就《红花》——旅外学生会出版物——发刊寄寿弟。

接李君回信。他说：

"……你的钢琴既系旧物，可否照价八折售给舍亲。下星期六我须偕舍亲至尊寓看货，请勿外出。一切面商……"

我阅完了这信，真想抱住了我那爱物大哭一场。终于写了封信给李君说：

"我们多年的同志，大家决不会有虚伪的言语吧！可是我已有被你不信任的话了！呵，我们现在竟做起商人的买卖来，所以有'讨价'，有'还价'。八折！这对于我的爱物多么蔑视啊！这也许是贵亲戚的本意，那么请你转告她，我不愿再使我那爱物受侮了。你说要同贵亲戚来看货，那真使我难堪极了！你想：一面领着我那爱物今后的主人（？），当了它的面，计议它的卖身问题——这我难道有那么勇气那么忍心吗？这几天我谈到，想到，见到它，总要黯然一回。呵，呵，朋友，我宁可挨饿受冻的，不愿我那爱物蒙耻，不愿去干它的卖身勾当了！"

青年沙可夫已是一位艺术家，创作时琴人合一，感情深切，钢琴是其爱物，视同陪伴甚至朋友，是宣扬正义的武器，宁可挨饿受冻也不离弃它。真实的情感溢于字里行间，记得沙可夫为鲁迅艺术学院院歌作词："我们是艺术工作者，我们是抗日的战士，用艺术做我们的武器，踏着鲁迅开辟的道路，为建立新的抗战艺术，继承革命传统努力不懈……"这正是他琴人合一的追求目标。沙可夫在之后革命路上深获并肩作战的挚友爱戴、战友们深情的珍惜，从中也说明，他的真诚得到了应有的革命友谊的回报。确实，沙可夫为人诚恳、谦虚、温厚、质朴、勤奋，是位杰出艺术引领者、耕耘者。

此外，令我阅读后最为感动的，有一篇写得最生动最亲切的，当是 12 月 12 日的日记：

今天足足粟六 ① 了二十四点多钟。因欲乘船至硖赶特快车，天未晓就起身。外出走过三校邻近的保宁寺时，忽想入内盗取供在寺里的元帅菩萨的首级。进去后见了菩萨的凶相，不敢接近，只取了佛台上一颗红布包的宝印。此印带至船中后，打开一看，里面是只木匣。我们就商量好一个处置的办法。建弟立刻题了首诗道：

中秋前一夜，月落五更时，

行到保宁寺，神前取印归。

欲问阿堵何所用，他时留蓄贼人头！

下面建弟还题着两句，叙出他的名字。他把这诗抄在一张纸上，装在木匣内，仍用红布包好。舟至石上岸后，复用报纸将印包好，上面写着寄给劣绅的姓名，旁边还注着"中秋礼物"四字。所以此印就在硖由航寄回（这里由航寄回，应该是由"航船"寄回。因当时的"快班航船"如丁桥班，便是硖石—丁桥往返，替

———————————

① "粟六"海宁土语，意折腾。

代后来的邮局功能）。日记记录的是当时年轻又意气风发的陈维敏（沙可夫），在先进思想的引导下，团结了一班青年，志趣相同，理想相同，革命步伐也相同，他们共同筹划要去拆庙办学校，后因种种原因未果。但 10 月 12 日这一天，他和建弟离家到硤去坐火车的一刻，在家附近的保宁寺"盗"取宝印，又将它用红布包好，再寄回家乡，给当地的乡绅。这一举措，尽管在今天看来仍有可商榷之处，但于当时革命的时代语境中，无疑是一进步的举措，而且由"盗"到"寄回"，无疑又是一个艺术性极强、震撼力极大的革命举措，读之令人亢奋！再有，里面真实记下他们原是去"取寺里之元帅菩萨的首级"的，因进庙一看，"菩萨凶相，不敢接近"，才另换取一木盒。其时其境的记述，生动可人，读之令人喷饭。

在沙可夫这位革命艺术家诞生 120 周年的日子里，重新阅读《沙可夫诗文选》，如在时光里，清晰地听见黎明前一群晨鸡打鸣声，唤醒漆黑的东方大地，沐浴曙光普照，一股洪流涌来，开裂土壤缓缓地变成绿洲。日记是《沙可夫诗文选》里一页亮闪的文字，让后来人阅读，获益匪浅。

"每个人的心中都有一个挚爱的故乡"

——读朱云彬先生散文《故乡小镇——湖塘》有感

许培源 ①

　　近日，朱云彬先生新作散文《故乡小镇——湖塘》，发表在《海宁日报》上，文字洋洋洒洒，登了整整一个版面，字里行间，写满故乡事，洋溢故土情，他对故乡湖塘历史、风土人情、朱氏家族及建设中的朱熹文化园等，都如数家珍，娓娓道来。读之，为我打开了一幅可感可触的湖塘文化历史风情画卷，构筑了小镇湖塘真正意义上的文学版图。

　　文章开头，介绍湖塘地名来历，元代王裕《小桃源赋并序》：海昌朱肃斋氏，所居之里为湖塘。其地静深，不知其与人境接也。曩岁，玩斋恭公，寄家于是而安焉，因名其里曰"小桃源"。古时，小镇曾名湖塘里雅称"小桃源"。作者的笔触就从这段话深入开掘，用文学的眼光打量历史深处的这片土地，因为湖塘里地僻宁静，环境优雅，使得宋代以来的名人都选择在此定居生活：建草堂、经堂、佛堂，修史撰志、编写家谱，创建学堂、开办讲习所，等等，成为小镇历代名人修身养性、传授学业、安度晚年和弘扬优秀文化的理想之地。其中，尤以宋代理学家朱熹的曾孙朱浣为代表，自 1202 年至 1298 年，定居海宁湖塘里长达九十六年之久。为纪念祖先，他在湖塘里建造起了望徽楼，从此，理学家朱熹的宝贵文脉在此播下种子，留在湖塘。

　　作者的眼光回望历史，又观照现实，脚踏故土，再加上他细致入微的体察，对故乡之情就有了多种表达。他从小长在乡下，生活四十年，举凡街上大小工商

---

① 许培源，嘉兴市作家协会会员。

业之事，都熟稔于心。小镇街道不足两千米长，南北小街分别开着打铁店、牙科诊所、百杂店、棉布店、肉店、水果店等，他信手写来，一一呈现小镇繁华的商业氛围，甚至，他还不忘来上一句"买布凭票供应，零料布每块可以优惠 0.5 尺布票和钱"，作者熟悉当年小镇生活，善于过日子，能精打细算，做生活的智者。

一方水土养一方人。故乡的老茶馆、古银杏，让作者找到书写小镇湖塘的最佳现场。茶馆是江南一大特色，作者的故乡湖塘茶馆，更是热闹非凡。小镇茶馆一天经营两顿茶，早茶、中茶，附近的茶客来来往往，茶店热热闹闹，那是乡人每天歇脚过茶瘾、灵市面的一个重要场所，家事、村事、国事及乡间逸闻趣事，茶客们都爱在这里打听和传播，展现了乡间小镇特有的茶文化。茶客们喝饱了茶，仿佛身上充上了"电"，有了干农活的力量，读者可以依稀看见这些茶客走向田间挥锄劳作的身影。

小镇那棵古银杏，作者把它写成了"活宝贝"。江南小镇上的树很多，但几百年的古银杏却并不多见，银杏寓意美好，象征子子孙孙繁衍不息、子孙满堂。因此，这棵长了几百年的银杏树，在小镇成了树中之王，虽历经沧桑，今日依旧树影婆娑，每年果实累累，不仅见证了故乡的历史发展与变迁，还传递了当地村民淳朴善良、民风如旧的文明新风。

那么，小镇文明乡风的源头来自哪里？作者充分利用现有历史资料，为我们梳理出一代理学家朱熹的子嗣、朱熹后人，在湖塘购置田地生活和繁衍子孙的史实，特别是其曾孙朱浣，定居此地长达九十六年，家族后人迁居小镇周边过日子。自此，族群不断扩大，成为当地一个庞大家族，后来安葬先人后，族人开始各自分居生活，催生了湖塘和陆道坟等一些小地名的由来，为提出全文思想要义奠定了基础。

作者文中提到了《海宁朱氏宗谱》。朱熹曾孙迁居海宁湖塘繁衍生息，作者用较大的篇幅大书特书，详细介绍了朱氏庞大的家族规模，着重写了《朱子家训》，宣传儒家思想和耕读文化精髓，它给八百年来的海宁民风带来了什么？让读者带着这个问题参与其中，进行由此及彼的思考。

这是作者作此文的意义所在。可喜的是，当地政府为了传承和弘扬中华优秀传统文化，把朱熹文化园建设为思想宣传阵地，列入 2021 年度民生实事项目来抓，朱熹祠堂定位文化园主体部分，按照《海宁朱氏宗谱》中记载的朱熹祠堂示意图，业已完成第一期工程。

建成后的朱熹文化园分前厅、哲延堂、朱文公祠和管理用房四部分，旨在传承和弘扬小镇独有的《朱子家训》、儒家思想和耕读精神，让历史中的小镇孕育的先贤文脉得以传承，并进一步发扬光大，开展党员干部的党风廉政建设、市民家风家训宣传、中小学生传统文化教育等，对我们当代构建社会主义核心价值观，促进家庭和谐，倡导人与人、人与社会的和谐发展，带动整个社会关系的和谐，具有十分重要的现实教育意义。

作者的故乡湖塘，虽然是个小镇，形似水中的一个大池塘（作者语），却是一个有历史、有故事、有特色文化底蕴的地方，通过作者条理清晰的描述，带来深层次的文化理性思考，为我们呈现了一幅"他故乡"的画面，这缘于他有一颗热爱家乡的心，对故乡的人与事念念不忘，更是关心关注孕育小镇文化的历史代表人物朱熹，紧扣新时代形势所需，抓住朱熹这一支流传八百多年文脉的核心要素，把读者引入到传承其思想和精神的内核之中，唤起读者一起探讨和构建当代和谐社会的路径，促进经济社会发展，实现社会秩序的稳定，共建美好家园。

整篇文章书写了作者在故乡生活四十年的所思所想所感，从中能读出一个"爱"字，正如作者文中所写的：离开小镇后，我到过国内外许多名镇，但无论走到哪里，心中都无法忘记小镇湖塘。

每个人都有一个故乡。故乡不论大小，不论贫穷富有，我们都不曾忘记故乡的养育之恩，故乡的水、故乡的人、故乡的事，常常令我们想念，即使身在异国他乡，也魂牵梦绕，因为它是我们每个人的根，是我们每个人的身心归依之所，更是我们精神滋养的栖息地。

难忘故乡小镇——湖塘。

艺苑品鉴

意气飘然　轶群绝类

——记月份牌画家杭稚英

邹　强 [①]

　　钱塘江，吴越大地的母亲河。

　　钱江潮涌，状如万马奔腾，声乃震耳欲聋，为"天下壮观无"。钱塘观潮，盐官为第一胜。每年农历八月，这里人山人海，历代文人学士，观潮畅游于此，留下大量诗词歌赋，盐官也因此人文荟萃。传说故事也留下众多，有一传说：只要当年潮涌之头高出平常之状，此处必会出一大人物。如说陈元龙出生前，有潮头高于一米，盐官传言："必出大人物了。"年底陈家诞生陈元龙，即有"一门三阁老，六部五尚书"之称。1877 年秋，钱江潮头又比往年高于一米，年底，王家诞生一代国学之父——王国维。1896 年秋，钱塘潮涌时，如雷贯耳，有着气吞山河之势，壮观非凡。隔年新春之际，徐家降临新诗巨匠——徐志摩。

　　光阴流逝，1900 年秋，潮水又陡然高涨，越过四米高峰，气势磅礴，异常壮观。又出议论："不知轮到谁家出大家了？"果然，1901 年 5 月 3 日上午 10 时，一名为中国美术史续上一段光彩篇章的大师，更是中华民国时期商业美术主帅，在盐官诞生了。

　　他就是月份牌画界的集大成者——杭稚英，名冠群，取字稚英，别名杭坦，斋名罕阙斋，以字行。其自小才思敏捷，少年壮志，尤好绘画，用句老话来说叫

---

① 邹强，现为浙江省美术家协会会员、浙江省水彩画家协会会员、嘉兴市美术家协会会员、海宁市美术家协会理事兼副秘书长、钱君匋艺术研究馆创作研究部主任。

"脑筋活络得邪气"，十三岁即考进了商务印书馆图画部，当上了一名图画练习生。他在商务印书馆的前三年，勤奋敬业，自建事业基础，得德籍教师装饰广告技法，获水彩画大师徐咏青传授素描、色彩和水彩画技法，受徐咏青高足何逸梅及"海上四大家"之一吴待秋教授国画。在进入商务印书馆后第四年，杭稚英因学习成绩优异，入下设在上海棋盘街（今福州路、河南路口）的营业部工作，主要从事广告装潢和印刷业务。虽然这乃基层工作，但杭稚英心思缜密，善于揣摩客户需求，又精通和业务密切相关的美术知识，故工作如鱼得水，开展顺利，深得上司和客户欣赏。

杭稚英在商务印书馆七年，不但深学专业美术知识和技法，更结交徐咏青、何逸梅、金雪尘、金梅生等一批师友，且熟悉了从创作到印刷的生产流程，结识了一大批客户，这些都是他日后独立门户、展翅高飞不可或缺的宝贵资源。商务印书馆是杭稚英人生起步的一个出色平台。

后，二十一岁的杭稚英离开商务印书馆，自立门户，以独立画家的身份立世，在虹口鼎元里创办了"稚英画室"。到年底便邀在商务印书馆的要好同学金雪尘来画室帮忙，承接月份牌、商品包、产品商标，甚至是礼券等设计业务。这段时间，主要为中国南洋兄弟烟草公司及瑞士、德国等商家画月份牌，作品并不算多。我们从现还留存于世的杭稚英早期作品（包括插画和封面画）看，从内容到技法，都还和当时上海滩月份牌画领军人物前辈郑曼陀的作品有较大的黏合度，如其做时装美女时就比较传统。其实这也是当时月份牌创作的一个普遍现象：商家决定内容，市场调整方向，这样自然会缺少个人风格，作品也容易千篇一律。

与此同时，杭稚英先生胸襟宽广，善于提携培养后辈，注重对画室同仁的培养。由于画室人员增加，虹口鼎元里的场所不敷使用，他便借用闸北山西路海宁路口的一所闲置的原江、浙、皖省蚕茧公所大院。十五岁的同乡李慕白即在此时来上海拜杭稚英为师的，由于他刻苦勤奋，进步很快，很快便成了画室的骨干力量，也终成一代大师。

杭稚英以聪慧的头脑、深入的艺术实践及巧妙的双手，将一个个当时民众心中所思所想、渴望亲近的富有东方内涵的现代美神形象，合并成一个鲜亮的现实人物演绎出来。很快，杭稚英就摆脱了月份牌界的因袭习俗，开始打造自己的个人品牌，注意形成自己的独特风格。"迷茫之急"前往观看好莱坞影片，还订阅了大量外国画报，从中汲取艺术营养，接受世界最新时尚的熏陶，学习西方审美之法，使得稚英画室不但上海顾客盈门，还有香港、澳门、台湾及东南亚各地的许多客商也到上海请杭稚英设计产品广告和商标。

　　从 20 世纪 20 年代末起，尤其是整个 30 年代，杭稚英风格的"杭派"系列作品，已经成为月份牌领域内特色鲜明、数量丰盛、最受市民和商家欢迎的一个品牌，其原因就是他的作品没有停留在民国初年，而是与时俱进，引领了当时的时代风尚。杭稚英画笔下的时装仕女，从内到外都洋溢着新时代的青春朝气，服饰是时尚的，笑容是灿烂的，身姿体态是舒展大方的，就连那些道具也都是和世界接轨的。鲁迅曾经讥讽：月份牌所描写的"是弱不禁风的病态女子"。这种病态在月份牌画中虽然并不少见，但在杭稚英的作品中却很难寻觅。他作品中的女子是阳光活泼的，是青春靓丽的，是发自内心的舒欣愉悦的，在那个年代给民众带来的是憧憬和希望，这是"杭派"月份牌的主基调。

　　"骑马时尚女性"、"快乐小姐"、"紫罗兰"系列、"时尚女性"、"指夹香烟反坐椅子的女性"、"琵琶少女"、"机车女郎"等一大批代表作品的问世，"稚英"款的月份牌画在人物形象、背景装饰、色彩特点、装裱形制及画面整体效果等方面都已树立起了独特的风格，步入了发展的黄金时期。其作品中西共冶一炉，将传统与现代共融一体，加上时代的气息、科学的透视之法，让人惊叹其高超的画艺。杭稚英尽放其演绎能力，严谨的构图，深层化的肌理，画里有画。

　　如果要选择几幅月份牌来作为 20 世纪 30 年代的代表，杭稚英的作品是最合适的，如果挑选，那么《琵琶少女》和《机车女郎》似乎比较有代表性。

琵琶少女

　　《琵琶少女》画面非常简单：一名少女在湖边弹奏琵琶，通体红色的旗袍，洋溢着喜气，身后的绿叶红花和远处具有民族风格的楼台亭阁，点明了季节和场地；最让人感到莫名惬意的是少女的表情，温婉柔美地甜甜一笑，就把少女的最美展露无遗，微微露齿的双唇弧线，若隐若现的浅浅酒窝，仅仅显出三分之一的耳郭隐藏在乌黑美发之中，一切恰到好处，一切尽在不言处。此景此情，似乎只有《诗·卫风·硕人》中赞美女子的千古名句才能形容："手如柔荑，肤如凝脂，领如蝤蛴，齿如瓠犀。螓首蛾眉，巧笑倩兮，美目盼兮。"这是 20 世纪 30 年代最具有民族风的中国少女！

如果说杭稚英的这幅《琵琶少女》展示的是静态的少女美，那么，他的《机车女郎》则尽显动态，充满活力。相比《琵琶少女》，《机车女郎》的开场亮相就是她的一头烫发，简单明了，直观时尚；而她身后一远一近的两座高楼，更是默默地展示了现代化的城市背景，可谓不着一言，尽显风流。相比于女郎的娇小身材，她胯下大马力摩托的霸气体量更抓人眼球。在《机车女郎》中，摩托其实只是一个符号，它代表着大城市，代表着现代化，代表着动态，代表着发展。而将女郎和摩托结合在一起，更利于显示柔与刚、静与动、暖色与冷色、娇小与庞大、美丽与野蛮的视觉对比效果，造成"美女与野兽"的喜剧性。喜欢好莱坞影片的杭稚英对这些艺术规律并不陌生。

"稚英"新题材月份牌画不断产生，众多月份牌画家不断效仿，杭稚英从不计较，反觉喜人，认为有利于月份牌画发展。然后，他又将思想触角转至另一深处，用新式技法创作表现古代题材作品。于是借助现代中西技法、艳丽色彩及复杂环境绘制的《西厢》《花木兰》《红楼梦》《凤仪亭》《湘君》《秉烛达旦》等一大批传统题材的月份牌，皆获成功。

杭稚英的作品之所以能成为月份牌领域引领时代风流，特色鲜明，成果丰硕，

机车女郎

花木兰

最受市民和商家欢迎的一个品牌，就其专业角度而言，一个很重要的原因，是其作品极具现代造型意识，美术装饰和图案纹样呈现中西合璧。

杭稚英秉性坚贞，待人忠良。他不但画技出众，组织有方，而且在民族大义上更是头脑清醒，绝不糊涂，无论是在抗战初期的"孤岛"期间，还是在上海成为沦陷区时，他都坚守信念，忠心爱国，情愿搁笔罢画，也绝不落水当汉奸。

1941年12月珍珠港事件爆发，日军侵入租界，整个上海至此彻底成为沦陷区。当时，有一个全身戎装的日本军人，操着一口流利的汉语，耀武扬威地来到杭家，把手中拿的两百两黄金放在桌上，要求杭稚英画一幅手持电话机的美女像，背景是真如电台，上面还要画上一条"大东亚共荣圈"的大标语。杭稚英面对侵略者的威逼利诱，有勇有谋，以一块猛烈咳嗽后染血的手帕吓退了那个日本军人。这一幕，和梅兰芳抗日期间蓄须明志，打针让自己发烧，拒绝日军登台演出的行为如出一辙，值得载入史册。当时停止画室业务后，整个稚英画室的经济陷入窘迫境地，以举债度日，直至抗战结束。抗战胜利，稚英画室重获生机，一时间业务大增。杭稚英抓住良机，带领大家日夜奋战，在不到两年的时间内，就将多年所欠债务全部还清。

1947年8月下旬，杭稚英携妻子儿女陪伴父亲杭卓英前往杭州旅行休假。9月5日返沪后即觉不适，9月17日，杭稚英因突发脑出血去世。

杭稚英1914年从海宁到上海，至1947年英年早逝，在二十余年时间里，他打造了一个现代化的广告设计事务所——稚英画室，开创了一个令人钦佩的月份牌王国，向社会呈现了一千六百幅以上的精美作品，堪称民国时期最为成功的商业美术家。今天，以稚英画室作品为代表的月份牌画，已成为海派文化最形象的象征符号，杭稚英笔下那些自信、优雅、风情的现代女性，也已成为研究上海租界文化、城市民俗风情和市民审美情趣等都市文化不可或缺的宝贵财富，日益受到人们重视。1981年，中央美院副院长艾中信先生在参观杭稚英的《霸王别姬》原作时感叹："其技法之精到，即使大师也未必都能达到。"美术理论家蔡若虹先生评论说，杭稚英的月份牌画，放到中国现代美术精品之列也毫不逊色。这是今人对杭稚英艺术成就公正而准确的评价。

华丽端容与水墨赏美

——张国良①牡丹系列画赏析

胡月梅

美术发展到今天，有时候，"唯美"的风格便意味着陈旧，因为它的审美形式几乎被前人诠释殆尽。于是，站在前沿的美术界内行，往往会对表达唯美的作品嗤之以鼻，以显示自身合于潮流。但也有例外的时候。

有一次，跟随两位画家朋友观看一个大型国画展览，两人带着专业的眼光品评着作品的创作模式，在一片求新求奇的创作画中，突然遇到一张极其赏心悦目的工笔仕女图，美到令人折服。甲对乙感叹道："你看，这衣褶！这线条！这染色！"于是果断地总结道："做唯美，你就唯美到底！"

"做唯美，你就唯美到底！"站在张国良老师的工笔牡丹系列画面前，我不禁又想起了这句评语。因为唯美到底，便让你的脚跟黏住了墙脚，无法舍离；因为唯美到底，便让作品在以唯美为过时的审美环境下，依然获得存在的价值。因为，实在太美了！

张国良老师的牡丹系列总共八幅，分别描绘了魏紫、酒醉杨妃、二乔、姚黄、瑶池春、御衣黄、豆绿和观音面等八种名贵牡丹的风姿神韵。画面都是单朵布局，花瓣圆满叠放，一体的莹润、雍容、端柔、贵气。一幅画，只让你观赏一朵花，如此隆重的安排，容不得你不驻足屏息，来凝视这巧妙的"盛宴"。

佛说，一叶一菩提，一花一世界。一朵花，何尝不藏着一个纷繁的世界。初初打个照面，便被这一团的玉露华润给迷住，而凑近去观赏，只能是目不转睛，

---

① 张国良，浙江省著名画家，原嘉兴市美术家协会主席。

陶醉其中。好的工笔画，最大的特点是适合细品。牡丹系列画颜色的印染手法十分精致高明，笔法细腻温柔，微微渗开，巧妙浸融，于是方姿丰韵，入眼怡然。可以想见画家用笔时的静谧和入神，同时也把这样的静谧氛围带给了观者，被世俗裹挟的心灵便立刻安顿下来，进入观赏的欢游。

绘制八幅牡丹，画家用了精心设计的主观色调，明明是国色天香，偏偏选择了淡雅的色调，或暗绿衬乳白，或赭石间茶黄，或群青映清白，让画面个个呈现浅浅的互动，挑逗视觉的乐趣。张国良老师同时也是一位书法家，而书法家所绘工笔线描，却有别样的线条韵致。茎叶脉纹的劲道、力度，在纤细中隐隐呈现，线条浓淡有致，组成美妙而有力的节奏。

欣赏这样大气而细腻的作品，你的视觉可以不停地由整体走向局部，再由局部走向整体，当你总结性地统揽的时候，便发觉像是八位举止娴雅、品格端方的大家闺秀，梦幻一般地显在眼前。

诗云："若教解语应倾国，任是无情亦动人。"如此芳姿艳质，竟被画家妙手巧得！

水墨绘江南（外一篇）

金雪绘"四时海宁"

金雪绘画，往往抓住即兴所遇所感，以灵性直接接入自然境界，生机活泼，雅俗共赏，视线所接，即为美之导引，实为审美教育之良教材。因此，当金雪"四时海宁"个人画展在徐邦达艺术馆展出之际，笔者即以如此文字给予广而告之："凡你过目不忘，或者过目已忘，或者过目不入目者，她都以灵慧之心摄录描绘再现。初夏时分，赶紧去赴一场美的约会吧！"

凡艺术家都有善于发现美的眼光，这种灵性于金雪尤为明显。有次，几位朋友正穿梭街头纷谈红尘琐事，金雪忽大叫："等等！等等！这几张树叶太漂亮了，等我拍一下再走。"仰头看，身边行道树的枝头，几片稀疏的叶子很有节奏地排列着铺展着，把灰蒙蒙的天空打理得别有韵致，尤其是经她巧妙构图拍摄下来，真的好看。但若没有她的提醒，面对如此细节之美，大家也都被俗事所蔽而无感。与金雪在一起，便随时会听见她此类的"大呼小叫"，指引着我们"看那棵树多美""看那片叶多美"之类的发现，实在是她纤细敏感的神经，时时比常人预先感受到身边的美。

金雪对季候的感应也比常人灵敏，春色满园令她陶醉，秋风萧萧、寒冬肃穆也令她神往，"一花一世界，一叶一菩提"，上苍在自然界的演绎，总是被她一一捕捉和感应到，而这种美的感应，她又觉得非一吐不为快，于是化作绘画，播撒人间，眼勤手快，画作时时受自然之赐而诞生，于是她常以一个节气为主题进行分类，在朋友圈分享，提醒世人，在繁忙的尘世间，勿忘节气悄然而至，悄然而过。她用她的绘画，仿佛数着每一个"当下"，叠成生活的样子。

而这一切，赐予我们的是，凡过目不忘，或者过目已忘，或者过目不入目者，她都以灵慧之心摄录描绘再现。其中部分精品作品，化作"四时海宁"个人画展，是吾邑同仁之福气。

金雪喜用即兴绘画，这是她表达理解世界的方式，于是，数十年所积，形成潇洒率性、色泽交融、水墨淋漓、疏淡简约的个人风格。画面技法娴熟，挥洒自如，线条块面无不成趣。阅之畅然怡然，直惬于心。而所绘之景，都是硖石及周边江南风景，她有极强的描摹能力，于是记忆中熟悉的美景，如仓基巷、西山麓、东山坡、紫微阁、横头街、鹃湖景致、钱塘夕照等，在她的画中一一呈现，令人感到亲切，欢愉。

她的用笔虽是大块写意，但能精准呈现季候的当下感，站在画前，仿佛令观众身临其境，这在她的雪景描绘中尤为明显。如，有时飞雪散漫，天宇苍茫，大地无声，正是落雪时分；有时天寒地冻，暮色重重，厚雪覆盖大地，仿佛漫天大雪刚刚收住，正冷气弥漫中；有时似雪后翌日，阳光已露，厚雪仍在，虽冷气凝积，却意呈冰释。站在她的雪景画前，明明是炎炎夏日，却连肌肤都会感受到寒冷的雪意，不得不惊叹她的再现能力。

金雪本人秀骨亭亭，纤细曼妙；她灵气充盈，对每一个景致都有独到的解悟，绘画中时有诗性再现，使作品得到升华。浏览她的作品，在我们熟悉的景致中，会突然出现几幅海塘雪船"野渡无人"，钱塘夕照"渔舟唱晚"的诗境之作，如此作品，则更增了一份浸润心灵的感染力。

现代艺术走到今日，艺术家在技法采用上已是无问东西，只要有助于表达，传统技法与西洋技法均可入画。金雪绘画更是率性而为，有时水墨，有时水彩，有时厚粉敷饰，有时留白增趣，完全东西交融，但从她的构图、着色、渲染点画来看，她的绘画方式应偏于水彩而杂以水墨线描。在技法上笔者非常推崇《秋光明媚的翁金线》，此画大胆任情，节奏畅快，潇洒率性。画面效果块线交融，水彩淋漓，浑然一体，无一笔是错笔。如入"三昧"境界，一气呵成。另，笔者又格外看好《横头街的十月秋风》一画，如神来之笔，布局完全超乎传统惯性，取景视角奇特，只采树与屋之局部，屋瓦一横与树干一竖构成奇特呼应，与窗门色块构成水墨韵味，白墙小门的一半微蓝一半暗红，又与天际树色产生巧妙的弱对比，那种和谐简直神助！

海洋很大，笼子很小

——评电影《消失的她》

陈清平

海洋很大，大到一望无际，大到自己不知道自己身处何处。笼子很小，小到只能容纳两个人，而其中一个人还在算计另一个人，当他离开这个笼子时，还把笼子上那扇小门锁上，笼子里面的那个人，却是他的妻子，她明白他的意思后，既震惊又恐惧，既后悔又痛苦，等他绝尘而去的时候，她也彻底绝望了，干脆摘下氧气面罩，人间不值得留念，但她死不瞑目……

观众看到这一幕，很多人捂着胸口，因为这把刀太狠了，直插所有善良的人的心窝，很多人屏住呼吸，更准确地说是无法呼吸，而有的难过得流下了眼泪；抖音里面甚至说有的小情侣女方当场翻脸，扬长而去，留下一脸愕然的男朋友。

是的，人怎么可以这么坏？人怎么可以如此之坏？！

一

故事就从这里开始吧。

男主叫何非，1988 年出生，女主叫李木子，1995 年出生。2018 年 6 月，李木子在潜水学校水下遇险，教练何非及时救助了她并对她产生了一见钟情的感觉，于是两人开始恋爱。

2019 年 5 月，何非和李木子登记结婚，此时何非三十一岁，李木子不满二十四岁。

结婚前，何非向李木子坦白了自己的过往和赌债情况，应该说，何非这种主动坦白赢得了李木子的信任，所以帮他偿还了赌债，而何非发誓再也不赌并写下保证书。但婚后不久，何非再次走上赌桌，输给了赌场老板 K 哥一千万元，由于他偿还不了赌债，K 哥找到了李木子让她替丈夫还债。

李木子对何非极度失望，她坚决不同意给何非再次偿还赌债，并准备和他离婚。何非在李木子睡着后准备偷钱时意外发现了李木子已经拟定好的离婚协议，上面写明李木子拥有一亿两千余万元的银行存款和两处房产，均属于婚前财产，她准备一次性支付两百万给何非作为补偿，再加上其他三万元费用，最后合计在何非签署离婚协议后补偿给他两百零三万元。

两百万根本解决不了何非的燃眉之急，绝望之下他受到一则丈夫继承意外死亡妻子巨额遗产的新闻启发，制订了一个"杀妻计划"。

2020 年 4 月，李木子查出自己已怀孕，为孩子着想，她准备再次原谅丈夫，回家后发现何非已经准备好了烛光晚宴。

在晚宴上，何非表示痛改前非，并告诉李木子他已经预订好了机票和酒店，准备带她到东南亚巴兰迪亚岛过结婚一周年纪念日，并且一起去看曾经约定好的海底星空。

看到何非"真诚"的样子，李木子决定把孩子的 B 超照片留到巴兰迪亚再给何非看。

2020 年 5 月，何非和李木子一起到巴兰迪亚度假。在结婚纪念日当天，何非已经计划好了晚上杀害李木子，莫沙灯塔下的防鲨笼已经找好，如何制造不在场证据他也已经策划好，而且最终他成功地实施了他的计划，也就是文章开头那最扎心的一幕。

二

假如影片按照我的叙述来拍摄，估计观众不多，平铺直叙，不能吸引观众，影片的高明之处在于情节的设计和逻辑的处理上，使人意料之外又在情理之中。

影片一开始，何非就惊慌失措地跑到警局来报案，说自己的妻子失踪十五天了，但警局没人理会他，他极度失望和愤怒。此时此刻，观众的心都对其非常同情。这时，警官郑成走进了他的世界，并承诺给其提供帮助。

正所谓螳螂捕蝉、黄雀在后，当何非接受了郑成的帮助，他就钻进了另一个人精心设计的陷阱。如果何非杀妻是阴谋，那么他就是进入了别人设计的阴谋。

设计者叫沈曼，是李木子的闺蜜，影片里她假扮一名律师，改名叫陈麦。

沈曼对李木子的婚姻从一开始就不看好，当他们去了国外后，沈曼就一直关注着闺蜜的安全，当她联系不上李木子后，立刻判断自己的闺蜜一定出了意外，而凶手就是何非！

何非报案无非是要一份官方的法律文书，这样无论是宣告妻子失踪还是死亡，他就可以堂而皇之、名正言顺地继承李木子的财产，但沈曼抓住这个突破口，将一个假妻子放在他的身边，顺着逻辑思路走下去，何非当然矢口否认，而这个假妻子明目张胆地告诉他，自己是当地黑社会的人，就是要利用当地的法律将其送进疯人院，从而把他所有的财产侵吞。那么如何解决这个死结？

沈曼告诉他：只有找到你的真妻子，才能使你不被人送进疯人院，而这一招直接击中何非的死穴！他自然很清楚，一旦说出妻子的死亡之地，等待他的肯定是法律的制裁。因此，不到最后一刻，他绝不会招供，但这已经由不得他了，随着剧情的发展，何非终于招供了。

三

这真是应了一句：要使人不知，除非己莫为。从刑法上来讲，一个人作案，无论如何掩饰，都会留下犯罪痕迹，所谓雁过留声、踏雪留痕说的就是这个意思。

从艺术的角度来看，导演做到了把美的东西毁灭给人看。当何非将李木子带进铁笼子的时候，她看到的大海和星空真的美不胜收，其浪漫是足以让人铭记一生的，但当何非决然离开铁笼子并且把笼子锁死那一瞬间，李木子美丽的眼睛令人窒息，她怎么也想不到，整日与自己同床共枕的人竟然对自己痛下杀手，她其实很想告诉他，我们有了爱情的结晶，我已经原谅你了，但因为扣着氧气面罩，她无法言语，看见丈夫由近而远，李木子彻底绝望了。而当沈曼看见闺蜜那冷冰冰的尸体浮在寂寞的大海时，也是痛哭流涕。

这当然是悲剧。当我看见这美丽的星空时，我脑海里总会想起一位读者在评价东野圭吾的著名小说《白夜行》时说的一句话：唯有太阳和人心不可直视。

是的，太阳耀眼，能直视吗？不能！当何非下决心杀妻那一刻，其人性能直视吗？不能！他已经变成了一个魔鬼，因为说他是畜生都是对畜生的侮辱！南京大屠杀，日本对中国人民犯下的滔天罪行，能直视吗？不能！

于是又有一个问题产生：当人们一直在为"人之初，性本善"还是"人之初，性本恶"争论不休的时候，现实却给出了最好的答案。

人之初，性本恶。人是自私的，十年学好，三天学坏，人性之所以压抑了心中的恶，不仅靠自身的修养、后天的教育，更要依靠刚性的法律来压制。

每天，在我们身边都上演着爱与恨的故事：何非心狠手辣吗？当然！

这种事件虽然不是很多，但只要发生，就会百思不得其解，世界上怎么会有如此坏的人；与其对应的，也有很多温暖的新闻，这些又让我们觉得人间值得留恋。所以，人性的善让我们懂得要善待自己和他人；人性的恶，又不断提醒着我们要提防自己被他人伤害。

因此，总结李木子的教训就是，如果一段感情让你不舒服或者始终处于一种不安全的境地，那你得小心了，应该快刀斩乱麻，永远不要低估一个人的恶，生命和爱情，生命永远要大于爱情！

人性本恶的理念，会时时提醒我们压制自己的魔性，发挥自己的人性，同时，在某种程度上，也会给自己一种保护，外面的世界真的不是我们想象的那么美好。试问：李木子有沈曼，你有吗？

海洋很大，有着博大的胸怀，所谓海纳百川，生活就像海洋，我们身处其中，稍不留神，就会迷失自己；但笼子很小，小到只能放下一具美丽的躯体。李木子的死，海洋就是她悔恨的泪水。

"光影造梦"的年轻人

周　浩

从今年年初淄博烧烤的爆火，到年底时上海万圣节 Cosplay 的热潮，通过单个话题事件能火成这样，恐怕是这两座城市之前做梦也不敢想的事情，促成这个梦想成真的生力军都是一帮年轻人。对电影来说，年轻人一直是"光影造梦"的主力军。

1995 年，《大话西游》上映，口碑和票房无一不惨败，从导演刘镇伟到主演周星驰，更是被批得体无完肤。周星驰的彩星电影公司也因此倒闭。但随后是戏剧性的峰回路转，大学生们的极度追捧，让这部电影成了"后现代无厘头喜剧"的经典之作，这恐怕是星爷做梦也没想到的。

这些事件背后透射出年轻人的"造梦"能力，只要节奏带得好，想不火也很难。就拿拍电影来说，要紧紧抓住年轻观众的心，才能让光影之梦更好地照进现实。

一

"我始终说电影是年轻人的艺术，我其实一直很喜欢跟年轻人合作，我觉着年轻人是未来中国电影的希望。"这是张艺谋导演的获奖感言，在 2023 年的第三十届大学生电影节上，张艺谋获得了最受大学生欢迎的年度导演奖，而他的《满江红》也是 2023 年以来票房最高的一部电影。这个由大学生自发创立的电影节，一路走过了三十年，作为年轻观众的口碑和审美风向标，一直受到影视界的重视。

年轻人喜不喜欢你，很大程度上决定了整个市场认不认可你，这对电影的票房和口碑来说，都是很重要的评价趋势。张艺谋在大学生电影节上，虽然拿过四次最受大学生欢迎的年度导演奖，但同样也有几年时间被批得很惨。《英雄》开创了中国电影的大片时代，也是从那时起，围绕商业类型片的争议就一直不断。过度追求色彩、打斗、场面等形式输出，而忽视剧情逻辑硬伤，成了那几年一大批商业大片的通病，娱乐性和艺术性如何兼顾，也是当时电影人面临的一道重大命题。

彼时，《无间道》横空出世，让人们惊叹一个好剧本的重要性，也俘获了一大批年轻粉丝，一再续拍，甚至还被国外翻拍，最有名的就是马丁·斯科塞斯的《无间行者》，这是同行之间的高度认可，也充分说明了"艺术无国界"，好的内容大家都懂。

从电影诞生之初，它更偏向于娱乐性。随着技术的迭代，它才被慢慢赋予了更多艺术的内涵，这与中国的文人画发展轨迹异曲同工。所谓大俗大雅，娱乐和艺术之间并不矛盾，既能共情又能深思的电影，首先需要的是好的故事和内涵，然后才是展现的技法。

作为张艺谋的偶像，日本导演黑泽明是这方面的典范。他的电影在大场面调度和完美的光影色彩之余，更核心的是故事逻辑和文化价值的支撑，《罗生门》《乱》《生之欲》等莫不如是。

就拿这两年爆火的脱口秀表演来说，它的形式简单到极致，但是却深受年轻人的追捧，关键还是内容的创作，充分迎合了年轻受众的情绪共鸣和互动。脱口秀能做到的，电影理应做得更好。

二

"我代表我们团队、代表剧组、代表想看到这部电影的观众下跪。两百多人干了八个月，才给我们百分之一点几的排片。我今天这一跪，是希望大家能在微博、朋友圈上推荐一下《百鸟朝凤》。"2016年，《百鸟朝凤》这部影片的宣推方负责人，在社交平台上跪求院线增加排片，也是当年影视界的一个尴尬。

商业大片吸引观众重新走进了电影院，也同样因为资本的运营本质，很多小成本制作或艺术类电影往往不具备太多话语权，"你给我看什么我就看什么"，这才会出现跪求、互撕、偷票这些弊端。作为投资方，"市场之手"追求利益最大化合情合理，而为了电影的多元化发展，在经济效益和社会效益之间，"政府之手"就要发挥好协调作用。

比如在欧美和日本，独立的艺术院线培育，就为非商业类大片提供了生存和发展的土壤。结合中国国情，在有一定受众基数的大城市尝试艺术院线建设外，大部分地区可以从具有群众基础的"露天电影"进化为"社区电影"，向广大的乡村和社区下沉，依托未来乡村和未来社区的硬件配套和数字化软件支撑，更好地发挥文化礼堂、邻里中心的阵地作用，为多元化类型片的生存发展提供一个大众平台。

更为重要的是，在流媒体时代，年轻人占据主体的自媒体评价体系，让单一的强势话语权结构分流，这也给了不同类型电影更多被"安利"和"自来水"的机会。比如 2023 年，最火的抖音直播不是带货，而是被一大批年轻人捧红的曹云金相声直播；再比如茅威涛的新国风·环境式越剧《新龙门客栈》，在杭州蝴蝶剧场驻场演出时，台下一批批的都是赶场子来的年轻人。

"我想看什么我就去看什么"，这种"特种兵"打卡体验，是年轻人把选择权牢牢地握在自己手里。政府要做的，是给予那些敢于创新和价值导向鲜明的艺术作品更多的政策扶持；创作者们要做的，不是孤芳自赏，也不是怨天尤人，而是为真正好的作品插上流量的翅膀，吸引更多的年轻人和你一起"造梦"。

三

"21 世纪什么最贵？人才！"《天下无贼》的经典台词，放到哪个时代都不过时。哪怕 ChatGPT 会抢了编剧、文案的活儿，但是专业人才，特别是年轻的专业人才，始终是影视界最核心的圈层要素。

在抖音上，1994 年出生的朱铁雄，虽然才发布了二十八个作品，但是却拥有了一千七百多万的用户，他主打的风格是国风变装，每一个短视频就是一部微电影。今年 4 月份，四川公安出品，朱铁雄导演制作的《薪火不息》微电影穿越剧，在发布后四十八小时，获得了全网两亿的播放量，成了政务影视宣传流量合作的经典案例。相信年轻人，梦想就成真！

其实朱铁雄是福建人，在山东大学学环境艺术设计，现在他定居在四川成都。根据近两年的大学生就业大数据分析，成都一直排名前列，"蓉漂"计划成为吸引年轻人才安居乐业的利器。

"我反复研究了他之前的短片，觉得他就是有那种天赋一样敏感的触觉和超强的现实主义刻画能力，他会比我拍得更好。"这是《我不是药神》的监制宁浩对导演文牧野的评价。作为"坏猴子七十二变电影计划"的签约导演，新人文牧野一战成名，那年他三十三岁。

对于影视界来说，无论是政策激励也好，还是定向培育也好，多给有实力、有信心的年轻人机会，总会有意想不到的收获。机制和平台要做的，就是搭建展示舞台、挖掘潜在能力、留住可用之才，让年轻人去讲好年轻人自己的故事。

那一年，年少的贾樟柯在太原的一家电影院里看到了《黄土地》。"看完之后我就要拍电影，我不管了，反正我想当导演。"为了这个梦想，他从1991年开始连续考了三年，终于考上了北京电影学院文学系，从此开启了自己的电影生涯。在电影这个光影世界里，无论你是拍电影的，还是看电影的，年轻人始终要有自己的梦想，才能不断地去创造和感悟人生的百般滋味。

浅析陈与郊《文姬入塞》的穿关和曲牌

鲁　滨[①]

　　文姬归汉是发生在东汉末年（约 192—203）的历史事件，这个事件被记录在《后汉书》，并且被理解为一个事实，记录下来的内容是史官范晔对这个历史事件的叙事，而基于"奉敕撰"的正史性格，范晔让这个被认为是事实的历史事件具有令当权者称心如意的意义，但是，史官叙事话语中的这种权威在场，究竟让这个被记录下来的历史事件是否足以成为一个事实，确实可疑。然而，正是这样的怀疑，才使得在不同时空和不同文类之中呈现文姬归汉历史事件的叙事有了追寻当下意义的机会。

　　迄今一千八百多年以来，文姬归汉的史实被后来历代的文学家和艺术家视为一个创作题材，不断地被摄入诗歌、小说、音乐、绘画和戏曲五种艺术表现形式中，并反复地呈现。在反复呈现的现象里，存在着一个不变的"离乡、别子、归汉"的叙述模式，但是却也包容着一份可变的情感张力，这份情感张力指向摆荡在"离"与"归"之间的心灵原乡追寻之中。

　　明代陈与郊创作的《文姬入塞》是一出晚明杂剧，本事重点有三：其一，强调蔡文姬乃汉家才女之尊，不应屈居胡地；其二，蔡文姬在归乡与别子之间两难的抉择之情；其三，母子离别的场景。陈与郊的阐释虽把蔡琰和左贤王的关系处理为夫妻关系，但是夫妻感情是好是坏则未见描述。剧中，文姬将要返回中原时，写道：

　　　大王爷传令，汉天子有诏，不敢不从。今日恰好是大单于诞日，随班进贺，

---

① 鲁滨，海宁市文艺评论家协会会员。

不得亲送娘娘。著把都儿护送到关!

　　左贤王接过汉使送来的赎礼之后，以庆贺大单于生日为由，没有亲自送别文姬，只交代当时匈奴的勇士（把都儿）护送文姬离去。左贤王在陈与郊的笔下是被淡化处理的，是一个对汉朝诏令"不敢不从"的被动身影，并没有离别情绪的渲染。陈与郊《文姬入塞》的主体精神集中在文姬离乱心情的描写，而离乱来自时局的动荡。陈与郊是明代万历年间的剧作家，官至太常寺卿，以读书人的身份从事戏曲的写作，不只是填词自娱而已，往往心有寄托，意到笔随，多是借历史剧以抒发剧作家对时事的感触。陈与郊对于文姬归汉历史事件的阐释，正是直指明代末年满汉民族的政权争夺危机与国内党祸所造成的社会不安。如此借历史的酒杯，以浇剧作家胸中块垒的影射写法，陈与郊《文姬入塞》作为一部历史剧在本事敷衍与人物性格着墨方面，自然张扬了剧作家的剪裁与点染功力。陈与郊追寻文姬归汉历史事件的真实意义以展现自身当下的事实出场，看似力图证明文姬的爱子亲情和毅然归汉的情感张力，实则揭露了明代末年因时局动荡而不吐不快的士子忧心。然而，陈与郊所展开的阐释文姬归汉历史事件的话语，仍然无法跳脱隐然存在的"离乡、别子、归汉"的叙事结构。在这里，离散情结承载了剧作家心灵的寄托，在明代末年内忧外患的时代氛围中，通过剧作的意有所指，文姬归汉历史事件的意义表现为借古喻今的面貌。

　　陈与郊的《文姬入塞》作于明代万历三十二年（1604）之前，正是南北曲合流的阶段。陈与郊的《文姬入塞》在体制上属于南杂剧，破除元杂剧正规的四折而仅有一折，并且颠覆元杂剧一折之中不换宫与只有独唱的原则，用了南吕、正宫、越调与商调，歌唱形式则包括独唱与合唱。剧本开始没有题目正名，直接由生脚上场，全剧十七首曲子，穿插科白，尾声之后有七言绝句的下场诗。全剧的联套形式、排场、用韵，分析如下。

　　第一场（引场），皆来韵，叙小黄门奉旨赎取文姬还朝。

　　　　南吕过曲【红衲袄】生独唱

　　　　　　【前腔】生独唱

　　第二场，车遮韵，叙文姬改易汉装。

　　　　正宫引子【齐天乐】旦独唱—贴接唱—旦贴合唱

　　　　　　【浣溪沙】旦贴白、南吕过场（剧本版面低一格书写，应属插曲）

南吕过曲【红衲袄】旦独唱
　　　　【前腔】贴独唱

第三场，车遮韵，叙文姬归国之意。
　　越调引子【霜天晓角】生独唱
　　南吕过曲【青衲袄】旦独唱
　　　　【前腔】生独唱

第四场（正场），车遮韵，写入塞别子景况。
　　商调过曲【二郎儿慢】旦独唱
　　　　【莺集御林春】小旦独唱
　　　　【前腔】生贴合唱
　　　　【前腔】旦独唱
　　　　【前腔】小旦独唱
　　　　【四犯黄莺儿】旦独唱
　　　　【前腔】生贴合唱
　　　　【尾声】旦小旦合唱

下场诗：七言绝句

　　戏曲本事的敷衍与人物性格的塑造，有赖曲牌宫调的声情。陈与郊的《文姬入塞》全用南曲，台湾知名学者陈万鼐言："传奇时用北曲，务在矞捷；明清杂剧时用南曲，务在婉约。"此剧的整体精神聚焦在文姬的离乱遭遇，南曲的婉约正合其幽怨的诉求。此外，晚明杂剧虽以家院氍毹为主要演出场合，剧本规模趋向精短，观戏者多为文人雅士，即使剧本不做演出，也可以读谱讨论，因此案头清赏的色彩浓厚。但是，陈与郊的《文姬入塞》在当时确有演出，并非仅供文人书斋，观众看戏向来以宫调曲牌的连缀为欣赏焦点，据元人芝庵《唱论》所示的宫调声情"南吕宫唱'感叹伤悲'，正宫唱'惆怅雄壮'，商调唱'凄怆怨慕'，越周唱'陶写冷笑'"，以及明代王骥德《曲律》所述的韵部声情，指出"皆来"韵"响"，属于"韵之最美听者"，而"车遮之用杂入声"，从美听的标准来看是"又次之"的。检视陈与郊的《文姬入塞》的宫调与用韵，全剧单折四场，采用了南吕、正宫、越调和商调四个宫调，这些宫调的属性偏向感伤凄怆，而韵脚采用皆来和车遮二韵，兼具"美听"和哽咽收束的入声色彩，称得上契合了离散的词情。

陈与郊的《文姬入塞》从【二郎儿慢】开始的商调八首曲子，全在描写"别子"场景，占了全剧一半的分量，就文姬追寻原乡的存有开显而言，这是一段重新检视自身生存价值的"回到自己"的过程，别子归汉引发了文姬必须离开已经熟悉的现实世界而面对存有思考时的怵栗，别子唱段愈长，怵栗的张扬愈大，表示"回到自己"的过程愈漫长，也就是存有开显的遮蔽愈多。存有开显和存有遮蔽之间的张力，在占据多数曲牌的结构上得到尽力铺陈的机会，这样的曲牌数量和演唱长度在声音美学上也有其意义，依据巴伦波因（Daniel Barenboim）的说法，这是关涉舞台表演时如何累积声音能量的问题："声音如何累积，你如何创造幻觉，让人以为声音比你想要的还要长？你如何创造出声音从无而有的幻觉？……需要多少时间来制造张力？要消解其所制造的张力，又需要多长的时间？"曲牌唱腔在舞台表演上展现的时间持续力，也经常是吸引戏迷票戏的焦点，观戏者在一段声音时间张力的制造和消解过程中，通过对文姬离散遭遇的同情，实则为自己捕捉到一段虚幻的艺术时间，在这个虚幻的艺术时间里，观戏者的心灵得到慰藉。

本文的讨论是就陈与郊创作《文姬入塞》的情况来看，首先，从文姬归汉的本事中析出一种离散情结，它积淀在生命主体追寻原乡的历史场景之中，也内化在"离乡、别子、归汉"的叙述模式中，陈与郊凝视这个叙述模式时，凭借艺术创作技巧填实了历史叙事和真实情感之间的缝隙，填实的过程是陈与郊对蔡琰情感世界的无限想象。一旦读书人开始懂得借文姬归汉之题以抒一己离散之怀，那么，文姬归汉历史事件的意义也开始拥有众声化的机会；换言之，创作者在阐释文姬归汉历史事件的意义时，阐释的具体成果反映的正是创作者当下的意义。其次，离乡、别子和归汉的生存历程所给出的离散情结和原乡追寻，在作品的结构形式之中也得到同构的节奏，而这种情感内容和结构形式同构的现象，呈现在陈与郊的曲牌连缀中。同时，在戏曲这门剧作家、表演者、导演和观众互相对话的舞台表演艺术中，我们清楚地看到了重新回归剧本创作的重要性。

编后续记

译后记

章灵垣

查尔斯·狄更斯（1812—1870）是19世纪英国文学史上最璀璨的一颗明星。《双城记》写于1859年，是狄更斯思想和创作进入成熟阶段的力作。

"文化大革命"接近尾声时，我偶然借到一本中华人民共和国成立前出版的《双城记》英文原著。因当时书店中尚无《双城记》的中译本，就忽发奇想，把它翻译出来。我用了一年半的业余时间才得以完稿。其间得到了特赦出狱不久的杨兆龙先生的指点（杨先生曾留学英美，原是法学界名人，1957年蒙冤入狱）。现在这个译本就是以此初稿为基础修订而成的。就英语水平而论，这依然是本习作。

《双城记》的主要情节，围绕着玛纳特医生的不幸遭遇、医生父女的悲欢离合、医生贵族出身的女婿在大革命中的跌宕人生、医生仆人德法其夫妇的革命活动层层展开，友情爱情和仇恨暴力交织在一起。

小说对法国大革命的前因后果做了细致而形象的描绘。

18世纪末叶，法国人民处于极端贫困的境地。他们似稻草人一般穿着鹑衣百结的破衣衫，头上顶着散发出臭味的睡帽，粗硬的面包便是最好的食粮。街上倒翻了一桶酒，他们便似苍蝇逐臭般拥来，霎时便把地上的酒连同沾有酒味的草根、木屑吸个精光。与此相对，王公贵族们残暴成性，生活极端奢侈。他们卷着头发，扑着香粉、挂着佩剑，傲慢地挪步时身上的金链子小玩物会铮铮作响。他们的马车在大街上狂驱滥赶，吓得小百姓四下奔逃，万一躲避不及，枉死轮下，他们丢下一枚金币便足以偿命。

人民的贫穷苦难，贵族的专横暴虐，这就是法国大革命的前因。

小说不止一次写到了人民不堪压迫的反抗情绪。侯爵的马车轧死了一个孩子，丢下一枚钱就走了，不想金币被掷回到了他车上；死了孩子的父亲跟踪侯爵到了他的城堡，趁夜刺死了侯爵；城堡被大火所焚，管家到处呼救，群众却袖手冷眼旁观，静看它灰飞烟灭。反抗情绪的高潮便是 1789 年法国大革命的爆发。狄更斯简练而颇具声色地描绘了巴黎民众攻克代表专制制度的堡垒——巴士底狱的一幕，写出了革命群众锐不可当的气势和威力。

革命的后果如何？人民胜利了，路易十六王朝被摧毁了。然而法兰西的一草一木，不见得更加容易成熟，长得更加茂盛。德法其夫妇、复仇女神、贾克三等，从毁坏了的旧世界爬起来，又成为新的暴虐的压迫者。狄更斯此书的新意就在于此。这是这部小说的出众之处、深刻之处，也是备受争议之点。

许多狄更斯研究者对这部小说聚讼不已。有些西方的评论家看到作家对法国大革命前因的描写，不免为之侧目，以为是对贵族的污蔑；而我国传统的文艺评论者看到作家对法国大革命后果的描述，都为之寒心，认为是反对革命，是对革命群众的抹黑。

狄更斯认为，群众的狂热复仇心理有着很大的盲目性和破坏性。他说："由于难以言说的痛苦、不可忍受的压迫和冷酷无情的漠视，导致可怕的心理反常，会不分青红皂白地狠狠打击每一个人。"在描写民众跟随一个密探的葬礼那一章，凸显了民众的盲动性与破坏性。"在那个时代，群众是一个可怕的怪物。"因此，在革命取得初步胜利、新生的共和国开始镇压贵族保王分子时，狄更斯的矛头就转到红帽子与三色旗身上去了。他极力渲染革命的恐怖和残酷。德法其在法庭上宣读了医生在牢中写下的文件后，法庭里响彻了可怕的吼声，"在这呼声里，除了血、血、血之外，再也听不到什么"。德法其太太，一再埋怨丈夫的软弱，对医生存有怜悯之心，她坚决主张要把达南一家斩草除根，连幼小的孩子也不放过，连医生本人都不放过。革命法庭陪审员贾克三嗜血成性，在讨论曾差点被贵族折磨死的医生是否可以放过时，他说："我们现在剩下的（可杀的）头已经不多了，（医生也算个人头）放过了有点可惜。"还有群众跳卡马努尔那股如癫如狂的劲儿，"一场战争，也不及这种舞蹈的一半那么可怕"。爱国者们在银行院子里用大磨石磨刀那一幕，更是狰狞可怕，简直像一幅血腥的群魔图。他们不仅误杀了许多善良的贵族，而且还殃及无辜，连懦弱瘦削的小女裁缝也屈死在断头台下。

以暴易暴，一个专制统治的形式粉碎了，变成了另一个使人痛苦的统治形式。他说："播种同一种专横暴虐的种子，长出来的无疑是相应的恶果。""从破坏了的旧世界里爬起来的新的压迫者行列，在这（断头）机械被废而不用之前，也要被这架因果报应的机械一个个地杀灭。"

贵族地主的恣肆暴虐难以容忍，但革命的流血杀伐绝非良策。人道主义者狄更斯对社会改革的处方是：宽恕仁爱，自我牺牲。他设计了两个人物来体现他这种思想。那就是如孪生兄弟般的法国贵族达南和英国平民卡顿。达南出身名门，但心地善良、仁慈为怀，决心放弃贵族爵位和封建领地，侨居英国去过自食其力的生活。卡顿是个玩世不恭、失去理想、郁郁不得志的律师。卡顿自认识露茜后，默默地爱上了她，反省了自己的生活，找到了生活的真义，最后为了自己深爱的女人及其全家的幸福，为了获得道德上的满足，代替自己的情敌走上了断头台。卡顿的牺牲博爱精神，在狄更斯看来，似乎是人道的极致。

狄更斯对革命的矛盾态度，过去我们总认为是作家的思想或世界观的局限性表现；现在看来，这种解释是比较含糊和肤浅的。当我们提出"局限性"这样的论断时，我们好像是站立在某个制高点上，心中握着一个自认为准确全面的观念。然而这样的自信可能本身就免不了是一种"局限"。

不妨把狄更斯这种矛盾观点看作价值判断的二元对立现象。我们不能把社会的发展看作一种直线运动，要透过二元对立的生活现象去观察时代前进的步伐。美国批评家路易斯说："现代文学的最高峰，往往采取最终的两重性形式，这是诚实的天才对世界所能做的最好的描绘。"作家对社会现象的思考和对种种事物的判断，往往表现出权衡不定的踌躇心理。在肯定一种价值的同时，往往会发现与之相反的价值。我们不该强求作家，尤其是古典作家，把对世界和人生的思考纳入我们自以为是的轨道。狄更斯在揭露了法国专制王朝残酷迫害掠夺人民的同时，肯定了革命的必然性和正义性，然而又对革命的恐怖政策，对它不仅惩治罪犯而且殃及无辜的偏向疾首痛心。这就是他对这次革命的二重价值观，也是他写《双城记》的目的。事实上，法国大革命的最终结果，也确是新的压迫者代替了旧的压迫者，那曾经拘执贵族王公的囚车，最终仍然成了新的权贵们威严的宝辇。我们还可在不少世界名著中看到这种价值判断的二元观。最著名的例子就是同是描写法国大革命的雨果名作《九三年》。反革命复辟势力的头子郎德纳克果然是残酷阴险的恶魔，却又天良未灭，在关键时刻发出了人道的闪光。他竟然也有舍生取义的一面，由此引出了小说结束时震撼人心的悲剧，使《九三年》具有了超凡脱俗的审美价值。

《双城记》的艺术特色与狄更斯前期的一些小说有着很大的不同。它构思严密，结构巧妙，多次采用了倒叙、插叙、分线头等类似电影蒙太奇的手法。小说一开始就叙述劳莱先生去"掘墓"，会同露茜去探望一个待在阴暗阁楼上的似人似鬼的老翁，很有一些神秘气氛，使人疑窦丛生。医生为何被"活埋"了十八年；医生初见达南时为什么神色突变；达南求婚时，为何心怀疑惧，立下了两个约言；

德法其太太为何对达南这样刻骨仇恨，对露茜这般冷酷无情。这种种疑问，一直到小说接近尾声时，才由德法其宣读医生在狱中写成的文件揭示出来。

至此，整部小说的人物关系矛盾纠葛才清楚地联结起来。为女婿奔波说情的玛纳特医生，竟成了判定女婿死罪的控告者；露茜所选择的丈夫，恰恰是迫害埋葬她父亲的仇人之子；德法其太太原来就是被侯爵杀害的农家仅存的后代；医生为何莫名其妙地坐牢十八年的谜底也由此揭穿。具有讽刺意味的是，已经放弃爵位与所有财产到英国谋生的法国人达南，几经周折似仍未逃脱共和国的屠刀，而最终杀掉的却是他的替身——为爱情献身的英国平民卡顿。

结构的缜密还表现在布局上，前文为后面的叙述处处埋下伏笔。普罗丝一出场，就以强大的臂力把劳莱先生掷了出去，劳莱不由想这必定是个男子汉，最后德法其太太竟死在她手里也就不觉得突然。普罗丝在出逃前的紧张中，突然发现德法其太太闯进来，吓得手中的脸盆都掉下了，"水一直流到了德法其太太的足前。这双足走过多少崎岖道路，踏过多少血迹，现在却沾着了普罗丝小姐泼出来的冷水"，这预示了她将在普罗丝那儿受挫。

小说的情节富于戏剧性，常常异峰突起，出人意料。达南曾经三上法庭，三次受审。第二次受审，几经周折，靠了玛纳特医生的尽力周旋，总算脱险。回家后，露茜惊魂未定，当夜不速之客就来敲门，达南竟又被捕入狱。达南自料必死，已写下绝命书信。没想到卡顿突来探监，以麻药将他迷倒，用调包计将其救出。德法其太太用尽心计要斩草除根，当她踌躇满志地去看达南开斩时，忽然灵机一动，要顺路去观察一下露茜的行止。她佩着短剑藏着上了膛的手枪，闯进医生住所，不想钉头碰铁头，碰到了女仆普罗丝。这位意志坚强的女革命家竟意外地死于非命。这也是狄更斯对革命的揶揄！两个健壮的女人，两个都是执着刚强的女人，一个为了爱，一个为了恨，狄更斯说爱的力量总比恨的力量强。

小说还多次运用了象征、对比、夸张等手法。圣安东尼街上的红酒染红了街面，玷污了所有人的手，那是革命流血的象征；医生寓所窗边听到的成百上千人疾驰的脚步声和突然而起的风暴是法国大革命爆发的象征；德法其太太的手始终在编织，她要把对敌人的一切仇恨、把敌人的名字都编织进去，作为死亡的名册。在对比方面，最突出的是：露茜一家在伦敦的和睦宁静的幸福生活与巴黎动荡、混乱、血腥、恐怖的局面相对比，突出了作者对暴力的厌恶和对相互谅解的温情主义的推崇。夸张手法的运用和作家素有的幽默风格有关。比如，露茜一家逃出巴黎时，说她的心脏"一直在紧张地跳动，其速率也许远远超过世界上最快速的骏马的奔驰"；那位侯爵大人早上吃巧克力竟要四个彪形大汉侍候，否则就不能下咽；最夸张的就是关于退尔逊银行的描写：里面只有几个老态龙钟的职员，说有"年轻人介绍进伦敦退尔逊银行，他们就把他藏在某个阴暗之处，让他如奶酪样发霉，待他长了蓝苔，变成了老头，有了十足的退尔逊气息，才允许他露面"。这是讽喻英国和法国有同样的腐朽没落。

要说《双城记》艺术上有什么不足之处，我认为，作家似过于注重情节结构的安排，对人物形象的塑造相应地显得有些单薄。如露茜和达南这一对男女主角，形象相对显得苍白，他们除了善良和温情、模样儿美好，没有给读者留下深刻印象。倒是劳莱先生、普罗丝、克伦乞、德法其太太等形象较为生动丰满。

总的来说，《双城记》在狄更斯的整个创作中，占有十分重要的地位。它真实地描绘了 19 世纪英法两国的社会风貌，表达了作家对人世一切邪恶、欺诈、残暴行为的强烈憎恨，充分显现了作家那仁慈、宽容、怜悯、博爱的伟大心灵。

衣襟戴花，炉火有暖

——2021年本土作家作品回顾（代后记）

金问渔

一

一直认为，一位优秀小说家如果从事电脑编程职业，无疑会是出色的架构师。犹如建房，前前后后搭得起来是最基本的，建成的屋子还不能是个歪瓜裂枣，一个个人物都是这座屋子的构件，立柱、椽子、主梁……多出来是浪费材料，少了，轻轻推一下就倒了。所以写小说不仅仅需要形象思维，还不能缺失逻辑思维，不能让叙事进入死循环。而在以北方话为基础方言、以典范的现代白话文著作为语法规范的语系里，南方人写小说又有天生的残疾，或许是这两个主要原因吧，相对于诗歌及其他体裁，海宁的小说创作与发表量一直较少。而2021年，可能会是近几年一个高点，本土作者纯文学小说先后发表于《海燕》《西湖》《山西文学》等知名大刊，出版了《我们的火红年代》《铜像》《少共国际师》等长篇小说。就一个县级市的文学创作来说，这是一个非常了不起的成绩。

笛多的《晚祷》表现的是作者同一代人的迷茫与困惑：随随便便的婚姻、动机不明的自杀，纵然有体面的职业，内心仍是孤独无依，失去了理想无非就是一具行尸走肉，因此死了也就死了，谈不上有多么悲伤。小说的风格或许倾向于"零度写作"。"躺平"一度成为网络热词，背后其实是一种集体迷失。凡此种种，理应是文学的聚焦点。

柴草的两个小小说很有意思，事故都是自己招来的麻烦，不仅仅车祸，手术也一样。而捡纸板箱的母亲与老板儿子的小小冲突，关键源于价值观的不同，谈不上谁对谁错，不同年代成长起来的人各有是非判断，不然哪来的代沟呢？

童程东向来是个很会讲故事的人，《新娘子》中一对苦命鸳鸯犹如西西弗斯，眼看曙光在前，一次次却又被拦腰折断，打回原点，甚至更为不堪。最后的结局是开放式的，女主人公英子似乎已被命运击倒，房东却将面临人性的选择。一路看下来，英子竟有些祥林嫂的影子，然而在鲁迅的笔下，祥林嫂身上飘忽着若有若无的因果报应，可怜之人必有可恨之处，而英子却是无辜的，所谓人间尽沧桑，岁月多凄凉。

周飞的长篇小说《我们的火红年代》，在该册的作品集中已有我的评论，此地就不多说了。作为一位从帝都回归故乡的作者，他不仅携回了一册册著作，也给本土作协会员带回了笔耕不辍的榜样。

何梅清以小学文化程度的学历，数十年磨一剑写成《铜像》，并在其退休之后得以出版，不难想象其毅力、勤奋和对文学的挚爱。近二三十年来，工业题材的长篇小说不多见，作者曾是印刷厂工人，我相信文中的许多场景都是真实的，均为她本人所见所闻，由工人转身为作家，她的作品无疑有更多的地气。

二

过去的一年，海宁的散文创作也可圈可点。朱云彬与丁震麟分别出版了散文集《鸟声宜人》和《剑风琴心》。云彬先生自序：所著文章体现的都是对故土情、朋友情，以及对亲人、对祖国、对山水的真实情感，能做到笔下有信仰、有理想、有修养，追求记录历史，表现民族精神……震麟先生的文章则有侠气，仅看书名，会以为是一册武侠小说，翻开，果见书生意气挥斥方遒，作为一位年过七旬的写作者，这是难能可贵的。

浙江省作协副主席、散文学会会长陆春祥先生说，他主编《浙江散文》，所选文章关注三个"有"：有文、有思、有趣。我深以为然，一篇好的散文至少具备其中之一，或有文采，或有思想，或有趣味。本卷入编散文共三十二篇，大抵也是按照这个思路选的，散文也要有故事，没有故事就要有感动；反之，没有感动，就要有趣味。《水面的一片落叶》文采斐然，《每辆汽车下面都躲着一只猫》生动有趣，《摇到大港去》款款情深……读罢，又不由自主掩卷沉思。

《志摩 我不愿打搅你的梦》《虹桥头》《家住米行》《盐官旧梦》等，都披藏着海宁的人文历史，《花生物语》《豆瓣酱》《爆鱼》《春暖扳鱼乐》等人间烟火气浓郁，《第三只眼睛读双典》《尧舜禹的畅想》等则有着哲学的思考。

这些年作为文联《海宁潮》杂志散文栏目的责任编辑，每次选散文时，总是喜悦与失望交织，喜悦当然是因为好稿，失望是好稿不够多。杂志承担着培育本土作者的责任，这种责任与不管不顾编一辑好栏目在很多时候是矛盾的，必须有所妥协。好在老作者都在扬弃与创新，挣脱创作惯性的桎梏，作品越来越厚重，新作者则日趋成熟，散文创作队伍不断壮大，在外发表量也在大幅增加，今年入编的仅是其中一部分，总字数已接近八万字。

三

汉江老师是海宁诗坛的常青树，因出生于 20 世纪 40 年代末，他常说自己是民国遗老。年过七旬，每年的创作量却远高于我辈，鉴于篇幅原因，只选出其中六组编入该书。这些年，他每年都旅游一次，行万里路收获灵感和意境，卷中《丝路诗路》是其旅游"丝绸之路经济带"和"21 世纪海上丝绸之路"重要城市和节点后创作的，诗作既体现了西域风景之魅力，也不缺边疆人文之光彩。《伏羲庙，侧柏》则显示了诗人独特的视角，在伏羲庙里，触动诗人灵感的不是神像、不是雕梁画栋，而是两侧苍老的柏树：两列侧柏，倚撑着支架和手杖 / 我不敢靠近，不敢按下快门 / 怕"咔嚓"一下，有些什么 / 会应声断裂……阅读至此，共情感油然而生，由柏树想到骨质疏松的老人，太老太脆弱了，稍稍碰一下，就成骨折或骨裂了。《远处晨光含蓄》是汉江先生为《上海诗人》2021 年第 1 期封三摄影的配诗，原本无题，我挪用第一句作为标题，又用作了本卷书的书名。为摄影或图画配诗，好比命题作文，限制自然会多些，但诗中"太阳把她的万朵胭脂摁在梳妆盒里"这样大胆的想象，仍然是出乎读者意料的，让人眼前一亮。

写年卷中诗歌这段简评时，正好是 1 月 31 日，除夕日，相遇了小雅的《除岁》《守岁》：这一日烟火在天空醑醉 / 聚了，散了。明朝依旧……团圆的酒 / 甜一些，不团圆的酒 / 烈一些……用诗意诠释着过年光景，这样的语句是有知音的。言一文既写古体诗，又写现代诗，互相借鉴，应该是获益不少，《换季》借物喻情，有如古诗的"兴起"，以银杏树的悄然落叶告知我们：争吵其实是一种挽留 / 真正的离开 / 关门声都很安静。如同讨厌教训人的散文一样，我不喜欢讲大道理的诗作，作家与诗人不能做高高在上的教师爷，要学会让读者自我理解和判断，学海的《拾荒者》描绘了一个拾荒者和一个小孩的对峙，这其实也是两代人、两个阶层的对峙，作者的情感和价值观铺垫于文字之中，需读者自行体会和提炼，正所谓"随风潜入夜，润物细无声"。

四

2020 年与 2021 年是海宁长篇人物传记的出版大年，先是一套《共商国是海宁人》光彩夺目，而后《延安的养蚕姑娘——甘露传》《匹夫有责——田方传》《查济民传》《陈巳生传》《革命文化播种人——沙可夫传》等长篇传记先后面世。海宁是名人之乡，为先贤著书立传，既是缅怀又是整合各方力量推动文学创作的良好契机。

《延安的养蚕姑娘——甘露传》带着读者走进延安那段岁月；《查济民传》描写了香港商业鏖战中主人公的勤奋与成功；《陈巳生传》记录主人公与中国共产党肝胆相照的故事；《革命文化播种人——沙可夫传》与《匹夫有责——田方传》，则是记两位革命者的成长历程……由于印张有限，该书编入的都是上述人物传记的节选，但即便是这一两小节，或已扣人心弦。海宁乡贤们有出色的成就和丰富多彩的人生经历，深挖这座富矿，是可以让创作出彩的。

编入本栏目的，还有施建平的报告文学《抗疫之歌——浙江省海宁市工商联凝心聚力众志成城抗疫纪实》。正如文章开言所述：公元 2020 年，令人难忘的庚子年遭遇前所未有的疫情、前所未有的挑战。作者以"工商联"这一人民团体的视角，记叙了海宁的抗疫工作。众志成城，许许多多的感人事迹通过文学这一载体得到了宣传与记录。

五

我平时不太看国产影视剧，觉得被资本裹挟的大多数电影粗制滥造，侮辱智商，电视剧稍微好一点，但情节雷同，不免落入俗套，看了一两集便已能猜到结局，倒是国产动漫动画，值得闲时观赏。《画江湖》系列、《山河剑心》、《秦时明月》、《地灵曲》、《斗罗大陆》、《万国志》、《四海鲸骑》、《凡人修仙记》、《枕刀歌》等，画面唯美，音效出众，主题歌好听，悬念迭起，完全不输于迪士尼等国外动漫，在烦恼的世事中抽身片刻追追剧，也是美事一桩。

如果说《斗罗大陆》《斗破苍穹》属于娱乐性质的爽文动漫，那么《枕刀歌》《山河剑心》等对人性的描述与追问不输于纯文学作品。于是回过头来再看这些网络原著，却比较失望，除了《四海鲸骑》等极个别作品外，大多数不仅文字粗糙、错别字多，而且逻辑混乱、叙述手法传统单一，情节雷同，或学渣、武渣逆袭翻身，或现代废柴青年穿越到另一时空为王为尊。说穿了，大都是意淫作品，以想象来弥补现实生活的不堪，主人公性格偏激，快意恩仇，行事冲动不计后果，应是青少年作者叛逆期的行事风格。无疑，动漫经过了再创造与美化。由此想到，网络文学尽管读者众多，但要在文学史上留下经典，还有很长一段路要走。从长远发展来看，必须回到现实主义的创作方向上，从斗罗大陆、斗气大陆回到人间、回到当下。

2021年，海宁的网络作家队伍持续壮大，董钦、周飞、姚利芬、姚欣悦先后加入海宁市作协，如是，作协会员中专事网文创作的已有十余人。从整体来看，海宁网络作者的实力已不输于周边市县，周飞属于衣锦荣归，杨卫华、董钦、谢乙云等都有一定的网络知名度，其中杨卫华实体书亦出版多部。目前，他们都在转向现实主义网文创作，给我们以期待。

本年卷选入编了八部网络小说的章节，是近年来最多的一次，集中展示了海宁网络小说家2021年的创作状况。《边境风云》《花间行》《速破者》等都是现实主义题材，其中《花间行》还是妥妥的海宁故事，小说以海宁市长安镇鲜切花产业发展为主要题材，体现了当代大学生回乡创业，在乡村振兴及共同富裕中奉献出一份力量，同时也收获爱情的故事。《边境风云》的主题是反走私，《速破者》的主题是反诈骗，其余《怪盗爵士猫》等五部，虽不是现实主义作品，但各有特色。

六

2020年，海宁市评论协会的"2对1项目"被列入文联每年一度的"中青年人才扶持工程"，本土的六位作者的作品由一位杭州评论家和一位本土评论作者分别予以评论，故也是近年本土作者出产评论文章最多的一年。因论文大都已编入由西泠印社出版社推出的《鹃湖评论2021卷》，本书仅选编了三篇论文以供阅读，学海老师的《对〈风马〉文本的审美分析》《论穆旦与中国现代诗的升华》，我学习后受益良多。

连续编撰海宁作家作品年选已是第四年，时光如白驹过隙，变化的是可选的作品越来越多，不变的是同一个书房，同一张书桌，一个个似曾相识的夜晚。原计划该书四百页左右，一校稿出来，已逾五百页，左看右看，都不忍舍去，干脆就改为上、下两卷吧！

小说、散文、诗歌、传记、报告文学、网络文学、文学评论……海宁作家队伍创作门类齐全，近些年创作激情也水涨船高，大家的努力，正是我编撰年选的动力。反过来，年选的编撰又鞭策激励了大家的创作，出人才、出作品，一本年选，就是作协工作最好的年度总结。该书主选作者五十一位，比上年的选本又多了十位，记得有一次学海老师在文联的会议上说："作品通过纸质出版得以保存流传，若干年后，我们的后代看到了先人的名字，也会特别自豪（大意）。"衣襟戴花，炉火有暖，文学不仅记录着时代，也温暖着作者自身。我由衷地希望入选者越来越多，一个人会走得更快，但一群人能走得更远。每年的年选，都是海宁作家的一次集结，一个人的名字镌刻在作家群体中，就不会被岁月湮灭。

感谢市文联的大力支持！

上述文字，以代后记。

视域新义

文艺赋能乡村共富共美

——浙江省海宁市"艺村艺品"精神共富村建设观察

许晓飞 ①

自 2022 年海宁市全面推进"艺村艺品"精神共富村建设以来，以艺术为重点，通过培训、比赛、活动等多种形式，将艺术的种子播撒在潮乡的每一个村落，让人们在参与、欣赏各种艺术活动中，感受文化的魅力，实现精神共富。

如今，九斤乡村电影文化节、国际丝绸海报展、省级少儿故事大赛、省级围棋赛事等一项项颇具影响力和国际范儿的文化活动，在海宁的各个乡村方兴未艾、竞放异彩。潮乡大地正在艺术的浸润下走向现代化的康庄大道。

美丽潮乡何以在"艺术乡建"的道路上越走越宽，何以用艺术更好地点亮乡村，促进共同富裕，笔者对此进行了系列观察与思考。

挖掘历史文脉，寻找失落记忆，赓续农耕文明传统

小桥流水、青砖黛瓦，鸡犬相闻、门不闭户，或许是很多人对江南乡村的美好记忆，而随着乡村的发展、城镇化的推进，很多承载乡村文化记忆的建筑、风物、民俗，在岁月的流淌中渐渐消失、磨损，当很多人住在整齐的新房里时，却记不起曾经的家园。挖掘村民共同的文化记忆，夯实文化根脉，是一项迫切而紧要的任务。

海宁市的乡村艺术实践，更多的就是从挖掘乡村文脉、赓续乡村文明、留住

---

① 许晓飞，海宁市文联副主席。

乡村记忆开始的。

云龙村，是海宁市周王庙镇的一个传统农业村。蚕桑，曾经是这个村庄最重要的产业，曾经塑造了云龙村最辉煌的岁月。20世纪六七十年代，云龙蚕桑享誉全国，种桑养蚕的技术、规模、产量在当时几大产区中首屈一指。"吃饭靠种粮、致富靠养蚕""楼上楼下、电灯电话"，这是云龙村民最骄傲的回忆。伴随养蚕而生的，是拜"蚕花娘娘"、轧"蚕花"、唱"马鸣王蚕歌"、养"蚕猫"、裹"蚕讯粽"等一系列民俗文化活动。劳动生产与民俗活动，构成当地完整的农耕文化叙事链条。而随着社会的发展，蚕桑从业者锐减，传统业态萎缩，也让曾经的民俗逐渐黯淡。

近年来，云龙村通过与企业合作，重新重视和恢复养蚕业，通过流转，规划建设了五百多亩连片的桑园，引进工厂化养蚕，按照"公司＋农户"的方式，带动本地村民养蚕，取得良好的效果。与此同时，渐渐恢复与养蚕民俗有关的纪念庆祝活动，连续举办云龙村"蚕俗文化节"。在"艺村艺品"建设中，云龙村聚焦蚕桑文化主题，吸引更多村民在唱蚕歌、做蚕网、裹蚕讯粽、跳蚕舞等文化活动中唤醒沉睡的文化记忆，重塑乡村文化品格。

不只是云龙村，许村镇科同村发挥村民作用，挖掘整理了"科同桥的故事""云片糕的故事"等口传民间文学作品，留下关于科同的历史文脉。硖石街道荷叶村以灯彩为主题，把这个有着千年历史的文化符号融入发展规划。斜桥镇斜桥村则挖掘传统的剪纸工艺，建设了剪纸展示馆、剪纸公园等乡村文化设施，在一剪一撕中裁出新生活的"枝条"。长安镇金港村则充分挖掘滚灯这项传统艺术，吸引更多的年轻人制作、演练，并把它纳入小学生课外兴趣课。

艺术乡建，只有根植于乡村深厚的泥土中，带着土地的晨露与晚霞，与乡土、乡风、乡情深入融合，才有持续发展的源源动力，才能在新时代乡村文明的塑造中越走越远！

着眼村民需求，提供优质服务，塑造乡村文明形态

文艺源于人民，属于人民，既要造福人民，还要在人民文化生活中丰富和提升审美品格和艺术特质。

"艺村艺品"的出发点和着眼点正是为广大群众的生活服务，让群众在欣赏文艺、参与艺术活动中不断提升审美能力，培养艺术趣味，丰富生活内容。

对象感，是艺术乡建必须要明确的一个重要前提。只有找准服务对象，才能

找准工作的方向与目标！

周王庙镇上林村钱根荣带着村里的书队，每天在广场上稳稳控制手中一米长的如椽大笔，用清水在地上书写着一幅幅转瞬即逝的书法帖。只要手握毛笔，蘸水便能成字，无论是长廊、广场还是花园，哪里有大地，哪里便是他们的书案。他们在乡间书写，与田野景致一起，成为诗书意蕴的一道笔画，共同组成一幅巨大的"乡村墨宝"，书写出周王庙镇上林村"艺村艺品"的大字。

暑假里的袁花镇镇西村文化礼堂热闹非凡，放假的孩子们正在老师的带领下，创作起独具特色的农民画。镇西村在"艺村艺品"创建中，打造以农民画为典型的文化品牌，发展以农民群众、青少年为主体，以农民画为基础的文化艺术活动。为了引导村民学习创作农民画，镇西村成立了分中心，名师牵头，乡村干部作为辅助，从专业化系统化角度进行农民画的创作与传承。学员们从最开始一窍不通到现在手法精湛，从老师手把手教导到自己独立创作，从市级奖项到全国级奖项，共获奖七十余次，参与学员超过三百人。

著名的"当湖十局"主角范西屏是海宁市盐官镇桃园村人。在"艺村艺品"创建中，范西屏抓住群众对棋类文化的兴趣，创设了"乐在棋中""棋逢对手""棋乐无穷"等娱乐休闲文化项目活动，开辟一万余平方米的室内外活动场所供群众使用，让"棋文化之家"成为村民们热爱的健康文化生活空间。

在"艺村艺品"精神共富村创建中，海宁市各村按照基层所盼、群众可选、特色创建的原则，围绕书法、美术、摄影、阅读、写作、诗歌、舞蹈、音乐、影视、民间工艺等方面，依托各村社现有文化阵地或特色文化项目深入挖掘本土艺术，让村民们不出村就能享受优质的文化服务，享受艺术带来的精神乐趣。

乡亲们对艺术的渴求、对美好精神生活的需求，注定了艺术乡建必定拥有广阔的天地和施展的空间，也充分证明它的必要性和紧迫性！

积极扩容增量，凝聚艺术力量，奠定扎实创建基础

观察今天的艺术乡建现象，有一个问题是显而易见的，那就是迫切的需求与实际供给之间的矛盾问题。艺术需要引领，而由谁来引领呢？

在艺术乡建过程中，一个很大的难题，就是难以引进优质的艺术资源。如何让艺术家真正融入乡村，而又怎样打消普通群众对艺术的陌生感呢？这是一个需要破解的难题。

水彩艺术家马百齐的入驻，与其说是艺术家的进驻，不如说是艺术回家，是

一种艺术与土地的双向奔赴。海宁市丁桥镇新仓村梁家墩,濒临钱塘江,身处夹塘中,自然景色优美,民居特色鲜明,经过这几年美丽乡村的打造,已经名声在外,游客络绎不绝。而来此写生的马百齐在这里看了一眼,就想将自己的艺术理想驻留在这里。"当时梁家墩已经因为青砖黛瓦的江南建筑及钱江潮而出名了,许多人来这里画画写生,但我们缺乏持久性的抓手。"新仓村党委书记陈志华说,"都说留住乡愁,我们觉得画家的那支画笔,能帮梁家墩绘就新的乡村新图景"。就这样一拍即合,梁家墩从此有了"零一美术馆",梁家墩与水彩画自此有了"亲密"接触。

全国水彩画创作写生班陆续开班,来自全国十五个省市的百余名学生及水彩画爱好者来此短居学习;美术馆里时常举办水彩画展览和学术交流;而这幢青砖勾缝、砖雕点缀的艺术建筑,也成为村里的网红打卡点……"融入乡村生活,我们有了更多的创作热情和空间。"马百齐说。

截至目前,零一美术馆、一间·平龙艺术工作室已举办各类展览艺术活动数十次,吸引全国各地画家投稿一千五百余件,展出作品四百多幅。梁家墩的不少村民也跟着马百齐,拿起了画笔,学习水彩画,还冒出了一批优秀的农民画家。

装置艺术家周峰入驻云龙村,创建"云龙蝶园",更多地被村里的诚意感动。"我来这里的时候,这是一处废弃的羊棚。但是村支书跟我说,只要愿意来,村里肯定无条件支持建设!"望着眼前自己精心打造的艺术园,周峰内心十分激动,"我是把杭州的一套房子给卖了来这里建设的,如果没有这几年政府、村里在各方面的支持,我肯定垮掉了!"

如今,云龙蝶园成为云龙村的一张名片,吸引着无数游客前来打卡。

名声在外的著名书法家陈浩一直关注家乡的艺术建设。听说家乡开展"艺村艺品"建设时,非常激动,主动融入家乡建设,为上林村量身打造书法村,促成"上林杯全国书法邀请赛"的举办,奠定了扎实的创建基础。

张谷良、孙海峰、张彤等在外的艺术家纷纷回家乡,建工作室、办展览、做培训、搞活动,艺术俨然成为游子回乡最响亮的动员令!

挖掘艺术乡贤的力量,解决艺术家入驻的实际问题,消解高端艺术与群众艺术实践间的障碍,海宁的实践给予我们很多的启发与思考。只要多方动员、多措并举、多管齐下,乡村是有留住艺术的能力与胸怀的!

扩大文创视野，盘活生态资源，拓展文化发展空间

艺术总是闪耀着无限光芒，除了艺术本身之外，它的光芒或许可以照亮乡村更多的夜空，为乡村发展带来更多的活力与机遇！

当一场场艺术活动络绎不绝举办时，群众的生活正在被不断充实和发展。在许村镇永福村，每到夜晚，排舞队、太极拳队就纷纷亮出绝招，在一招一式中，追寻"勇 WU 止境"的艺术境界。

而在科同村，九斤乡村电影文化节的持续举办，给村里带来了一波波流量。三届电影节，让科同村与艺术结了缘。科同村党委书记郭利忠说，围绕以"文化＋产业＋生态"的模式，科同村乘势打造"光影故事村"，建起了文化礼堂、村文化中心、科同画院等，同时鼓励村民开办农家乐、特色民宿、文创店铺等，目前已有五十余家商户入驻，盘活了科同老街经济带。

云龙村在"艺村艺品"创建中，着着实实感受了艺术的多重魅力。依托蚕桑文化的主题研学，云龙年入百万。废旧钢筋铁板焊接成的动物、报废汽车改装的厕所、不同板材拼凑而成的雕塑，还有徜徉其中的学生们的欢声笑语……2023年暑期，两千余名学生走进周王庙镇的云龙蝶园。"依托蚕桑文化和装置艺术，我们开发了研学游，每年都能为村集体经济增加一笔不小的收入。"云龙村党委书记沈啸驰说道。

推广草编工艺，制作草编红船、卡通人物等，让湖塘社区增收二十多万元；依托蓝印花布开发的文创产品，让大临村尝到传承非遗的甜头……

烟火和诗并不总是矛盾，在"艺村艺品"建设中，充分发挥"文化＋"的可能，叠加旅游、教育等行业，联动各领域资源，为进一步触发社会效益和经济效益提供更多可能。"艺村艺品"之"艺"，在这里也不单纯指向乡村艺术创作繁荣与产业发展兴旺，更体现着共同富裕、物质文明和精神文明相协调、人与自然和谐共生的现代化建设的必然要求；"艺村艺品"之"品"，也不仅仅局限于文艺品类，还蕴藉着发展社会主义先进文化，传承中华文明，促进人的全面发展的生动实践逻辑。

作为一项工程的海宁"艺村艺品"实践，虽然只是刚刚开了一个头，未来的路可能还很长，但是我们透过已有的实践，有充分的理由相信，这一场根植于乡村、服务于乡村的艺术行动，一定会在共同富裕的现代化道路上走出自己特有的风姿与气象，一定能在潮乡大地上刻画出属于艺术的独特印记！

论《逃避自由》中的两重峡谷跨越问题
兼谈弗洛姆对现代性的反思

金一舟 [1]

弗洛姆的《逃避自由》[2]作为将精神分析用于马克思主义的著作,在现代化的工业时代具有别样的意义。弗洛姆写书的用意为,通过心理学的精神分析法结合马克思主义哲学来探究法西斯主义极权产生,尤其是获势的原因及世界大战后的社会政治现状。我认为,要成功地完成两种理论的结合从而达成对现实的解释,起码有双重峡谷需要跨越:一是精神分析学派基于人性的类本质的理论何以推向更大的群体以至于整个社会;二是精神分析法先验设定的人性与马克思主义关于"人是社会关系的总和"的否定先天类本质的矛盾。前一重峡谷在我看来是精神分析理论的固有问题,而后者则是将两种理论统一的关键。

在第一重峡谷的跨越中,弗洛姆在书中强调个人作为社会群体的基础,将个体的研究置于基础性地位并以此推导更宏大的层面,"任何群体都由个人组成,而且只能由个人组成,因此群体的心理运行机制便只能是个人的心理运行机制"。我认为,这个论断的逻辑推导稍显粗略,并不是很有说服力。因为当个人数量的增加而形成一个群体进而通过其他的复杂的联系最终组成一个社会时,其带来的改变不仅仅是数量上的,更是其性质上的,即本质——如果我们认为本质存在的话,即使我们无法确切地得到它。这种进程绝非一粒沙到一堆沙的简单叠加变化,而是更类似于物质的形成:水分子由于分子间作用力和氢键而形成我们能感知到

---

[1] 金一舟,中国人民大学哲学系学生。

[2] 弗洛姆:《逃避自由》,北方文艺出版社 1987 年 6 月版。

的水这种具体的物质，水的性质显然是由水分子决定的，但这并不是说水分子适用的全部规则就适用于水这一宏观的物质——比如水分子内部的电子事实上以一种"电子云"的方式存在着，但这不代表水的宏观存在也会有如此的情况。整体和部分的关系在此得到了充分的体现，而二者的关联程度不能也不应该被过度地放大，二者的性质和适用规则并不必然存在包含和被包含的关系。

我并非全然反对从个体的人性和本质角度进行研究，只是运用精神分析对个人的心理探究，不应只停留在全然地对个体本身的考察，不顾社会群体的影响；恰恰相反，心理学研究的不应是孤立的个人，而是已经被外在环境包括群体在内所影响、压抑、塑造的主体（如果我们不采用后现代的观点，继续承认主体性的存在的话）。继续用水进行举例，即这个被研究的水分子虽然只有一个，但这个水分子也需要在考虑其他的分子对其作用的情况下进行研究。单独的研究或许在自然科学的领域显得合理且必要，但是对于哲学科学和历史科学来说，个人与群体/社会的性质无法互推，纯粹的个体研究在我看来丧失了具体历史语境中存在的意义。由个体的心理推向群体社会的存在，在弗洛姆看来，应该是不证自明的；换言之，他甚至没有将第一个由个人到群体的分离视为需要跨越的峡谷。因此在这种意义上，我以为，其对孤立主体的阐释富有意义，却无法令人信服地证明其理论的群体性效力。

此外，弗洛姆固然可以以理性直观的方式指出人性或者本质：施虐或受虐欲、破坏欲、机械趋同。这些人的本质可以在一定的语境中体现其天才的解释效力，但是在我看来仍然只是给人性论增加了一些模型—— 一些或许已经被其他精神分析学家所提出的人性论模型假说，依旧面临着难以证明也难以证伪的困境。在这个问题上，难以证明意味着无法具有客观必然性，而无法证伪则意味着难以在否定它的基础上推动理论的进步。当然，这也不是弗洛姆的理论所特有的问题，而是整个精神分析学派甚至是心理学、哲学所面临的共同悖论。

从跨越第二个峡谷来看，作为一个同时运用精神分析法和马克思主义哲学的作者，弗洛姆显然意识到单纯强调对个体剖析的无力——毕竟他面对的是数以百万计的狂热纳粹分子和两次世界大战的残酷现实。他在第六章"纳粹主义心理学"里指出，将纳粹问题单纯视为经济政治问题或是心理问题都是不合理、不全面的，他认为是在一系列经济政治的社会环境及变化之下，那些旧中产阶级（下层中产阶级）的权威主义性格是纳粹主义的心理基础，在一定的时代现实条件下，由纳粹的统治者尤其是希特勒进行一种激发和利用，最终造就了百万计的狂热纳粹党人。在我看来，这里的权威主义性格仿佛成了某种康德意义上的先验范畴：

外在的客观条件围绕主体，在客体符合主体的先天形式时造就了认识并产生了行为。弗洛姆固然没有忽视经济政治等现实条件的重要性，他将工人阶级与中产阶级进行对比，从而说明经济所带来的阶级在很大程度上会影响塑造人的本质——比如权威主义性格。但是在我的理解中，类似权威主义性格带来的施虐或受虐、破坏欲等人性似乎是一种先天的、不证自明或者从另一个不证自明的概念推导而来的类本质。从这个角度来看，当时的社会现实的复杂性，人的本质的模糊不清、难以认知，以及更深层次的对人的本质的不同认识还是给弗洛姆的心理学和马克思主义解释带来了背离和困境，他将二者结合的努力似乎在最终也没能跨越二者在人性本质方向上的矛盾的峡谷。

我认为，面对这种难以明确划分的难题，不如引入与两者都有关联的角度进行解释。社会心理学中的集体无意识，在我看来可以较好地在纳粹主义心理学的问题中充当中间桥梁。个体会集合而成一个弗洛姆所说的"社会性格"，在我看来，这种"社会性格"在当年的德国及其他的类似场景中的重要体现就是一种集体无意识；这种无意识又有能力在很大程度上超越主体的类本质，影响孤立主体的行为选择。而从马克思主义哲学的角度来看，经济政治等现实的环境和条件在极大的程度上参与塑造了"社会性格"。不过这样的想法引入了与精神分析相对立的方法从事思考，并且自作主张地拓展了讨论的维度与领域，所做的大概率只是一种低劣的调和，极有可能与作者希望用精神分析和马克思主义哲学完成解释的目的相背离。

此外，虽然在我看来弗洛姆最终未能跨越两个能完成解释任务的峡谷，但是在研究的同时表达了对现代性的反思。其中最精彩的部分是在弗洛姆对权威主义性格的描述之中：他将权威划分为外在权威、内在权威和"匿名"权威。外在权威是类似国家、统治者、命运、自然等权威，这类权威看似强大，实则最容易反抗：其有形的特点决定了主体可以较为容易地意识到其压迫性并产生反抗精神进行抗争。而弗洛姆对内在权威的阐发则是对从新教到康德的反思与反叛：良心、信仰、意志、道德乃至理性以一种无比美好的姿态替代了外在的权威，完成了对人的自然部分的统治，似乎成了自由的本质。一方面，这种内在权威很大程度上不仅受主体自身的影响，还会受到外在的伦理道德的影响，实质上成了一种会违背主体意志的统治方式；另一方面，由于这种权威内在于主体，主体甚至很难进行反抗——人该如何否定对抗自身？这种内在权威的观点在很大程度上冲击着人类在伦理道德方面取得的文明成果。而接下去弗洛姆对于"匿名"权威的思考，则可以体现在愈加发展的现代社会更加无形且致命的权威统治方式。"匿名"权威以不同的面目出现：常识、科学、心理健康……采用劝说、形成氛围等温和的方式，无形之中令人服从。这种权威比前两种更为有效：主体不认为有他者期望自己服从命令，命令和命令者都无处可寻，主体甚至难以意识到一张大网随着人类文明的不断发展而持续完善，直至无可脱逃。

正如许多具有重要意义的作品一样，弗洛姆的《逃避自由》探讨着人性与自由，极权机制的原因与民主政治的真谛，以及个体发自内心的、热切的爱。其中有难以逾越的矛盾，也透露着对人类的过往和未来的深刻反思。也如那些作品一样，在解释世界与人的同时留下了或新或旧的问题，留待后人接力去进行这些无尽的探求。

浅谈《申报》对近代反女性压迫的贡献

钦 立

引 言

19 世纪末期，我国处于社会转型时期。在这个阶段，中国的思想、政治、文化均受到了西方外来思想的影响，发生了巨大的变化，同时女性解放思想也萌发于此时期。①《申报》作为中国存在时间最长、影响最为深远的报刊之一，保存了有关女性解放的极为重要的历史资料，而《申报》也给后世研究女性解放提供了丰富且宝贵的一手材料。中国经历了漫长的封建社会，女性深深地受到了压迫，工作、生活都受到禁锢和排斥，在经济上不能够独立，只能依赖男性来获取生活支撑。在中国的传统思想束缚下，很少有女性接受教育，传统思想禁锢了女性在社会上的发展，严重地影响了女性接受教育的权利。1840 年，鸦片战争将中国的国门打开，西方思想开始进入，人们对平等、自由的追求开始萌发。就这样，女性平等、解放思潮不断涌现，女性的地位随着时代的变化而不断地变化，女性开始有了抵制专制的意识和行动。

一、《申报》的价值

（一）历史价值

《申报》保存与宣传了大量的政治、经济、文化、教育、科学和技术信息。

---

① 唐钰龙、孙洋洋：《浅析〈申报〉广告在近代上海消费文化背景下的发展》，《新闻知识》2017 年第 12 期。

特别是记录了上海、全国乃至世界的重大事件，再现了军阀、地方势力、中国共产党等的活动。例如全面报道了五四运动，包括学术界如何反对分离领土和拒绝德国的无理要求；关于曹汝霖、章宗祥、陆宗舆等人的报告，迫使他们辞职；学生罢工和学生被捕事件的详细记录。更珍贵的是，五四运动的历史照片被保存了下来，五四运动的全貌得以呈现给后世。

1872—1929年，《申报》对苏、沪、浙等地进行了长达近六十年的持续报道。内容涵盖政治、经济、文化等方面，报道地点准确，具体到县、市（包括海宁）。通过这些新闻，《申报》对该地区人民的生活方式、社会生产方式、社会形态的形成和社会变迁的过程进行了持续、广泛的报道。这些详细的事实，在一定程度上避免了现代中国历史研究的空洞，使历史研究更加"血肉丰满"和栩栩如生。

（二）新闻价值

《申报》无论是从办报目的、报道角度的扩展，还是新闻业务的改革，都值得现代媒体借鉴。它始终追求新闻的独立与自由、客观公正、及时准确、服务公共，注重新闻的真实性和时效性。1874年，《申报》发表了英国内阁改组后的第一个电报新闻，该新闻是从丹商大北电报公司的海底航线上拍来的。1881年12月天津上海电报线交付后，《申报》立即抓住机会，利用这条路线传达了南北的消息。

二、分析《申报》宣传妇女解放的特点

（一）广告的宣传性

《申报》中的广告内容，在整个报纸的排版中占据一半以上的版面。在当时社会，《申报》中的广告是非常受人们欢迎的内容，所以依托广告的内容进行反女性压迫的宣传方式，更容易让读者接受，这在无形之中加深了人们对女性觉醒的认识，宣传和教育的作用就更加明显了。[①]《申报》在这个时期借助于广告进行女性觉醒宣传的形式大致可以分为三种：其一，在广告中创设很多的关于女性广告的形象，如化妆品、生活用品等；其二，就是书讯，介绍关于女性的书籍，对女子接受教育等问题的关注和宣传也说明了女子受教育的重要性，希望可以通过这个渠道来普及女子的教育；其三，就是发布招聘女性的信息。

---

① 王润泽、肖江波：《近代新式媒体融入中国社会的路径——以1876年江南"妖术"案〈申报〉表达为核心的考察》，《国际新闻界》2015年第9期。

（二）设置女性解放专栏

在《申报》中经常可以看到关于女性解放的内容，男女平等的观念也经常出现在专栏中，会从女性参与活动的角度来讨论问题。《申报》主要是对女性解放组织进行宣传，同时，女性在各种获得中不可避免地接受男性为主的政府和民间理论的作品，在这样的情况下，大众娱乐及城市对女性获得的内容进行不断的扩充和发展。如发表女性对未来生活的看法等讨论性文章，潜移默化地唤醒女性的独立意识与解放意识。例如：1876 年 3 月 30 日，《申报》创办了通俗易懂的白话小说报纸《民报》，其创刊号中申明，"此报专为故字句俱如寻常说话"，使女流、童稚、贩夫、工匠等"稍识字者，便于解释"。

（三）借助文学形式

《申报》上发表了大量关于解放女性思想的文章，同时借助大量文学作品来宣传解放女性思想的舆论。"自由谈"和"言论"是《申报》的重要栏目，这两个专栏中曾经多次以散文、诗歌、杂文等不同形式进行女性解放思想的宣传，文章中关于女性解放思想的字眼非常犀利，这样的宣传效果也是最好的。

（四）树立典范

《申报》中所展现的是女性解放的努力，但是这个过程不是一帆风顺的，在实际操作中还是存在着诸多的问题。《申报》展示与推出招聘女性信息的时候，本以为女性可以有和男性一样的工作机会了，但是，实际效果是非常糟糕的。受当时社会的影响，很多女性的就业范围小，实现真正男女平等非常难，很多领域还是依旧对女性有所限制，有的甚至排挤女性。很多的家庭是不准许女性抛头露面的，要不就是女性结婚了就不能得到工作了。这样一环限制一环，女性要想真正解放是非常困难的。《申报》重点对典型的示范事例进行宣传，在各行各业中宣传具有影响力也具有代表性的女性，强调女性应该效仿的对象，如对吴贻芳博士典范的宣传等。

（五）重视女性内容新闻报道

《申报》长期宣传优秀女性事迹，报道女性权益受侵事件，引导读者对女性的关爱。翻阅昔日报纸，仅浙江海宁一县的女性事件报道就处处可见，如《硖石吴孝烈女菊贞小传》（1883 年 6 月 21 日）、《浙江海宁吴氏女含愤吞烟》（1884 年

1 月 2 日)、《英廨晚堂案琐案》(1895 年 4 月 24 日)、《袁花镇双女珠还浙江》(1908 年 10 月 7 日)、《访拿逆子》(1908 年 11 月 17 日)、《司事误良为娼之荒唐》(1909 年 10 月 31 日)、《英租界·卖良为娼》(1910 年 7 月 2 日) ……可见其报道的深度与广度，并起到潜移默化的教育作用。

三、《申报》对社会转型期妇女解放的反思

（一）《申报》影响下妇女解放的外部环境

1. 物质环境是基础

物质是事物发展的基础，直接影响事物发展的方向。在社会中，女性地位的发展也直接以社会物质的繁荣为基础。[①]由于生产力决定物质发展因素，在生产力发展的过程中会对女性的发展产生直接的影响，其中生产力发展也会直接促进女性的发展，同时大量的女性开始出门寻找工作，追求自己的理想。但是社会分工方面，男性和女性的分工具有明显的区别，如在家庭劳务方面，大多数都是以女性为主导的，这也是很难改变的事实。实现家庭劳动社会化才可以使女性获得更多的时间，这样才会进一步有效地促进和提供给女性实现自身发展和表现自己的机会，人力资源的需求对女性的解放有着积极的作用，同时也意味着在工作岗位中不再对性别有着特殊的要求。因此《申报》中的信息为社会中的女性提供了更大的发展空间，并且在人力获得方面也减轻了社会和家庭的负担，这也直接说明了女性思想解放是受到了社会环境和物质环境的影响，以及物质环境是女性思想解放发展的重要基础。

男女担当工作性质不会有明显的区别，这就是为女性科学合理的发展而建立良好的社会文化。

2. 制度环境是保障

随着经济的发展、社会的不断进步，女性的社会地位得到了进一步提升，在很多方面也得到和男性平等的对待。要想进一步实现女性科学的发展，必须要建立完善的制度，并且要从根本上保障生产力发展，同时要进一步促进女性进步，让女性积极参加社会活动。家庭的生活图景出现在当时的《申报》广告中，如华丽的客厅、大幅的油画、名贵的家具、瓶里的鲜花、架上的古玩等室内布置，配

---

① 初广志、王洁敏：《"七七事变"至上海沦陷期间〈申报〉的涉战广告分析》，《现代传播（中国传媒大学学报）》2015 年第 11 期。

合着静读、抚琴、编织、烹饪、育儿、待客等有别于传统主妇的家庭生活细节，衬托出家政主题在都市女性形象中特有的意义。

3. 文化环境是方向

有了高水平的生产力作为基础，社会保障制度不断完善，性别文化得以构建。《申报》广告，着力塑造符合人们想象的贤妻良母形象，并通过形象编码实现媒介权力，垄断大众心理，得到大众的集体认同。在《申报》中，关于招聘女性的信息非常多，《申报》以这样的方式来宣传社会对女性的接纳。女性的重要性在《申报》广告中也有所体现，如利亚妇女补血汁的广告："妇女一切苦痛，如经期不到、干血痨病、子宫各症等不妥善调制，则体质日弱，家庭幸福剥夺尽矣。"

（二）《申报》影响下妇女解放的内部环境

《申报》中的女性解放主要体现在内部环境建设的需求上，要从自身的角度出发，但囿于客观因素中物质、制度、文化等外在条件，也不一定能实现妇女解放发展。因此，《申报》主题要具有强烈的自我意识和主题性精神，进一步改善社会转型时期女性的内部环境。同时，女性要加强学习，提高自我，这样才能在新时期真正提升女性的地位。

社会进步及经济的发展在很大程度上为解放女性思想提供了积极作用，尤其是媒介的发展，使现代社会进入一个新的时期，在很大程度上缩短了信息传播的路径，让女性进行自我转变，同时也让女性树立了新的意识。

1.《申报》中的自主意识

《申报》中的自主意识主要是指摆脱外在的固有束缚，自由支配思想行动的意识。女性的自主意识是指具有强烈社会责任意识，作为女性也承担着社会责任，因此要积极发展自己的思想，对自己的主见进行表达。其实质就是要求女性能够大胆地追求自己的理想，寻找自己想要的生活。

2.《申报》中的竞争意识

《申报》中的竞争意识是指女性生存和发展的主要意识。作为新时期的女性要时刻树立竞争的思想意识，这对于提升自己的社会地位及工作能力有着重要的意义。

女性承担社会角色直接分担了社会的一些工作，直接导致了女性的社会角色和社会责任发生变化。如女性参与音乐活动，不但能挖掘自身的潜能，通过科学的理论来提升自己，而且还能发挥自己的主动性，实现自己的理想，从而摆脱束缚。

3.《申报》中的进取意识

《申报》中的妇女解放进取精神在当时妇女解放中有着重要的地位和意义，是妇女履行社会责任和实现奋斗目标的主要手段。但是，由于历史原因，很多时候都是男强女弱。随着女性地位的提高，扮演角色也发生了变化，这样就要求女性从自身开始严格地要求自己，并且对自己的进取精神进行培养。女性要积极地追求理想，实现自己的价值，树立积极向上的人生目标，积极融入社会群体中，不断地证实自我、实现自我。只有这样，才能促进女性视野的拓展，实现妇女真正的解放。

4.《申报》中的创新意识

《申报》注重女子教育重要性的宣传及学校管理政策的建言献策。首先从女子自身素质及国富民强的角度宣传女子接受教育的迫切性，并从封建观念禁锢、女学教习缺乏及办学经费不足等方面揭示女子学校面临的困境。《申报》从当时社会发展局势及西方办学经验中提出符合近代女子学校的办学理念，包括近代贤妻良母式的教育宗旨、女学生服饰的管理及男女分校合校的争议。《申报》的产生促进了妇女解放创新意识，在女性社会中是行为和观念转变的体现，是人类文明和社会动力发展的基础。在现代社会中，《申报》作为知识经济的一部分，启迪现代女性对自己的观念进行转变，树立正确的认识，对传统的观念进行改善，让女性自身得到长远的发展。

结　论

对于女性问题，《申报》一直是非常关注的。女性经济独立、参政情况、职业高低、女子教育等都是很关键的问题，这些问题解决后，女性被压迫的现象才能改变。《申报》在我国鸦片战争时期是社会有识之士进行女性问题讨论的平台，属于当时社会的大众传媒，传播速度非常迅速，很多的人都会关注和传播《申报》上讨论的问题，这样就很好地动员了社会的力量，帮助女性地位的提升。

历史叙述下的守望与继承

——浅析嘉兴税务读本《口述禾税》

蒋月明

伴随时代浪潮，在嘉兴税务这条线上每时每刻都发生着激励人生的故事，每时每刻都留下了耐人寻味的印记，那些铭心刻骨的，那些来不及遗忘的，都成了嘉兴税务人生命中的点滴珍藏。自中华人民共和国成立起，嘉兴税务充盈财政血脉，保障民生福祉，全程经历了中华人民共和国成立以来嘉兴地方经济社会的迅猛发展和历次重大税收改革。一代代嘉兴税务前辈，在平凡的工作岗位上默默耕耘；一件件嘉兴税务往事，在不凡的历史中熠熠生辉；一片片嘉兴从税之情，在超凡的时空里隽永绵长。

"信是明年春再来，应有香如故。"继《禾税史话》一书于2020年出版后，嘉兴税务不断向历史沉入，借风行船，顺势而为，以老一辈嘉兴税务人的从税经历为源，历经两年多的艰辛采写，又有《口述禾税》第一辑、第二辑先后付梓，裹着墨香扑面而来。

一

在所有和文学构成词组的文学类别、体裁之中，大概只有历史与文学最没有违和感。而历史是通过细节进行表达的，又最容易被时间所淹没。嘉兴税务牢牢把握这一关键，深入挖掘，拾遗补阙，使得《口述禾税》既跳出以往俗套，又避免了类同，通过一件件老税务人当年所亲身经历的具体事例，把每一个个体鲜活地呈示出来，赋予现实教育意义，从而起到了很好的示范作用。

自然，"回忆与成长"是理应得到重视的一组参照项。

《口述禾税》第一辑，通过实地采访嘉兴税务系统内七十一位各具代表性的"老税干"，记录党领导下一代代嘉兴税务人用火热青春书写的光辉"税"月，同步展现了嘉兴经济社会迅猛发展和税收征管体制的历次重大变革，以"学史明理、学史增信、学史崇德、学史力行"守好红色根脉。书册刊印后，不只在税务系统引起强烈反响，更得到社会各界充分肯定，受到《中国税务报》《税务研究》《中国财税博物馆》《浙江税务》等媒体的广泛关注。《口述禾税》中的精彩点滴亦成为新老税务人口耳相传、津津乐道的故事，成为嘉兴税务薪火接力、赓续前行的宝贵精神财富。而《口述禾税》第二辑，则是以文字、录音、照片、视频、老物件等多种形式做全方位的记录留痕，深度刻画嘉兴税务人筚路蓝缕、砥砺前行的奋斗历程，为进一步推进嘉兴的税收现代化续航添力。文本述录中，有参与过嘉兴税收重大改革发展决策和实践的老领导，有各个发展阶段相关税收专业领域的老骨干，有长期深耕一线默默奉献的老基层，他们通过亲身经历和深度思考，以个性的语言、独特的视角和对税史文化的珍重，还原当年重要事件的现场和税收工作的各个侧面，还原他们的成长历程，让我们感受到嘉兴税务人在税收改革节点上的决心和勇气，在税收岗位上的坚守和担当，也让我们聆听到了他们以激越人生所谱写出的一曲曲动人的"禾税"之歌。

两辑侧重点虽各有不同，但都寄予新时代嘉兴税务人继续传承中国税务精神、守好红色根脉的厚望。

作为叙事特点，《口述禾税》激活当年文化记忆，从纷繁的现实生活中打捞历史文脉，用一桩桩鲜活事例阐发嘉兴税务人的发奋自强，在税务文化的继承与创新中，向世人展呈了税务精神的漫长与不朽。由此，我们应该从中汲取精华，涵养生命，不能把它当作新闻或花边而漠视。

习近平总书记历来关心中华民族文明历经沧桑而留下的最宝贵的东西。他曾说："中华民族的一些典籍在岁月侵蚀中已经失去了不少，留下来的这些瑰宝一定要千方百计呵护好、珍惜好，把我们这个世界上唯一没有中断的文明继续下去。"①

《口述禾税》顺应历史潮流，切合时代需要，以"以小见大"、驳杂幽微的横截面形式，为我们提供了一个独特的视角，通过文本叙述，借助鲜活生动的个体生命形象，揭示出人性光辉，为税务文化这座"大厦"建构起崭新的生命美学世界。

---

① 《赓续历史文脉，谱写当代华章：习近平总书记考察中国国家版本馆和中国历史研究院并出席文化传承发展座谈会纪实》，新华社 2023 年 6 月 3 日。

二

《口述禾税》是编写组关乎历史脉络、关乎从税群体与个体情感的强烈而执着的勘探，它指涉的虽是老一辈嘉兴税务人的从税经历，映照的则是历史与当下之间的对话关系。它借助"众口"，挖掘"从税人"在特定环境下生发的鲜活性、独特性，而这也从另一角度显示出《口述禾税》叙事中的意味深长。

对过往尤其已经遥远的历史，如何书写或还原时代氛围，是对采访者和编写人员的一个极大挑战。好在他们对日常生活向来有一种莫大的尊重和莫大的肯定，为此，他们以"追求发展，崇尚共赢，传递希望"为主旨，蘸着历史的笔墨，书写新的历史，用现实的质料为我们搭建起一个美好的心灵世界。出于人文主义的诉求，编写组观照的是人生经历的"灵魂"，而众多人物基于切实生命处境的言行表现、精神物质和价值取舍等，也为《口述禾税》提供了富有弹性的阐释切口。当然，被采访者的口述，散发出毛茸茸的活力，也为编写组提供了取之不尽的源泉，使得书写如行云流水一般流畅且滋润。《口述禾税》顺利刊发，应归功于编写组全体人员对历史的正确态度和取材的现实性，正如著名作家王蒙所说，"从生活里发现文学"，又从"文学里发现生活"。

哈萨克族作家艾克拜尔·米吉提认为："一部成功的作品语言，同样应当是有强烈的时代性"，倡导应当"向人民群众学习，向活生生的生活语言学习"。

为把《口述禾税》编得更好，编辑部和采访组想了不少办法，尽可能触及税务全方位，使内容丰富多彩；故而，涉及人员众多，时间跨度达七十多年。虽然历史不可复制，但他们那个时代的雄伟进程、人民大众艰苦创业的燃烧岁月、改天换地的豪迈气概，永远值得激情书写。讲好那个年代行动鲜活、感人肺腑的中国税务故事，应该是新生代编写者责无旁贷的历史担当。在《口述禾税》中，编写组不但以"宣言"为题目表达写作的自信，还辩证地指出"嘉兴税务人"在社会发展进程中所具有的生命意义和审美特性。《口述禾税》一书最值得称道的是，与其说通过艺术手段塑造了老一辈嘉兴税务人，毋宁说，是借他们与现实对话，通过多重视角，探索税务人的灵魂世界或精神皈依，书写出了散发着一代代税务人人性光辉和道德光辉的内容。而历史之"变"与生命之"常"的对照并存，也是《口述禾税》之所以能够产生持久感染力和强烈震撼力的重要原因。

"国之魂"，无疑当"文以化之，文以铸之"。《口述禾税》结合嘉兴老税务人的"原初记忆"及细节描述，述录先人的开拓，启迪来者的奋斗，使文化之光从历史的深处投射而来，映照着当下。这也为各行业的文化建设提供了可贵的样板，给当下的队伍建设奉上一部有效教材，对新时代下全员整体素质的提升具有建设性意义。

<h1 style="text-align:center">三</h1>

语言最能表达一个时代的特点，它以最具体的方式呈现人们的思维和精神世界。

从《口述禾税》所有被采访者的口述中不难看出，他们的叙述举重若轻、从容淡定，不疾不徐中没有大起大落的情节和故事，甚至是细碎的，但把那些细碎的画面连接成整体时，画面的内在就清晰地呈现了出来。这是他们的集体记忆，讲述的是他们那个时代的生活和精神状况，表达的是他们那一代人的见识和态度。他们讲述的细节虽都受制于一定时代的历史观和价值观，但都是真实的；而当讲述话语的年代因有了时间距离，对历史有了新的认知可能，就或多或少进入了新的历史叙述，尽管讲述者呈现出轻描淡写的姿态，却仍显示着不同凡响和时代价值。

任何历史叙述都隐含着叙述者的情感和道德伦理。《口述禾税》中所具有的情感，是通过一群对事业向往又忠诚的热血嘉兴税务人表达出来的，这就是信仰的力量。

历史始终是一种挥之不去的存在，无论是在过去还是当下，都影响了人们的生活和生命。

那是一段他们难以忘怀的岁月，也是充满了理想和激情的过去。他们生活在丰富和扎实的现实生活中，对日常生活有着足够的尊重，且一直保持着一种无法撼动的坚韧，虽然那时物资贫乏，但他们经历的场景依然动人，依然有今天不能相比的内容存在。他们的故事展开空间虽然并不大，但他们对事业的执着，对职业精神的专注，对实现自我价值的追求，指代了人类历史文明长河中具有典型性、代表性的精神结构与言行，折射出人应怎样安置自己的灵魂与肉身、怎样平衡自己的理性与欲望的问题，也让我们思考的延长线拉伸到了关于人性的纵深处。

嘉兴税务人是一群没有独特光环却又具有崇高意义的平凡之人，那些来自各个时段各个岗位的不同回响，成为他们固守税务岁月坚定而美好的信念。他们的事迹细若尘埃，但最终落脚点则是呼啸将至的未来。你说，他们这种默默耕耘、勇于奉献的精神难道不值得用世上最美的诗句赞美吗？

他们那些简单片段的叙述虽不具有历史性意义，但从人物平凡而琐碎的日常工作生活和情感关系、伦理关系中，我们不难发现点亮他们心灵的奥秘和生命的价值，且呼应和回应着他们从过去的风尘中一路走来的气息。

在历史的皱褶中，他们的经历似乎平淡无奇，而内存的丰富却是无与伦比的。他们在属于自己的时间中，实现着属于自己的生活希冀和生命期望，展现着柔性的也是韧性的生命力量和能量。

四

历史不只是过去或是过去的记述，它同样存在和生长于当下的现实生活。2013 年 8 月 19 日，习近平在全国宣传思想工作会议上强调："我们正在进行具有许多新的历史特点的伟大斗争，面临的挑战和困难前所未有，必须坚持巩固壮大主流思想舆论，弘扬主旋律，传播正能量，激发全社会团结奋进的强大力量。"《口述禾税》顺应时代呼唤，正是在这样的大背景下结集出版的。

历史是最好的教科书，是最好的营养剂。读懂读透嘉兴税务历史，用活用好这些资源，新时代嘉兴税务人才能更好地感悟"走得再远都不能忘记来时的路"。要写好新时代税务文化这篇大文章，只凭纸笔是不够的，要站在大地之上，在关注时代、拥抱时代的过程中，突破旧框架、探索新手法、建立新风格，从而获得对历史和生活的整体性思考和综合性创造，"起笔于群众利益，落笔答'四个之问'，工笔绘税务新貌，走笔成长远大计"。

卡尔维诺曾说过："每个青年……都有一个明确的迫切感，就是要表现他的时代。"而 21 世纪是一个好为人师的世纪，"人不知而不愠"这种古典美德越来越罕见，在越来越发达的传媒的推波助澜下，自我表现、自我宣传、自我戏剧化已经成了一些人的自觉追求。这相悖于对历史的尊重态度，大可证明他们在学养上的肤浅和鄙陋。为此，我们必须保持足够的清醒，不汲汲于"小恩小惠"，更不能"为小利而失大义"。

如今，历史叙述与"时间的现代性"正在发生关系。"时间"不再是一个被动承载"历史"之物的容器，而是"一种因循形势发生变化的文化建构"①，塑造了我们的"过去、现在与未来"。大江奔流有其源，面对缺乏体验生活、感受生活的机会的情况，我们当借《口述禾税》以励志，"凯歌而行，不以山海为远；

---

① [英]克里斯托弗·克拉克：《时间与权力》，吴雪映、彭韵筑译，中信出版集团 2022 年版，第 8、200 页。

乘势而上，不以日月为限"，在广阔社会生活中提升自我。

　　能看到多远的过去，就能看到多远的未来。在技术高度更新的时代里，所有时髦的东西未必能够长久，而一本书，放在膝盖上一页一页地翻阅会更加持久。每当拿起《口述禾税》读本，在嘉兴税务前辈们的注目下，我们获得了灵魂的洗礼和精神的升华。

N